上图丨兰尼斯特家族（正中）和西境过去现在一些重要家族的纹章（自顶端顺时针起）：克雷赫家族、布拉克斯家族、克里冈家族、法曼家族、莱佛德家族、雷耶斯家族、维斯特林家族、派恩家族、马尔布兰家族、莱顿家族、普莱斯特家族和塔贝克家族

# 冰与火之歌的世界

·悦享版·

下

GEORGE R.R.
MARTIN

[美]乔治·R.R.马丁　[美]艾里奥·M.小加西亚　[美]琳达·安东松/著　屈　畅　赵　琳/译

重慶出版集团　重慶出版社

# The Seven Kingdoms
# 七大王国

# 北境

人们普遍认为，临冬城史塔克家族的冬境之王统治的辽阔寒冷的王国在七大王国中最悠远古老、也是保持独立最久的，其独特地貌和历史沿革与南方诸国截然不同。

通常观念里，北境和其他六国加起来一样大，这当然是夸张。今日临冬城史塔克家族的辖区只占全国面积的三分之一略强——南起颈泽南界，北至新赠地（新赠地本属临冬城，直到杰赫里斯一世说服他们赠与守夜人）。北境有辽阔的森林、一望无际的平原、丘陵与山谷，怪石嶙峋的海岸和白雪皑皑的山峰。这里十分寒冷——在北部，沼泽和高原更攀升为山脉——

---

数世纪来，"维斯特洛七大王国"已成固定表达，这要追溯到伊耿征服前夕，当时长城以南的维斯特洛大陆正好是七个大国并立。但这种表达即便在那时也很不准确，因其中一个"王国"由公主而非国王统治（多恩领），伊耿·坦格利安的龙石岛"王国"则未归入其中。

无论如何，这种表达延续下来，正如我们提到从前的"百国争雄"时代，尽管维斯特洛从未在任何时刻分裂成一百个独立国家。叙述过程中，我们只能遵从并不严谨的"七大王国"的习惯用法。

---

因此远不及南方富饶。众所周知，北方的夏日甚至会飘雪，冬天更是酷寒难耐。

白港是北境唯一真正的城市，也是七大王国最小的城市。北境最主要的市镇则是临冬城下的"避冬市镇"和先民荒冢中的荒冢屯。前者在春夏之季人烟稀少，但进入秋冬后会挤满前来寻求临冬城庇护和援助以度过艰苦岁月的人们：这些人不只来自周边村庄和农家，据我们所知，当雪下得大了，连许多山间氏族也会把儿女送往"避冬市镇"。

**前页｜艾林谷**

荒冢屯亦十分独特，它建在著名的"始祖王"坟冢脚边，若传说属实，始祖王是先民的最高统治者。荒冢屯伫立于宽广空旷的平原中心，在史塔克家族忠诚的封臣达斯丁家族治下（最后一位荒冢王覆灭后，这里一直由他们统治）繁荣兴盛。

北境人是先民的后代，他们的血脉与吞并南方诸国的安达尔人缓慢融合。而今先民的语言——"古语"——只有长城外的野人才说了，先民其他的文明特征也在消逝（例如其恐怖的信仰：罪犯和叛徒被处死后，要把躯体和内脏挂在鱼梁木的枝丫上），但北境人的习俗中仍有先民的影子。生活的艰辛让人变得冷硬，南方人的高尚享乐在北境人眼中十分幼稚，他们吵嚷喧哗，喜爱狩猎。

先民就连家族名称也与众不同，向来言简

达斯丁家族纹章上的生锈王冠源于他们自称为"始祖王"及后来的荒冢诸王的后嗣。肯内特《丧葬大全》一书所载的古旧掌故中提到大荒冢曾被降下诅咒，不许他人与始祖王争雄。该诅咒汲取了后来的始祖王僭越者们的活力和生命，让他们变得越来越像尸体。这当然是传说，但达斯丁家族的确可能继承了古时荒冢王的血脉。

北境骑士稀少，因此在颈泽以北，彰显骑士精神与华贵的比武大会跟母鸡长牙一样鲜见。北境人在马上也持长枪作战，但不爱比武竞技，宁愿参加类似实战的团体混战。据记录，有些赛事长达半日，留下一地狼藉和破烂村庄，参与者受重伤很普遍，死人也时有耳闻。征服一百七十年最后壁炉城举行的大型团体比武中，据说不下十八人送命，近三十人残废。

意赅、一目了然，史塔克、渥尔、安柏、史陶等全袭自未受安达尔人影响的古代北境。

值得一提的是，北境人比其他人更重视宾客权利。作为待客准则，任何人均不可伤害屋檐下的客人，客人也不可伤害主人。安达尔人亦有类似传统，但在南方人心目中没那么神圣。埃格伯特学士《北境的正义与非正义：三位史塔克公爵的裁决》一书提到，北境罕见的违反宾客权利的罪行都得到与叛国罪同等的严惩，大抵只有弑亲叛国能与违反待客之道相提并论。

北境流传着"鼠厨师"的传说，此人招待一位安达尔国王——有人考证是凯岩王提威尔二世，另有人认为是山谷之王奥斯威尔一世——用的是对方的儿子的肉烤的馅饼。他为此被惩罚变成一只硕鼠吞吃自己的后代。这并非因他杀了国王之子或用其肉招待国王，而是违反宾客权利。

左图｜卡林湾

# 冬境之王

歌谣和故事试图让我们相信，临冬城的史塔克家族统治颈泽以北大片土地长达八千年，自封冬境之王（古老的头衔）和北境之王（近代的称号）。但他们时而面临挑战，常发动战争来扩张领土或夺回被叛乱者占据的土地。总之，冬境之王是艰难时节磨砺出的坚强之人。

旧镇学城的地窖里保存的最古老的歌谣述说了一位冬境之王如何将巨人逐出北境，另一位国王如何在野蛮的"群狼之战"中杀了易形者"灰狼"嘉文及其亲属。这些国王和这些战斗是否存在？我们所知唯有歌谣。

冬境之王和南方的荒冢王的战争有更多历史证据。荒冢王自封为先民之主，是所有先民的最高统治者，连史塔克家族也要归他们管辖。根据符文史料，两者间被歌手称为"千年战争"的恶战实际是一系列战争，持续近两百年而非一千年，以末代荒冢王向冬境之王屈膝、并将女儿嫁给后者而告终。

即便此时，临冬城依然没有君临全北境，周围尚有许多小国王统治的大大小小的王国，尚需几千年时间和无数战争来——征服。史塔克家族最终得遂所愿，而在此过程中，若干骄傲的家族和古老的血脉永远消失。

从国王降格为封臣的包括裂石山的菲林特家族、黑池的史拉特家族、最后壁炉城的安柏家族、老城的洛克家族、深林堡的葛洛佛家族、磐石海岸的费舍尔家族、溪流地的莱德尔家族……甚至可能有鸦树厅的布莱伍德家族，该家族坚信自己在被冬境之王驱离前曾统治几乎整个狼林（某些符文记录证明了这

上图｜史塔克家族（正中）及其部分封臣的纹章（自顶端顺时针起）：葛洛佛家族、罗斯威尔家族、曼德勒家族、达斯丁家族、波顿家族、陶哈家族、黎德家族、安柏家族、卡史塔克家族、霍伍德家族和莫尔蒙家族

**君**临自黑水河畔崛起前，白港一直是七大王国最年轻的城市，由曼德勒家族从河湾地带来的财富建立。该家族膨胀的势力遭佩尔森·园丁三世国王忌惮，国王遂指使洛里玛·培克伯爵将之驱逐。白港精致的城堡和塔楼更像河湾地而非北境的风格，据说那里的新堡是依曼德勒家族流亡时被迫抛弃的杜斯顿伯里所建。

---

点，若巴恩比学士的翻译可靠的话）。

守夜人军团的长夜堡（废弃前）的地窖中找到的编年史提及争夺海龙角的战争，史塔克家族在那里打败狼灵王及其非人的盟友——森林之子。当最后一座堡垒陷落后，狼灵王的儿子们和他的猛兽及绿先知一起引颈就戮，他的女儿们则被征服者当战利品掳走。

绿林家族、塔尔斯家族、琥珀家族、冰霜家族及其他二十多个较小的、名字几乎被历史遗忘的家族遭遇了同样结局，但临冬城的死敌无疑是恐怖堡的红国王——冷酷的波顿家族古时的领地从末江直到白刃河，南达羊头山。

史塔克家族与波顿家族的仇怨据说可追溯到"长夜"，两个古老世家争斗频繁，史塔克家族并不总占上风。据记载，罗伊斯·波顿二世国王曾攻克并焚毁临冬城，与其同名的罗伊斯四世（史称"红臂"罗伊斯，因其惯于徒手伸进俘虏的肚子里扯出肠子）三个世纪后重复此举。其他红国王也以身披用被俘的史塔克家人的皮做的斗篷而闻名。

恐怖堡最终不敌强大的临冬城，最后的红国王——史称"猎人"罗加——宣誓效忠冬境之王，将儿子们送到临冬城为质，时值第一批安达尔人乘长船渡过狭海。

打败境内最后的顽敌波顿家族后，史塔克家族最大的威胁来自海上。北境的北部有绝境长城和守夜人军团保护，南方穿过颈泽的唯一通路途经巨大要塞卡林湾，那里尚有废弃的塔楼和沉陷的墙垒。要塞由沼泽王掌控时，其子民便顽强抵抗南方人入侵，必要时还联合荒冢王、红国王及冬境之王来驱逐南方王公。待瑞卡德·史塔克国王将颈泽划入治下，卡林堡的地位更显重要，它成为面南的屏障。很少有人敢于进犯，而历史证明，没人能突破这里。

但北境东西两端漫长曲折的海岸线极为暴露，临冬城的统治常受到两方威胁——西方的铁民和东方的安达尔人。

安达尔人的长船成百上千地横渡狭海，像在南方一样于北境登陆，但一上岸就被史塔克家族及其封臣反攻逐回海中。史称"饿狼"的席恩·史塔克国王挫败了最大一次威胁，他与波顿家族联手，于泪江之战打败安达尔头目"七星"阿戈斯。

席恩国王乘胜追击，建造舰队渡过狭海，将阿戈斯的尸体绑在旗舰船头，来到安达斯的海岸。据说他展开残忍的复仇，烧毁二十多个村庄，占领三座塔堡和一座壁垒圣堂，处死数百人。"饿狼"将人头作为战利品带回维斯特洛，用长枪插在本土的海岸上,警告其他蠢蠢欲动的征服者(席恩国王在其血腥的统治期内还率兵征服三姐妹群岛,并登陆五指半岛,但吞并的领土未维持太久。他更西向抗击铁民,将之赶出海怪角和熊岛,镇压了溪流地的一场叛乱,并联合守夜人出塞扫荡,使得野人在整整一代人时间里难以为患)。

其实早在安达尔人入侵前,琼恩·史塔克国王便于白刃河河口建了狼穴,保护领地免遭狭海对岸的掠夺者和奴隶贩子的骚扰(某些学者认为这便是安达尔人的早期侵略,其他学者则认为北境抵御的是伊班人的祖先,甚至是瓦雷利亚和瓦兰提斯的奴隶主)。

后来的若干世纪,这座古老的堡垒被不断转封(包括史塔克家族的分支灰史塔克家族,以及菲林特家族、史拉特家族、朗家族、小林家族、洛克家族和阿什伍德家族),它成为争夺焦点。在临冬城和安达尔山谷国王的战争中,"老猎鹰"奥斯古德·艾林围困过狼穴,其子"鹰爪"奥斯旺国王攻克并烧毁此地。后来,狼穴又遭受三姐妹群岛的海盗头子和石阶列岛的奴隶贩子的袭击。直到约一千年前,流亡的曼德勒家族来到北境,在狼穴宣誓效忠,于是白刃河的防守问题——这条河流经北境腹地——随白港的建立迎刃而解。

北境的西海岸也常遭掠夺者骚扰。"饿狼"的许多战争就是被迫抵御打着铁群岛之王哈拉格·霍尔的旗号,自大威克岛、老威克岛、派克岛和橡岛出发在北境登陆的长船。磐石海岸一度属于哈拉格的铁民,狼林被烧成灰烬,熊岛成为哈拉格罗毒的儿子"强奸魔"拉瓦斯的劫掠基地。尽管席恩·史塔克手刃拉瓦斯,将铁民驱离海岸,但他们在哈拉格之孙"雄鹰"埃里希带领下卷土重来,此后"老海怪"罗若·葛雷乔伊夺回熊岛和海怪角("老海怪"死后,罗德利克·史塔克国王收复前者,其儿孙为后者浴血奋战)。

北境和铁民此后也征战不断,但战争的影响有所下降。

# 山地氏族

北方的山地氏族尤以尊崇宾客权利闻名,统治氏族的小领主们常为争当最慷慨的主人而较劲。各氏族——大部分居住在狼林以北山区中的高山谷地和草原,还有些在寒冰湾畔或北境的河流沿岸——宣誓效忠史塔克家族,但氏族与氏族间的争端不时为统治他们的临冬城公

右图 | 斯卡格斯岛的战士

北方的历史声称，罗德利克·史塔克以摔角比赛的方式从铁民手里赢回熊岛。该掌故有其可信度，因铁群岛的国王经常通过角力的方式来证明自己的力量和头戴浮木王冠的合法性。更理性的学者对此存疑，认为即便有"摔角"，也是通过言辞。

爵及早前的冬境之王带来麻烦，迫使后者派人去山间制止流血冲突（有许多歌曲纪念这类事，如《黑松》和《山间群狼》）或召唤其首领来临冬城当面对质。

最强大的北方氏族当属寒冰湾畔捕鱼为生的渥尔氏族，其憎恨野人的程度不亚于对经常沿海湾掠夺的铁民的恨。铁民烧毁厅堂，抢掠粮食，夺走氏族民的妻女做奴工和"盐妾"，磐石海岸的许多地点、熊岛、海龙角和海怪角都常受害，其中最靠近铁群岛的海怪角更是无数回易主，以至许多学士认为当地人的血统更接近铁民而非北境人。

## 斯卡格斯岛的岩种

尽管山地氏族彼此多为世仇，但无论是战是和都与史塔克家族共进退，海豹湾东部群山绵延的斯卡格斯岛上的野蛮原住民就并非如此了。

其他北境人并不尊重斯卡格斯人，把他们当野人看待，蔑称"斯卡哥族"。斯卡格斯人自称岩种，因斯卡格斯在古语中是"岩石"的意思。他们身形庞然，覆满毛发，臭气熏天（有

**斯**卡格斯岛的"独角兽"之说一度为学城学士所不屑。唯利是图的商人时而带来的"独角兽角"不过是伊班捕鲸人捕获的某种鲸鱼的角。然而,东海望的学士见过一些被认为来自斯卡格斯岛的截然不同的角,据说敢于同斯卡格斯人交易的水手还见到岩种的头目骑着高大、多毛、长角的动物。那种巨兽步履稳健,甚至能爬山。它们的活标本——哪怕骨架——一直是研究者寻求的目标,可惜从未传入旧镇。

些学士认为其有强劲的伊班人血统,另一些学士认为他们可能是巨人的后代),裹着各种处理过或未经处理的兽皮,据说还骑独角兽。他们常出现在恐怖传说中,相传会向鱼梁木献上人祭,故意用灯光引诱经过的船只落入陷阱,还在冬季吃人肉。

无论有多难以置信,斯卡格斯人的确有过食人习俗,但是否延续至今值得怀疑。《世界边缘》——巴德尔学士整理的传说故事集,该学士在欧斯里克·史塔克总司令的六十年任期内辅佐东海望的指挥官——是我们了解斯卡格斯人的第一手资料,书中记叙了"斯凯恩盛宴"。据说斯卡格斯的战舰在附近的斯凯恩岛登陆,抓走女人,屠杀男人,然后用他们的肉开了半个月的宴会。且不论故事真假,斯凯恩岛至今无人居住是不争的事实,而乱石堆和杂草覆盖的地基证明那些风蚀山丘和嶙峋海岸间曾有人类繁衍。

岩种很少离开本岛,但一度也习惯横渡海豹湾去进行贸易——更多则是劫掠——直到布兰登·史塔克九世国王一举将其粉碎,毁其船只,禁其入海。在有案可查的大多数历史材料中,他们都是个孤立、落后而野蛮的民族,登岛的生意人被谋杀和贸易顺利的概率差不多。斯卡格斯人同意贸易时,会用兽皮、黑曜石武器和箭头及"独角兽的角"来换取货物。

守夜人军团接纳过斯卡格斯人。一千多年前,一位克劳尔(克劳尔氏族在斯卡格斯人中相当于贵族)甚至担任过总司令,《黑人马年鉴》还提到一位斯丹(另一个斯卡格斯贵族氏族)成为首席游骑兵,但任职不久就去世了。

斯卡格斯人常为史塔克家族的心腹大患——冬境之王们多方谋划征服此地,诸位临冬城公爵则必须时刻提防以维持其忠顺。实际上,迟至戴伦·坦格利安二世国王时代("贤王"戴伦),该岛还曾起兵反抗临冬城——那场叛乱持续几年,夺去数千条人命,包括临冬城公爵巴斯隆·史塔克(人称"黑剑"巴斯)。

## 颈泽的泽地人

我们最后介绍的（有人也许认为最不重要）的北境人种是颈泽的居民，人称泽地人，他们在浮岛上建造厅堂和小屋。该人种小巧而隐秘（有人说他们身材矮小是因曾与森林之子通婚，但更可能的原因是营养不良，由于颈泽的泥潭、沼地和盐水难产谷物，泽地人多食鱼、青蛙和蜥蜴），低调生活，不愿接触外人。

颈泽以南相邻的河间地人形容泽地人可在水里呼吸，长着青蛙一样蹼状的手脚，还在捕蛙矛和箭尖涂毒。必须承认，最后一点是真的，商人给学城带来过各种奇特而稀有的草药和植物，学士总想要这样的东西，以便更好地研究其功效和价值；其他几点则不真实，泽地人虽比大部分人类矮小、生活方式与七国其他地方也有很大不同，但仍是人。

历史记载，很久以前，泽地人由沼泽王统治。歌手说他们骑着蜥狮，手持长枪般的捕蛙矛，这显然出于想象。沼泽王和当代的国王是一种概念吗？艾隆博士在文中提到泽地人视其国王为平等众生中的首席，常被认为受旧神眷顾——据说其眼睛颜色奇特，甚至能像传说中的森林之子那样与动物对话。

无论真相为何，最后一位得到沼泽王称号的人死在瑞卡德·史塔克国王手上（此人因乐

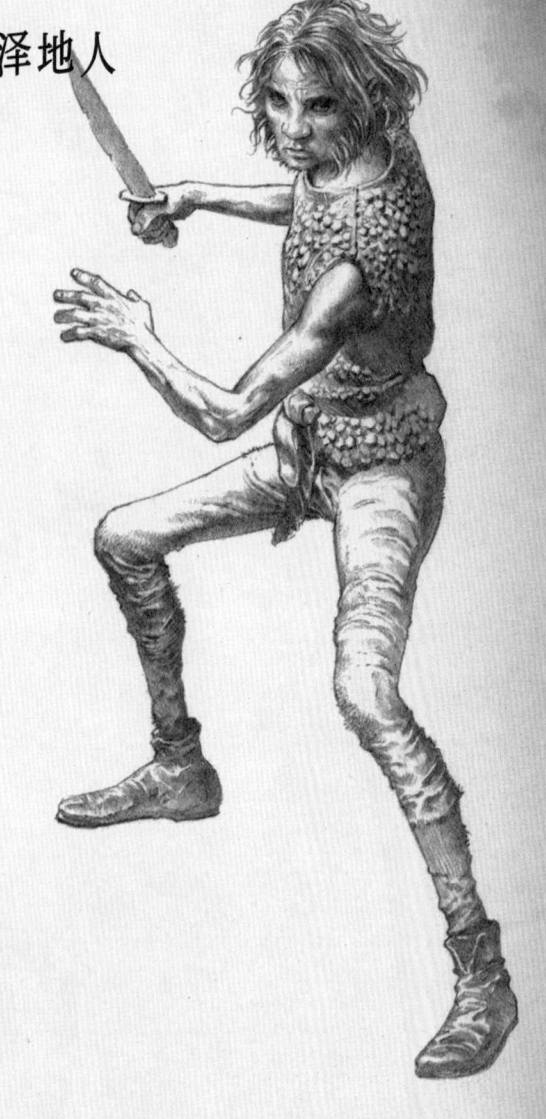

天性情在北境得号"笑狼"）。这位史塔克还娶沼泽王的女儿为妻，于是泽地人屈膝臣服，接受临冬城的统治。自那时起若干世纪，他们在灰水望的黎德家族治下成为史塔克家族坚定的盟友。

上图 | 颈泽的泽地人

# 临冬城公爵

征服战争统一七国后，史塔克一族从国王降格为北境守护，宣誓效忠铁王座，但其辖区仍是事实上的独立王国。托伦·史塔克放弃了冬境之王的古老王冠，但他的儿子们不喜受坦格利安家族的牵掣，某些人甚至乐于谈论叛乱，不管父亲同意与否都想升起史塔克家族的王旗。

再往后，史塔克家族对"人瑞王"和亚莉珊王后强迫他们割让新赠地给守夜人军团颇有怨言。或许正因如此，艾拉德·史塔克公爵才在征服一百零一年的大议会上倒向科利斯·瓦列利安和雷妮丝公主。

前已述及史塔克家族在"血龙狂舞"中扮演的角色，我们应补充的是克雷根·史塔克公爵因坚定支持伊耿三世国王而获厚赏……但没能如不幸的杰卡里斯·瓦列利安王子骑龙来临冬城达成"冰与火的誓约"时（据弄臣"蘑菇"的下流描述，杰卡里斯王子爱上克雷根公爵的私生姐姐，乃至与其秘密结婚）约定的那样迎娶王家公主。

"血龙狂舞"后，史塔克家族对坦格利安家族的忠诚有所加深。"少龙王"征服多恩时，克雷根·史塔克公爵的继承人在坦格利安龙旗下作战。这位瑞肯·史塔克战斗得英勇，其事迹在戴伦国王的《多恩征服记》中多有提及，而他最终牺牲于阳戟城外的决战。由于他同父异母兄弟们统治时期麻烦不断，北境对他颇为怀念。

晚近的北境见证了史塔克家族平息斯卡格斯岛叛乱、对抗达衮·葛雷乔伊带领下铁民的卷土重来及抵御征服二百二十六年塞外之王"红胡子"雷蒙统率的野人大举入侵。历次事件均有史塔克家族的成员牺牲，但其终能波澜不惊

---

**雷**妮丝·坦格利安王后试图通过大家族间的联姻来巩固崭新的统一王国，其努力是否加重了反坦格利安情绪，留归读者自鉴。不过众所周知，托伦·史塔克之女嫁给年轻而不幸的谷地公爵是雷妮丝策划的诸多和亲之一。学城保留的某些信件暗示史塔克家族是多次抗议无效才接受这项安排，新娘的兄弟们也统统拒绝出席婚礼。

---

右图 | 临冬城及城外的避冬市镇

尽管有人言之凿凿地声称史塔克家族乐意赠地给守夜人，真相却截然相反。史塔克公爵的儿子们曾送信到学城，要学士们提供反对强行捐赠产业的先例，显然该家族并不想遵从杰赫里斯的意愿。史塔克家族可能担心黑城堡辖下的新赠地不可避免地会被荒废——守夜人军团关注北方，无暇顾及南方的新领地。这种担心不无道理，由于守夜人的衰落和塞外不断涌入的掠袭者的劫掠，新赠地很快人烟凋敝，如今几成无人区。

地延续统治，这主要应归功于大多数临冬城公爵坚定地与南方朝廷的波诡云谲划清界限。雷加诱拐莱安娜之后，史塔克一族差点被"疯王"伊里斯灭绝。某些不明真相的人归咎已故瑞卡德·史塔克公爵，但实际上，正是瑞卡德公爵依靠血缘和友谊缔结的联盟为史塔克家族争取到其他大家族的支持，使得他们与史塔克家族共进退，终令"疯王"为罪行付出代价。

# 临冬城

　　临冬城是北境最大的城堡，自黎明纪元以来就是史塔克家族的根据地。传说"筑城者"布兰登在持续整整一代人、被称为"长夜"的漫长冬天过去后建立临冬城，并传给后代的冬境之王们。鉴于无数伟业皆与"筑城者"布兰登有关（风息堡和长城是其中两个典型案例），而完成这些伟业所需的时间跨度无疑远远超出一个人的生命，因此掌故中很可能是将某位远古时期的国王的事迹传奇化了，或将史塔克家族的几位不同的国王（该家族漫长的历史中有很多位布兰登）糅合在了一起。

　　城堡的特点在于史塔克家族立基筑城时并未平整土地，这很可能表明该城是若干年中一点点建立起来，最初没有整体设计。有些学者怀疑它曾是一串连接的环堡，然而无数世纪的岁月早已抹去一切相关痕迹。

　　如今的内墙曾是唯一的防御墙，估计已有两千年历史，某些部分甚至更古老。内墙建立后若干年，护城河环墙而建，后来在河外又建起第二道墙，使得城堡坚不可摧。内墙高一百尺，

**临**冬城的外墙是"雪胡"艾德瑞克国王于在位的最后二十年修建的。艾德瑞克以统治近一世纪而闻名，但其晚年愈发昏聩。有鉴于此，各派势力蠢蠢欲动，意图掌控他摇摇欲坠的王国，其中最大的威胁来自他为数众多且十分好斗的后代，此外还包括铁民、狭海对岸的奴隶贩子、野人及史塔克家族的死对头波顿家族等。

> "蘑菇"在《证言》中宣称,"血龙狂舞"初期,巨龙沃马克斯在王子和克雷根·史塔克会谈时,于临冬城地窖深处贴近温泉的墙侧下了一窝蛋,这不足取信。葛尔丹博士在其著作的残篇中评述,沃马克斯在任何记录中都未曾下过哪怕一颗蛋,因而只能是雄性。此外,安森学士《真相》一书驳斥了龙可按需改变性别的观点,认为其源头是对巴斯在讨论高级神秘术时爱用的晦涩比喻的误解。

外墙高八十尺,即便入侵者攻克外墙,仍会遭到内墙防御者用长矛、石头和箭矢的反击。

城内地广数亩,有多栋独立建筑,其中最老的——一座废弃许久、装饰着许多石像鬼的低矮圆塔——称首堡。有人觉得名称可说明它由先民建立,但肯内特学士提出确凿证据证明它在安达尔人大举入侵前不可能存在,因先民和早期安达尔人修建的都是方形的塔楼和碉堡,圆塔后来才出现。

在专业人士眼中,临冬城是不同时期建筑风格的大杂烩。其辽广空间内除开建筑尚留有许多空地,古老的神木林占地三亩,相传"筑城者"布兰登曾在此向神灵祈祷。无论传说真假,这片树林的年岁的确超乎想象,林中温泉帮助树木抵御冬日严寒。

其实,温泉——它遍布临冬城周边各处——或是先民最初定居于此的首要原因。显而易见,北境深冬里的现成水源——并且还是热水——具有何等价值。近几世纪,史塔克家族开始建造可直接利用温泉来加热住所的建筑。

> 临冬城下温泉的热量已被证明源自地热——同样的热量造就了"十四火峰"和龙石岛的冒烟火山。临冬城和避冬市镇的百姓却称温泉是因一头沉睡在城堡下的巨龙的吐息,这比"蘑菇"的说法更荒谬,完全无须关注。

# 长城与塞外

## 守夜人军团

守夜人军团在七大王国特立独行，誓言兄弟们数千年来誓死捍卫绝境长城。他们诞生于"长夜"以后，在那个持续长达一代人的漫长冬天，异鬼南下横扫人类的国度，几乎将之灭亡。

守夜人的历史源远流长，无数掌故传颂着长城的黑骑士及其高尚使命。可惜英雄纪元早已远去，异鬼也有数千年不曾现身——假如它们存在过的话。

年复一年，黑衣人的规模不断萎缩。据他们自己的记录，早在"征服者"伊耿及其姐妹到来前，衰退就已开始。黑衣弟兄高尚地守卫着王国的人民，但面对的威胁不再来自异鬼、尸鬼、巨人、绿先知、狼灵、易形者及其他孩童故事和传说中的生物，而是挥舞石斧木棒的粗鄙野人——野人固然野蛮，但毕竟只是人，且无法抵挡训练有素的战士。

上古时代显非如此。无论传说真假，先民和森林之子（若歌手们的话可信，还要加上巨人）委实恐惧着某些东西，以至建起长城。这项庞大的工程尽管十分单调，但毫无疑问应归为世界奇迹，其早期基建可能是用石头——学士们对此意见相左——但如今一百里格的长墙极目所见皆为寒冰。周边湖泊提供了原料，先民挖出巨大冰块，用雪橇拖上长城，一个个摆放好。如今数千年过去，长城最高处已超七百尺（随地势不同，一百里格的长城其高度有显著变化）。

在冰墙荫蔽下，守夜人建起十九座要塞——和七国其他城堡不同，它们没有外墙及其他防御工事（对于北方的威胁，长城是最有力的屏障，南方则没有守夜人的敌人）。

长夜堡在诸要塞中最古老宏伟，但已荒废两百年，由于黑衣人规模萎缩，守卫该堡所需人力物力已超出承受范围。该堡仍在服役时就职于此的学士们指出，它显然在若干世纪里经

左图 | 黑城堡和长城

## 守夜军团的要塞

### 使用中
**影子塔**
**黑城堡**（今为守夜人军团总司令的驻节地）
**东海望**

### 被荒废
**西桥望**
**哨兵楼**
**灰卫堡**
**石门寨**
**霜雪山**
**冰痕城**
**长夜堡**
**深湖居**
**王后门**（原为风雪门，后为纪念"善良王后"亚莉珊更名）
**橡木盾**
**水滨寨**
**黑貂厅**
**冰晶门**
**长车楼**
**烽火台**
**绿卫堡**

过多次扩建，除开城下岩石地基中开凿的许多极深的地窖，原有建筑已难寻踪迹。

长夜堡数千年来都是守夜人的头号根据地，围绕它有无数传说，其中许多被哈慕恩博士《长城上的守卫》收录。最古老的掌故涉及"夜王"，他是守夜人第十三任总司令，据说和一个肤色白得像尸体的女巫媾合，并自立为王。"夜王"和"尸后"一起统治了十三年，直到被冬境之王"解放者"布兰登（据说与塞外之王乔曼联合）打败。此后，布兰登将"夜王"从人们的记忆中抹去。

学城的博士大都不认同这些掌故——有些人勉强承认，这或许反映了守夜人军团成立之初某位总司令试图自立为王的经历。有人猜测"尸后"来自先民荒冢，是常与坟墓联系的一方豪强荒冢王的女儿。关于"夜王"则众说纷纭，根据故事流传地点不同，认为出自波顿家族、木足家族、安柏家族、菲林特家族、诺瑞家族乃至史塔克家族的说法都有。和所有故事一样，它也被不同的讲述者加以各种改造。

守夜人军团很可能是七大王国第一个军事组织（其成员的首要职责乃是保卫绝境长城，并为此接受军事训练），该组织的誓言兄弟被划分为三大职业：

（1）事务官，负责军团的衣食住行。
（2）工匠，负责修补长城及沿线各城堡。
（3）游骑兵，负责在塞外巡逻，并与野人作战。

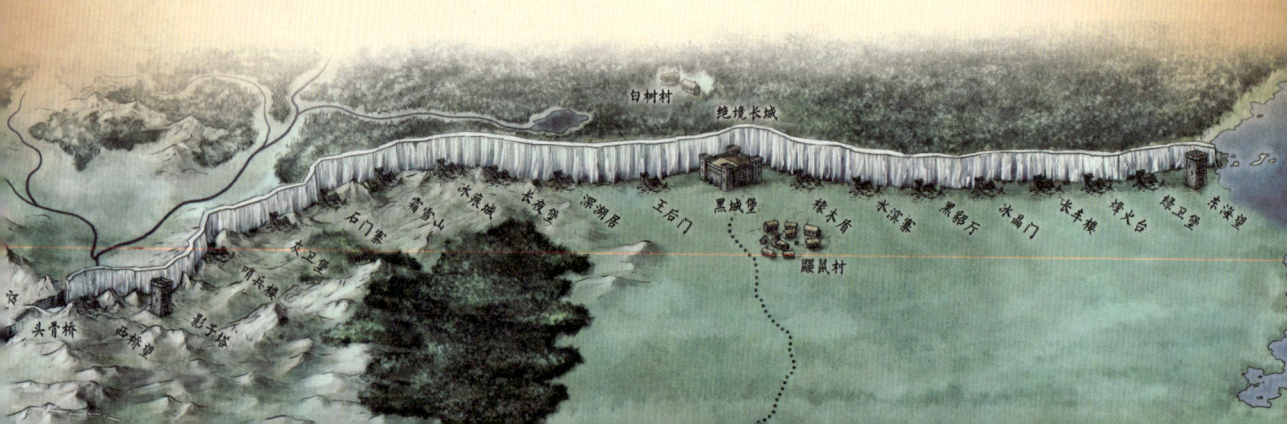

> 传说巨人帮助建筑长城，以蛮力堆叠冰块。这或有可信处，但真正的巨人远不若故事描绘的那么高大有力。传说还称森林之子——他们从不用冰块或石头筑墙——用魔法协助工程，该类传说的可信度更值得商榷。

守夜人由高级军官领导，军官们的首脑便是总司令。总司令通过选举产生：凡守夜人的成员——无论原是大字不识的偷猎者还是大家族的后嗣——都有权投票给自认能领导自己的人，通过简单多数选出的总司令是终身职。这一传统几乎贯穿守夜人的整个历史，任何颠覆行为（譬如约五百年前，伦赛·海塔尔总司令试图将职位传给自己的私生子）都不长久。

可惜，如今守夜人面临的困难似是无解——该组织或许为某个伟大目的而建立，但无论异鬼存在与否，它们已数千年未曾露面、未曾威胁人类。守夜人面对的是塞外的野人，可只有当塞外之王统一野人部落后，野人才能对七大王国的人民构成真正威胁。在漫长的和平时期，维护和供养长城的庞大开支日益难以承受，今天的守夜人只能保留三座要塞，整体规模也缩减到伊耿及其姐妹登陆时的十分之一——即便如此，依然举步维艰。

有人辩称长城的意义在于帮助王国处理杀人犯、强奸犯、偷猎者等麻烦人物，另一些人则质疑让这些人拿起武器、接受训练是否明智。野人的掠袭算不上威胁，顶多是骚扰，许多有识之士指出，相对于维持守夜人军团，不如允许北境领主朝塞外扩张，任其自行驱逐野人，问题或能得到更好的解决。

但正是北境人对守夜人的极大尊重保证了后者的运作，令黑城堡、影子塔和东海望的弟兄们免遭冻馁之苦的大部分物资并非来自赠地，而是北境诸侯为表心意每年致赠长城的。

*左图｜守夜人的要塞*

# 野人

**野**人掠袭者骚扰王国主要是为抢夺铁和钢——他们缺乏采矿铸造的技艺。许多掠袭者使用木制和石制、乃至角制武器，青铜刀斧极其珍贵。著名的野人头目常炫耀掠来的钢制武器，有些得自被杀的守夜人游骑兵。

塞外生活着许许多多不同的族群——但都是先民的后代——他们在文明的南方被统称为野人。

这些人并不如此自称。塞外的大多数人自称自由民，自认其野蛮习俗比南方的"下跪之人"更逍遥自在。他们的确没有国王和领主，无论出身、血统和地位，都无须向任何凡人或神职人员低头。

但野人过得很艰苦，他们逃脱了权威，却没法阻止自然灾害、血腥战乱及同胞间的掠夺。目睹其生存状态的人一致认同，无法无天的塞外不值得羡慕（以守夜人游骑兵的叙述为基础的许多著作是最好的证据）。野人却以贫瘠的生活、手中的石斧和柳木盾、身上长满跳蚤的兽皮为豪，这是他们与王国居民格格不入的原因之一。

不计其数的自由民部落和氏族至今崇拜先民与森林之子尊崇的旧神——那些刻在鱼梁木上的神祇（有记录声称某些自由民崇拜其他神祇：霜雪之牙地底的黑暗神、冰封海岸的雪与冰之神或斯托德之角的螃蟹神，但没有可靠证据）。

游骑兵们提到，塞外的荒僻角落有更奇怪的种族，如极北的隐秘峡谷中身披青铜盔甲的战士；竟能在冰雪中赤脚行走的硬足民；冰封海岸上住冰制小屋、乘狗拉雪橇的野人；六七个生活在洞穴里的部落；另据传言，乳河上游沿岸有食人族。由于游骑兵甚少深入鬼影森林五十里格以外，显然塞外还有比我们想象中多得多的野人种群。

野人的威胁并不严重，除非被塞外之王联合，而这种情况鲜少出现。野人掠袭者和酋长们大都向往塞外之王的头衔，但如愿者甚少，最终夺得权位的均无意建立真正的王国，亦不关心子民，实际上与其说他们是君王，不如说是战争首领。尽管彼此性情千差万别，但每位塞外之王都要纠集野人攻打长城，以期破墙而入，涌入南方七大王国。

相传乔曼是第一位塞外之王，自称拥有能"从地底唤醒巨人"、让长城倒掉的号角（长城伫立至今证明这种宣称、甚至其人存在本身都很可疑）。

三千年前，詹德尔和戈尼并立为塞外之王，他们率军从地底迷宫般的隐秘洞穴南下潜过长城，攻入北境。戈尼在战斗中杀了史塔克国王，随后被王储所杀，詹德尔带领残部逃回洞穴，再没出现。

一千年后（或是两千年后）出现了"长角王"，真名已不可考，据说他用巫术通过长城。数世纪后又有"吟游诗人"贝尔，其歌谣至今在塞外传唱……但其人存在与否尚有待商榷。野人追捧他，将许多歌谣归功于他，临冬城的古老编年史则只字未提。这到底是因临冬城羞于提及他造访带来的耻辱和败绩（某个捕风捉影的故事声称贝尔强暴一位史塔克家族的少女，并让她怀孕）还是因从未有过这个人呢？着实难以说清。

最近一位越过长城的塞外之王是"红胡子"雷蒙，他于征服二百一十二年或二百一十三年统一野人部落，但直到征服二百二十六年才率领大批野人爬过光滑的冰墙，进入长城内侧。

据现存多种记录，雷蒙的军队总计达数千人，他们向南一直攻到长湖。威廉·史塔克公

上图｜野人掠袭者

艰难屯曾是塞外唯一接近镇子的居民点。它位于斯托德之角，有一天然深水港，但六百年前被烧毁，居民全部丧命，连守夜人也说不清到底发生了什么。有人说斯卡格斯岛的食人族前来打劫，也有人说是狭海对岸的奴隶贩子所为。一艘守夜人派去调查的船只带回更离奇的故事：艰难屯上方的悬崖回荡着可怖的尖啸，而屯内找不到一个活人。关于艰难屯最详尽的描述当属沃利斯学士的《艰难屯：记录在塞外与野蛮人、掠袭者和森林女巫共度的三年》。沃利斯乘潘托斯商船来到艰难屯，以医师和顾问的身份定居下来记录当地习俗。"人狼"戈姆——共治艰难屯的四名酋长之一——为他提供保护，但戈姆在某次酒后事故中被杀后，沃利斯担心自己的性命，于是回到旧镇。他在旧镇完成著作后仅一年便消失不见。学城传说他最后一次出现是在码头，正寻找前去东海望的船。

野人盛传詹德尔及其部下迷失在洞穴里,至今仍在游荡;但据游骑兵的历史记载,詹德尔当时就被杀死,只有一小撮余孽逃回地下。

爵和"醉巨人"哈慕德·安柏伯爵率军堵截,背靠湖泊又遭夹击的"红胡子"鏖战至死,但死前杀了威廉公爵。

守夜人军团总司令杰克·穆斯古德(野人入侵前人称"快乐杰克",后来被改称"睡大觉的杰克")终于率军赶到时,战斗已然结束,怒气冲天的阿托斯·史塔克(威廉公爵之弟,据称是当时最可怕的战士)令黑衣弟兄掩埋尸体,至少这项任务他们能圆满完成。

下图 | 野人大军聚集在长城下

# 河间地

三叉戟河及其三条丰沛支流流经的土地有着丰富的历史，充满荣耀与悲剧。

河间地北起颈泽，南至黑水河畔，东临谷地，此乃维斯特洛跃动的心脏。放眼七国，没有哪里发生过如此多的战斗，经历过如此多的大小王朝的兴衰。个中原因并不复杂：丰饶富庶的河间地毗邻七国中除多恩以外的六国，又缺乏抵御侵略的天然屏障。三叉戟河的滋润让这片土地成为居住、耕种与征服的理想对象，而其三条支流在和平时期有助于贸易和旅行，战时则可用来运输和掩护。

河间地正因这三条支流而得名：红叉河发源西方群山，裹挟的泥沙将它染上色彩；绿叉河布满青苔的水流源自颈泽的泥潭；蓝叉河源于泉涌，以闪耀、纯净而得名。宽阔的水域便利了河间地的交通，河面时或见到绵延一里以上的撑篙船队。奇怪的是，这里竟没有城市（虽然大型贸易市镇很普遍），多半应归咎于纷争不息的历史及过去的国王不愿赐给盐场镇、哈罗威伯爵的小镇或美人集之类市镇特许状，鼓励其扩张。

在先民统治维斯特洛的全盛时期，无数小王国在河间地兴起又陨落，它们的历史被童话和歌谣包裹，今已几近失传。人们只记得某些传奇的国王和英雄，其事迹被符文镌刻在风化的石头上，但对之的解读在学城内部饱受争议。当歌手和说书人绘声绘色地讲述"强壮的"阿托斯、"傻瓜"佛罗理安、"九指"杰克、"巫女王"夏拉和神眼湖的"绿人王"时，严肃的学者会质疑这些人物是否存在。

河间地的信史始于安达尔人到来。来自东方的征服者横渡狭海、扫荡谷地后，欲将河间

---

三叉戟河在该地区的战略价值直到"黑心"赫伦的祖父哈尔文·霍尔国王与风暴王亚列克争霸时期才得以极大彰显。铁民掠夺者控制了河流，得以在相隔遥远的据点和战场间迅速转移兵力。风暴王在美人集附近的蓝叉河渡口遭遇最惨痛的失败，尽管其军队人数占优，但铁民的长船在夺取渡口时发挥了至关重要的作用。

尽管艾瑞格堪称古史中最黑暗的一页，人们还是会质疑他是否存在。佩雷斯坦博士认为艾瑞格可能只是某个安达尔头衔的变体，并非人名。佩雷斯坦在其著作《历史研究》中有进一步论述，认为这位不知名的安达尔酋长是奉河流王的对手之命砍倒那些树木的，他们只是雇佣兵。

地收归己有。于是他们驾驶长船，沿三叉戟河及其三条支流逆行而上，似乎是在后来被修士们追认为国王的酋长们带领下作战。河流沿岸的小王国一个接一个遭到蚕食。

歌谣讲述了女泉镇的沦陷和小国王"英勇的"佛罗理安五世的死；戴瑞伯爵的三个儿子坚守寡妇滩抵抗安达尔头目多里安·瓦尔平及其麾下众骑士一日一夜，牺牲前杀敌数百；"白木林之夜"中，森林之子自空山内出现，指使数百条狼扑向安达尔营地，在残月照耀下撕碎成百的敌人；石篱城的布雷肯家族和鸦树厅的布莱伍德家族在苦河大战中抛弃前嫌，联手御敌，却被七百七十七名安达尔骑士和七位修士的冲锋粉碎，对手的盾牌上都绘有教会的七芒星。

安达尔人将七芒星带到所经之处，他们把它绘在擎起的盾牌和旗帜上，绣在外套上，有时还用来文身。征服者对七神如此狂热，乃至将先民和森林之子崇拜的旧神视为恶魔，用铁与火摧毁后者神圣的鱼梁木林，砍倒每棵高大白树，挖去上面雕刻的人脸。

人称"高尚之心"的山峰对先民及之前的森林之子具有特殊意义，其顶峰的树林生长着七大王国最古老最巨大的鱼梁木，当时还有森林之子和绿先知在此居住。安达尔国王"弑君者"艾瑞格包围山峰，森林之子誓死抵抗，召唤来如云的乌鸦和成群的狼……至少传说如此。但尖牙利爪敌不过安达尔人的铁斧，绿先知、野兽和先民遭到屠杀，尸体在"高尚之心"旁堆成小山，比后者还高出一半……至少歌手们如此传唱。

《真史》另有说法，它认为森林之子在安达尔人渡过狭海前就已离开河间地。无论如何，树林被毁是事实，"高尚之心"的鱼梁木林今日只剩木桩。

君临河间地的倒数第二位先民国王——亦是诸王中最强大者——英勇抗击安达尔人，他便是穆德家族的特里斯蒂芬四世，人称"正义之锤"，其宏伟的家堡位于蓝叉河畔一座山丘上，今为荒石城。歌谣相传，他一生为御外侮经历大小一百场战斗，取胜九十九场，却在最后一场对抗七位安达尔王联军的战役中败死。七位国王应是适应歌谣而出现的，很可能是修士为教化信仰编造的故事。

穆德王朝之前也有过几乎同样强大的君主。有些编年史称费舍尔家族是最早、最古老的河流王（另一些史籍则把他们算作河间地的第二

王朝，豌豆谷的古代圣堂中发现的《河流年代记》残篇甚至认为他们是第三王朝），而布莱伍德和布雷肯家族都自称曾在英雄纪元的若干时间段里君临河间地。

穆德家族的统治区域比先辈更广阔，但结局十分凄凉。"正义之锤"的继承者是其子特里斯蒂芬五世，也称"末代"特里斯蒂芬。他无力抵御安达尔人，甚至没法团结人民。

上图 | 公平人家族的贝尼狄克国王

攻陷荒石城、杀死"末代"特里斯蒂芬之后，安达尔诸王与剩下的先民贵族联姻，并处死了不愿臣服者。安达尔人是个吵闹且好战的民族，他们个个都想在河间地分一杯羹，于是先民的末代君王们血迹未干，征服者之间就为领地大打出手。许多安达尔人自封"河流与山丘之王"或"三叉戟河之王"，但直到数世纪后才从这些小君主中涌现出一位真正掌控河间地的人物。

首位在七神指引下统一河间地的国王是一名私生子，出于某次幽会，父母来自世仇布莱伍德家族和布雷肯家族。他叫贝尼狄克·河文，打小受人鄙视，却成长为当时最强大的战士，人称"无畏的"贝尼狄克爵士。他战斗的英勇为他赢得了父母双方家族的支持，其他河间领主很快也臣服于他。随后，贝尼狄克花去三十多年剿灭三河流域剩余的小国，当最后一位国王臣服后，他终于为自己戴上王冠。

登基为王后，人民称他"公正的"贝尼狄克，他如此欣赏这个外号，乃至抛弃代表私生子的姓氏，以"公平人"为族名。他睿智严厉地统治了二十三年，将王国疆域拓展到女泉镇和颈泽，其子也叫贝尼狄克，统治了六十年，将暮

谷镇、罗斯比城和黑水河口纳入河间王国的版图。

编年史告诉我们，公平人家族君临河间地近三世纪，却终于绝嗣。铁群岛国王科瑞·霍尔将伯纳二世国王的儿子们俘到派克岛，随后加害，愤怒的父亲向铁民发起毫无胜算的复仇之战，很快也随儿子们而去。

混乱血腥的时代重新降临，"无畏的"贝尼狄克打造的王国分崩离析，在长达百年的争夺中，布莱伍德家族、布雷肯家族、凡斯家族、梅利斯特家族和查尔顿家族的小国王们为争夺霸权相互倾轧。

最后胜出的却是托伦斯·蒂格伯爵，一位出身可疑的冒险家。他在某次朝西境发起的大胆掠袭中赚得大笔黄金，凭借这笔财富从狭海对岸雇来许多经验丰富的佣兵，而这些战士成为蒂格家族最大的本钱。经过六年征战，托伦斯·蒂格在女泉镇加冕为三叉戟河之王。

据说托伦斯国王及其后嗣从未坐稳王位，蒂格家族不受封臣爱戴，只能强迫三河流域各大家族送儿女入朝为质，以防反叛。饶是如此，第四代蒂格国王"鞍马劳顿的"席奥也在马背上度过了整个统治期，率领骑士平息一波又一

波叛乱，并在所到之处的树上吊死人质。

和诸先民王朝类似，安达尔人的河流王朝也都很短命，只因四周强敌环伺：群岛的铁民常劫掠西海岸，石阶列岛和三姐妹群岛的海盗常骚扰东海岸。西境人时而冲出群山，渡过红叉河，在河间地肆意妄为，伺机征服。明月山脉野蛮的山民也不时出来烧杀，掠走女人。西南方的河湾地诸侯随时可能派铁盔铁甲的骑士团渡过黑水河。东南方的风暴诸王对黄金和荣誉的渴求永不干涸。

在三河流域漫长的历史中，在林林总总数百位统治者治下，河间地几乎总跟至少一个邻国处于战争状态，有时甚至被迫两线或三线作战。

更糟的是，河流王很少得到封臣们的全力支持。古老的芥蒂和过往的背叛早已深入三河诸侯的骨髓，河水渗入土地有多深，他们彼此的恨意就有多深。每逢外敌入侵，总有本地领主倒戈相助，对抗自己的国王，有时甚至引狼入室，用领地、黄金乃至女儿来收买外邦对付自己的宿敌。

很多河流王被里应外合扳倒，每场战争却不过是下场战争的前奏。从今观之，河间地被某位决心入主的入侵者收入囊中不过是迟早的事。

第一位这么做的是风暴王阿兰·杜伦登三世。

当时的河流与山丘之王是蒂格家族的亨佛利。他是位虔诚的统治者，在河间地建起许多圣堂和修女院，并试图压制旧神信仰。

鸦树厅起兵反抗，因布莱伍德家族从未接受七神。亚兰城的凡斯家族和奔流城的徒利家族也加入叛乱。就在亨佛利国王及其忠诚派在教团武装"圣剑骑士团"和"星辰武士团"支持下即将击败叛军的关键时刻，罗德瑞克·布莱伍德伯爵向风息堡求援。他最终与杜伦登家族通过联姻结盟，阿兰国王迎娶罗德瑞克伯爵之女，后在鸦树厅神木林中那棵死去的巨大鱼梁木下依古法举行婚礼。

阿兰三世迅速起兵，召集所有封臣，组成大军渡过黑水河。经过数场血战，阿兰大破亨佛利国王一派，解了鸦树厅之围，但罗德瑞克·布莱伍德和埃尔斯顿·徒利双双战死沙场，死者还包括布雷肯伯爵、戴瑞伯爵、斯莫伍德伯爵及凡斯家族两大分支的族长。亨佛利国王，其弟兼代理骑士达蒙爵士，其子亨佛利、霍利斯和泰勒皆死于战争的最后一役，那场激烈的战役发生在布莱伍德家族和布雷肯家族同时宣称为自己领土的两座山峰——"双乳峰"——下。

据记载，那天先死的是亨佛利国王，继承人亨佛利王子拾起父亲的王冠和长剑，但很快也战死了，次子霍利斯接替哥哥，同样被杀。最后的河流王血染的王冠就这样从一个儿子传到另一个儿子头上，最终传给亨佛利国王的弟弟，而这一切都发生在一个下午。太阳落山时，蒂格家族和河流与山丘的王国一道灰飞烟灭，他们殒命之役被后人称为"六王之战"，以纪念风暴王阿兰三世与战死的五位河流王——其中有的国王只统治了几分钟。

近代在风息堡和鸦树厅服务的学士根据来往信件判明阿兰三世北进时本不打算鲸吞河间地，只计划扶持岳父罗德瑞克伯爵，让布莱伍德家族重新戴上王冠。岳父战死沙场打乱了计

上页｜风暴王亚列克远眺美人集之战

划，因鸦树厅的继承人是个八岁男孩，而风暴王不喜欢也不信任罗德瑞克伯爵幸存的兄弟们。阿兰国王短暂考虑过为儿媳妇、罗德瑞克·布莱伍德最年长的孩子西蕊加冕，让自己的儿子与其共治，但河间诸侯均反对女人统治，国王便干脆将河间地收为己有。

河间地归属风息堡超过三世纪，尽管每代人时间里都至少会爆发一场大起义。曾有十多位来自不同家族的反叛者自封为河流王或三叉戟河之王，发誓打破风暴地的束缚，其中某些人甚至成功了……半月、一月乃至一年。但其统治危如累卵，最终总会被风息堡的讨伐军粉碎，王座的主人统统被吊死。这些悲剧收场的短命君主包括路西法·公平人（"骗子"路西法）、马柯·穆德（"疯诗人"）、劳勃·凡斯伯爵、培提尔·梅利斯特伯爵、简妮·纳特伯爵夫人、私生子国王亚当·河文爵士，农夫国王美人集的佩特、荒石城的骑士莱蒙·费舍尔爵士等等。

风息堡的势力最终被逐出河间地并非由于河间诸侯的反抗，而有赖境外的强人、外号"强手"的铁群岛之王哈尔文·霍尔。哈尔文率军乘一百艘长船渡过铁民湾，在海疆城以南四十里格处登陆，然后扛着船朝内陆的蓝叉河进军，这一壮举至今为群岛的歌手传唱。

长船再度入水后，铁民沿各条河流随心所欲地进犯、抢劫，所到之处的河间诸侯纷纷避其锋芒或缩进城堡，不愿为不受爱戴的封君冒险，而胆敢抗拒者都付出了惨痛代价。勇莽的年轻骑士山姆威尔·河文是奔流城伯爵托曼·徒利的私生子，他率一支小军队在腾石河狙击哈尔文国王。"强手"冲溃其战线，数百人逃跑时淹死，河文本人被劈成两半，分别交付其父母。

徒利伯爵不战而弃奔流城，携全军逃往鸦树厅加入艾格妮丝·布莱伍德伯爵夫人及其诸子召集的联军。但艾格妮丝伯爵夫人抗击铁民时，素为世仇的邻居罗索·布雷肯伯爵倾全力从后掩袭，联军土崩瓦解。艾格妮丝伯爵夫人和她的两个儿子被俘后送到哈尔文国王驾前，哈尔文强迫做母亲的看着他徒手扼死两个男孩，但据说伯爵夫人没有流泪。"我还有儿子。"她告诉铁群岛之王，"你和你的子孙覆灭后，鸦树厅的血脉还将绵延不绝。你们逃不过血与火的惩罚。"

这番预言般的话更像是出自后来的说书人和歌手。我们确知的事实是，阶下囚的气势震撼了"强手"哈尔文，甚至提出饶她一命，纳为"盐妾"。艾格妮丝伯爵夫人却道："我宁愿被你一剑结果，也不要在你身下承欢。"于是"强手"哈尔文遂了她的愿。

布莱伍德伯爵夫人的溃败宣告河间领主抵抗的终结，但战争没有就此结束。外敌入侵的消息终于传到遥远的风息堡亚列克·杜伦登国王耳中，风暴王集结重兵，北上迎战。

但年轻的国王驱逐铁民的心情过于急切，很快甩开了辎重队——这是个可怕的错误，待亚列克醒悟为时已晚。渡过黑水河后，他发现所有城堡紧闭门户，郊外粮草均无，仅余焚烧的市镇和焦黑的田地。

当时已有许多河间领主加入铁民一方。河间地人在古柏克伯爵、培吉伯爵和瓦尔平伯爵的带领下偷偷渡过黑水河，袭击行动缓慢、尚未赶到河边的辎重队。他们击溃亚列克国王的后卫，夺得全部补给。

又累又饿的风暴地大军终于在美人集与"强手"哈尔文交手，后者得到罗索·布雷肯、席奥·查尔顿等二十多位河间诸侯的支持，但士兵总数仍只及对手的三分之二。可惜风暴地的部队因连日行军已如强弩之末，队伍混乱，士气低迷，国王本人也很快表现出刚愎自用又优柔寡断的一面。会战结果是风暴地人惨败，亚列克本人虽逃出屠杀现场，但两个弟弟死于混战，风息堡对三河流域的统治也以这种血腥的方式轰然崩塌。

据说，河间地全境的百姓闻讯欢欣鼓舞，他们的领主也壮起胆子攻打四处驻守的小股风暴地部队，将其驱逐或消灭。编年史记载，石堂镇的钟响了一天一夜，歌手和乞丐帮兄弟走村过镇，宣告三叉戟河的人民又要当家作主了。

但不久后庆祝便戛然而止。传言（在石篱城内尤为盛行）罗索·布雷肯伯爵与铁民联手是因"强手"答应驱逐风暴地人后会立他为王，这种说法没有书面证据，似乎并不可信，因哈尔文·霍尔决非会拱手让出王冠的人。总之，哈尔文和三个世纪前的阿兰·杜伦登三世一样将河间地收为己有，一干倒戈的河间诸侯为他人做了嫁衣，到头来只是换了个新主子……且比之前的更加严酷、残忍、苛刻。

最先领教这点的就数罗索·布雷肯。"强手"兼并河间地半年后，布雷肯伯爵起兵反叛，但只有几个小领主响应。哈尔文国王将其彻底击败，洗劫并毁坏石篱城，又将伯爵本人挂在鸦笼里大半年，任其慢慢饿死。

亚列克国王余生中两次渡过黑水河收复失地，但均未成功，其长子继承人、后来的阿兰五世国王也曾兴兵，却战死沙场。

"强手"哈尔文终生统治河间地（六十四岁的他和诸多"盐妾"中的某位寻欢时死在床上），其子其孙承其事业，继续以铁种的残酷手段压制三河流域。哈尔文之孙为"黑心"赫伦国王，他花去大半统治期在河间地营建以自己名字命名的雄城，甚少回到铁群岛。

当"征服者"伊耿登陆、消灭赫伦王和霍尔家族时，河间地便是如此一番局面。赫伦堡大屠杀结束了铁种对河间地的掌控，伊耿随后任命最先拥护坦格利安家族的河间领主艾德敏·徒利为奔流城公爵和三叉戟总督，各家族均受其节制。伊耿本人成为维斯特洛独一无二的王。

# 徒利家族

奔流城的徒利家族从未称王,尽管族谱显示其家族成员和诸王朝的王族有千丝万缕的联系,可能正因这些古老的血缘,徒利家族才得以最终成为伊耿一世治下的三叉戟河总督。

三河流域的许多编年史和年代记中均可发现徒利这个姓氏,一直上溯至先民时代,当时第一位艾德慕·徒利及其诸子与"正义之锤"特里斯蒂芬·穆德四世并肩作战,后者赢得的九十九场胜利多有徒利家族参与。特里斯蒂芬驾崩后,艾德慕爵士倒戈追随最强大的安达尔征服者阿米斯特德·凡斯,此人将红叉河与其湍急支流腾石河交汇处的大片领土赐给艾德慕之子亚赛尔,新晋的亚赛尔伯爵便于该地建筑家堡——他将这座红色城堡命名为奔流城。

奔流城的地理位置很快彰显出重大战略价值,于是小国王们在战乱年代争先寻求徒利家族的支持。亚赛尔及其后代由此变得富强,终于成为许多河流王倚靠的屏障,统御三河地区的西方边陲,抵御凯岩王国进犯。

当风暴王在决战中击败最后的河流与山丘之王时,徒利家族已跻身河间地首屈一指的领主之列。一些豪门世家在推翻蒂格家族的战争中灭亡,但大部分贵族屈膝臣服风暴王,徒利家族也在其中,他们迅速得到杜伦登家族的信任,身居要职。

上图 | 徒利家族(正中)和河间地过去现在一些重要家族的纹章(自顶端顺时针起):梅利斯特家族、慕顿家族、戴瑞家族、穆德家族、派柏家族、斯壮家族、凡斯家族、布雷肯家族、布莱伍德家族、河安家族、罗斯坦家族和佛雷家族

奔流城经历了风暴王的统治，也几乎平稳地度过了接下来铁民的征服。河间地的其他大家族则没这么幸运，伊耿征服的十年前，布莱伍德家族和布雷肯家族由于宿怨再次陷入缠斗，此前铁民封君对封臣间的争斗大都作壁上观——实际上，若《铁民编年史》可信，"强手"哈尔文经常挑起封臣间的战斗，以削弱其实力。

但这次争斗影响了赫伦堡工程，"黑心"

---

## 多数史籍中认同曾一度统治河间地全境的家族

雾岛的费舍尔家族

鸦树厅的布莱伍德家族

石篱城的布雷肯家族

荒石城的穆德家族（河间地最后一个信仰旧神的王朝）

公平人家族

蒂格家族（出自本土的河流与山丘之王至此成为绝唱）

风息堡的杜伦登家族

铁群岛的霍尔家族

---

赫伦理所当然地严惩这两大家族。于是当"征服者"伊耿进军赫伦堡时，奔流城的徒利家族成了河间领主中最强大者。

"黑心"赫伦统治河间地四十年，带来的唯有贫瘠和死亡，因此无人爱戴。伊耿的到来得到赫伦的大小封臣们一致拥戴，他们迫不及待地想推翻残忍的铁民君主——为首的起义者便是艾德敏·徒利。赫伦堡被焚、"黑血"一族灭绝后，伊耿将河间地的统治大权交给艾德敏公爵，有人甚至提出让其兼理铁群岛，但未获通过。

艾德敏公爵殚精竭虑，弥补赫伦留下的创伤。崭新的联姻在此过程中建立，新晋的昆廷·科何里斯伯爵——曾为龙石岛教头，彼时获封赫伦堡的废墟及周围大片领地——于征服七年迎娶徒利公爵之女（尽管后来种种证明这场联姻或许并不明智，所幸，科何里斯家族仅二代而亡）。同年，艾德敏公爵开始为时两年的首相生涯，最终辞职返回奔流城陪伴家人。

在坦格利安王朝早期的大事件中，徒利家族始终扮演着重要角色。伊尼斯一世国王在奔流城做客时，"红心"赫伦杀了"婚宴客"戈根，于是徒利家族及其封臣帮助国王从土匪王手中夺回赫伦堡。数年后，徒利家族——及当时统治赫伦堡的哈罗威家族——又出兵协助"残酷的"梅葛围剿并打败侄子伊耿及其坐骑魔龙"闪银"。

世人皆知布莱伍德家族和布雷肯家族存有宿怨，事实的确如此，其源头可追溯到数千年前、安达尔人尚未到来时，且早已被传说蒙上层层面纱。布莱伍德家族自称是王族，而布雷肯家族不过是小领主，靠阴险的背叛篡夺王位；布雷肯家族的说法正相反。两大家族均曾在三河流域称王这点恐怕毋庸置疑，也无人否认他们最初的敌意事出有因，只是太过久远，没人记得。两大家族实力雄厚，尽管许多国王尝试让他们和解，仇怨却始终不曾消散。哪怕有"人瑞王"和"和解者"美誉的杰赫里斯也无法结束这场无尽的争端，他努力创造的和平甚至在他驾崩前就告崩溃。

下图 | 伊耿王子及其坐骑"闪银"的陨落

# 赫伦堡历代领主

### 科何里斯家族

科何里斯家族的第二代、亦是末代伯爵戈根·科何里斯，为昆廷伯爵之孙，好色程度臭名远扬，因有意参加领内每场婚礼以伸张领主的初夜权而得名"婚宴客"。因此，某个被戈根伯爵开苞的少女的父亲为"红心"赫伦一伙土匪打开城堡的某道突击门也就不足为奇了。戈根死前遭到阉割，赫伦堡随后也得到被诅咒的名声，因相继统治此地的家族均不得善终。

### 哈罗威家族

戈根·科何里斯死后，伊尼斯一世赐封卢卡斯·哈罗威为赫伦堡伯爵，卢卡斯此后将女儿亚丽嫁给梅葛。亚丽后为梅葛的王后，卢卡斯成为国王之手，直到哈罗威一族被"残酷的"梅葛屠灭。

## 塔尔斯家族

梅葛摧毁哈罗威家族后，宣布将赫伦堡——但不包括其早前管辖的所有领地——赏赐给麾下最勇武的骑士。于是国王驾前的二十三名骑士在哈罗威伯爵的小镇的街道中为奖品浴血厮杀。沃顿·塔尔斯爵士最终胜出，得到城堡，但很快伤重而死，其子嗣勉强支撑了两代，终至无后而亡。

## 斯壮家族

鲍尔文·斯壮爵士于杰赫里斯一世统治时期被封为赫伦堡伯爵，其后嗣莱昂诺·斯壮以善战闻名，但也拥有其他许多天赋，曾在学城赢得颈链的六个环节。他曾任法务大臣，后为韦赛里斯一世朝的国王之手，膝下诸子深陷深宫纠葛之中。最终他和他的继承人哈尔温爵士都死于赫伦堡的一场大火，次子拉里斯·斯壮继为赫伦堡伯爵。拉里斯活过了"血龙狂舞"，但没能逃过"狼的审判"。

## 罗斯坦家族

卢卡斯·罗斯坦爵士——曾为红堡教头——于征服一百五十一年被伊耿三世赠予赫伦堡。罗斯坦新娶了与彼时的伊耿王子、未来的"庸王"伊耿绯闻缠身的菲莱雅·史铎克渥斯小姐，并很快携妻子离开朝堂。他曾在伊耿四世统治期间还朝出任国王之手，但不到一年后与妻女一起再次被逐。梅卡一世国王统治期间，丹奈尔·罗斯坦伯爵夫人钻研黑暗伎俩，于是整个家族在疯狂和混乱中覆灭。

## 河安家族

该家族曾是罗斯坦家族麾下的骑士，因在促成罗斯坦家族覆灭中有所建树而获得赫伦堡。他们占有该城至今，但已被厄运笼罩。

门，约束封臣。

"血龙狂舞"后期，艾尔蒙·徒利爵士统率河间诸侯加入第二次腾石镇之战，但是站在雷妮拉女王一边，而非拥护祖父心仪的伊耿二世。此役获胜——至少是部分胜利——后不久，艾尔蒙爵士终于继逝世的祖父成为奔流城公爵。但他在位甚短，四十九天后便在行军中死去，留下年轻的儿子克米特爵士继承。

克米特公爵带领徒利家族走进全盛时期。他充满活力、英勇无畏，不知疲倦地为雷妮拉女王及其子伊耿王子（后来的伊耿三世国王）奋战。内战末期，克米特公爵成为向君临进发的大军的统帅，并在"血龙狂舞"的最后一战中亲自斩杀博洛斯·拜拉席恩公爵。

克米特公爵的后继者们励精图治，奔流城却不复当年风采。徒利家族在历次黑火叛乱中皆忠于坦格利安家族，却在"疯王"伊里斯二世治下与朝廷关系恶化。于是霍斯特·徒利公爵加入劳勃·拜拉席恩的义军，还将女儿分别嫁给鹰巢城公爵琼恩·艾林和临冬城公爵艾德·史塔克，巩固了拥戴劳勃的大同盟。

但没过多久，奔流城与梅葛也互生龃龉。由于梅葛四面树敌，在他残酷统治的末期，徒利家族转投他的另一位侄子、已故伊耿王子之弟杰赫里斯王子。

徒利家族此后继续活跃在史书中。征服一百零一年的大议会上，葛拉佛·徒利公爵支持韦赛里斯·坦格利安王子为杰赫里斯一世的继承人，反对兰尼诺·瓦列利安。当"血龙狂舞"于征服一百二十九年爆发时，老徒利公爵忠于信念，拥护伊耿二世国王……但他年纪大了，卧床不起，孙子艾尔蒙爵士违逆他，紧闭城

上图 | 艾尔蒙·徒利爵士
右图 | 佛利斯特·佛雷侯爵奔赴战场

  "血龙狂舞"初期，戴蒙·坦格利安王子统领雷妮拉女王的部队兵不血刃地拿下赫伦堡，将该地作为集结女王支持者的大本营。女王在河间地支持者甚多，很快便有数千人加入王子以女王之名召集的大军。其中最显赫者包括著名骑士、河渡口领主佛利斯特·佛雷，他曾是雷妮拉的追求者。佛雷家族的历史并不悠久，距今约六百年前才崭露头角，家族创始人是一位在绿叉河最窄处搭起一座摇摇晃晃的木桥的小领主。后来随着财富和权势的积累，桥梁变得越来越坚固，城堡更从一栋俯瞰木桥的塔楼拓展为河流两岸的坚固高塔——这两座堡垒人称孪河城，坚固程度在王国城堡中屈指可数。

  佛利斯特伯爵忠心耿耿地为曾经爱慕的女王作战，最终与许多领主、骑士一同葬身于"血龙狂舞"中最惨烈的陆战"喂鱼大战"。其遗孀瓦尔平家族的沙比瑟夫人展现出可敬的勇敢和惊人的残忍，"蘑菇"说她是"面容瘦削、牙尖嘴利、脾气暴躁的瓦尔平老太婆，喜欢骑马胜过跳舞，喜欢锁甲胜过丝绸，男人是她刀下鬼，女人她才亲亲嘴"。

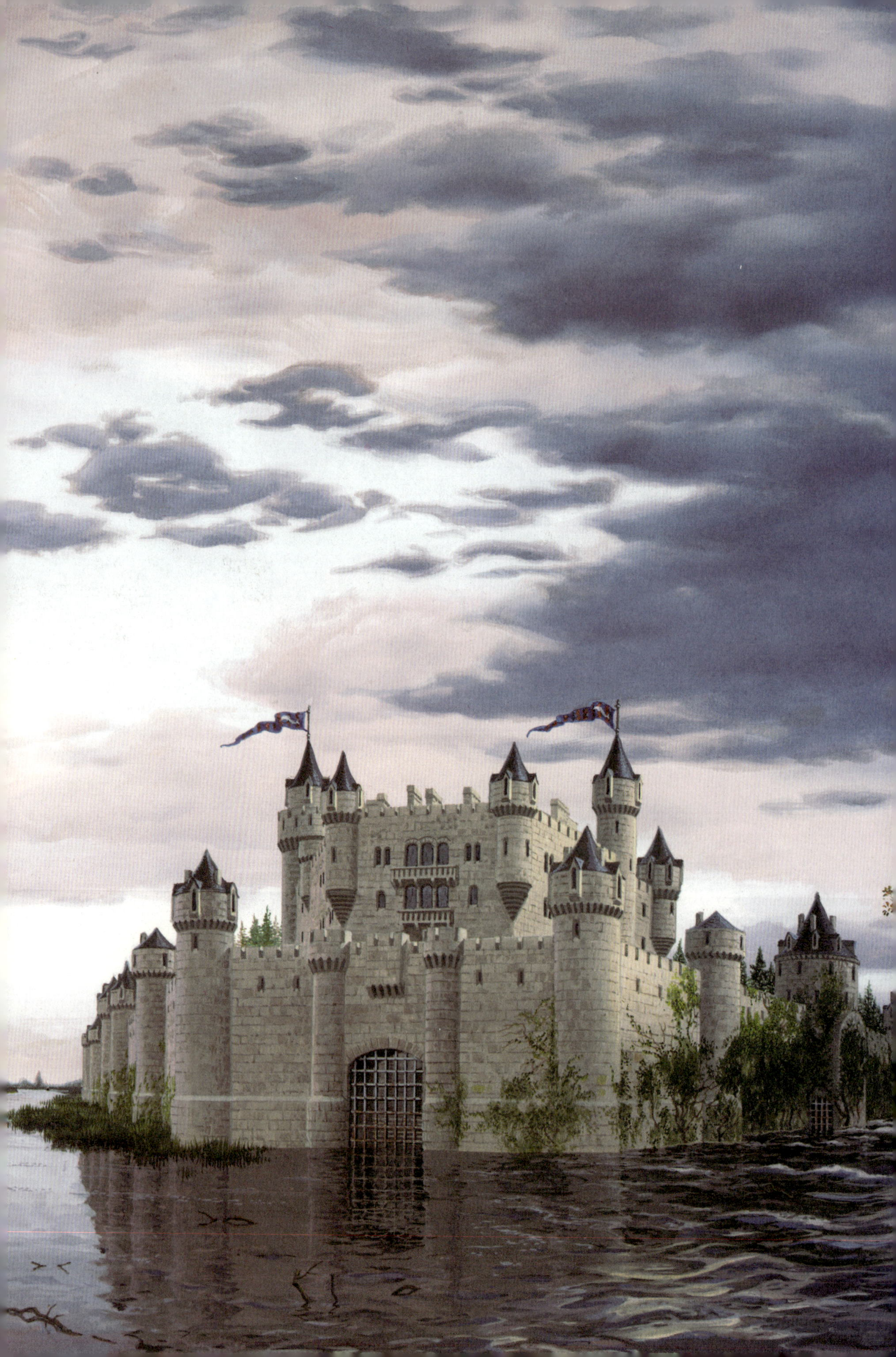

# 奔流城

在各大诸侯的家堡中，徒利家族的奔流城难称宏伟，甚至并非河间地最大的城堡——譬如由"黑心"赫伦建造、今成废墟的赫伦堡就足可容纳十座奔流城。

但奔流城不仅结构坚固，设计亦有巧妙处。它位于两河交汇处，三面毗邻深水，易守难攻，历史上曾多次被围，但很少投降，更从未被武力攻占。防御如此坚挺的关键在于正门所在的西墙下的护城河。七国的很多城堡都有护城河，但少有如奔流城般可通过复杂的闸门系统在危急时刻灌水，从而达到他者难以企及的宽度和深度。护城河灌满后，奔流城实际上变成了一个无懈可击的小岛。

左图 | 奔流城

# 谷地

# 谷地

绵长宽阔的艾林谷被明月山脉高大苍翠的山峰环绕，这里土地肥沃，美丽富饶。或许正因如此，打着神祇旗号横渡狭海的安达尔入侵者才首先在此登陆。五指半岛随处可见的星星、长剑和斧子（也有人说是锤子）的石刻便是佐证。教会圣书《七星圣经》提及"山丘之王"胡戈曾在天赐的愿景中目睹有朝一日将属于安达尔人的土地，形容那是"峰峦间的黄金之地"。

由于崇山峻岭的阻隔，谷地相对独立，这为安达尔人在新大陆早期的开疆拓土创造了完美条件。先于安达尔人在此定居的先民顽强抵抗过渡海而来的入侵者，但当时的谷地人丁稀少，他们很快发现每战都在人数上落在下风。歌手们传唱，每当一艘长船被烧或被逐，会有十艘船从日升之处杀回来。入侵者怀着宗教狂热，他们的钢剑和铁环甲也远胜先民的青铜斧和青铜鳞甲。

更严峻的是，当第一批胸口绘有（有些是文上去的）七芒星的安达尔人涉水登岸时，谷地及其周围诸峰由二十来个小王国割据占有。先民国王们积怨已久，因此最初并未联合御敌，反倒纷纷和入侵者达成协议或联盟，企图假外人之手对付邻居（在安达尔人向维斯特洛扩张的过程中，类似的蠢行一遍又一遍上演）。

戴文·贝壳和琼恩·明石都自封五指半岛之王，都想借安达尔人之力来扳倒对方，乃至重金邀请形形色色的安达尔头目渡过狭海。不料这些渡海的头目反客为主，不出一年，明石被抓获、拷问并斩首，贝壳则被活活烧死在自己的木制长厅中。一位名为科恩·科布瑞的安达尔骑士娶前者之女为妻，纳后者之妻为床伴，将五指半岛收归己有（但此人并未像众多同胞那样自立为王，而冠以更谦逊的头衔五指半岛伯爵）。

在南方，螃蟹湾的繁华港口海鸥镇由奥斯古德·谢特三世统治，这位华发丛生的老战士以古老而浮夸的"原民之王"头衔自许，该头衔或可追溯到一万年前的黎明纪元。尽管厚重石墙保护的海鸥镇本身安全无忧，但奥斯古德国王及其列祖列宗同符石城的青铜国王战争不断，这个邻居不仅跟他们一样源远流长，还比他们强大。约维克·罗伊斯六世三年前从战死的父亲那里继承了符文王冠，他是谢特家族的劲敌，屡战屡胜，将对手一直压迫到镇墙背后。

奥斯古德国王极为不智地向安达斯求援，以期收复失地。为免重蹈贝壳家族和明石家族的覆辙，他选择以结亲而非单纯收买的方式达成联盟,把女儿嫁给安达尔骑士杰洛·格拉夫森,又让自己和长子继承人分别迎娶格拉夫森爵士的长女和次女。三场婚礼都由修士主持,按海外七神的仪式进行。谢特本人甚至皈依教会,发誓只要七神佑其大胜,便在海鸥镇建一座大圣堂。婚后他便协同安达尔盟军一起攻打青铜国王。

奥斯古德国王的确大获全胜,但没能从战场上生还,后来海鸥镇民和其他先民纷纷传说他是被杰洛爵士亲手谋害。安达尔头目回到海鸥镇就篡夺了岳父的王冠,剥夺小谢特的继承权,将其软禁在卧室,直至他让杰洛爵士的女儿怀上孩子(然后孩子的父亲就从史书中消失了)。

海鸥镇民揭竿而起,杰洛国王残酷镇压,镇内阴沟都被先民的鲜血染红……妇孺亦未幸免,尸体扔进海湾喂螃蟹。但格拉夫森家族接下来却巩固了统治,篡位上台的杰洛爵士令人惊奇地展现出贤明睿智,海鸥镇在他和他的继承者治下蒸蒸日上,成为谷地第一座、也是唯一一座城市。

并非所有的先民领主和国王都蠢到引狼入室。许多人起而应战,为首便是前文提到的符石城的青铜国王约维克六世。他带领罗伊斯家族在与安达尔人的战争中赢得许多著名胜利,

曾有一回砸毁七艘胆敢在其领海登陆的长船，用船长和船员们的头颅装点符石城城墙。其后嗣继其事业，谷地先民和安达尔人的战争数代不休。

末代青铜国王为约维克之孙罗拔二世，他在离十六岁命名日还差半月时继父统治符石城。他是个英明神武、风度翩翩而又凶悍顽强的战士，差点阻断汹涌而来的安达尔浪潮。

罗拔登基时，安达尔人业已控制谷地的四分之三，并开始像之前的先民一样发生内讧。罗拔·罗伊斯从对手的不睦中看到机会，而谷地尚有部分先民在抵抗安达尔人，主要包括红垒的雷德佛家族、长弓厅的杭特家族、洪歌城的贝尔摩家族及冷水城的寇瓦特家族。罗拔凭借联姻和土地、黄金的许诺——甚至（在某次大会上）通过射箭比赛赢得杭特伯爵的效忠（传说罗拔国王使诈）——与他们一一结盟，也笼络了其他许多小氏族和小家族。他巧舌如簧，甚至得到著名女术士、自称为人鱼王新娘的娥苏拉·厄利夫的支持。

罗拔·罗伊斯将许多小国王召到麾下，他们当时都摘下王冠，屈膝称臣，尊罗拔为谷地、五指半岛和明月山脉的至高王。

先民终于由一个强者团结为一个国家，随

下图 | "七星之战"

后便迭败纷争不休的入侵者。罗拔国王明智地回避全面出击,并不妄想同时驱离所有安达尔人,而是各个击破,且通常会与其他安达尔头目联合。

五指半岛的科布瑞家族首当其冲。传说罗拔国王击飞名剑"空寂女士",手刃奎尔·科布瑞;他又派妹妹潜入海鸥镇,策反谢特家族起义反抗格拉夫森家族,打开城市大门,随后里应外合强攻得手;占据谷地东端的安达尔王"群山之锤"是先民复兴的下一个目标,他被罗拔国王的大军击败在铁橡城下。此时形势一片大好,在那短暂而光辉的历史时刻,似乎先

---

### 以下为明月山脉中的主要部落,由阿内耳博士记录在《山谷纪事》中:

| | |
|---|---|
| 石鸦部 | 树子部 |
| 奶蛇部 | 灼人部 |
| 雾子部 | 嚎山部 |
| 月人部 | 红匠部 |
| 黑耳部 | 画犬部 |

更小的部落也存在,通常是内斗导致大部落分裂的结果,但往往不久就被敌对部落吞并或遭谷地骑士歼灭。

各部落的名字多有含义—只是我们难以理解—如黑耳部会割下战败者的耳朵当战利品;灼人部青年须将一部分身体放到火上证明勇气,才会被视为成人。某些学士认为该习俗起源于"血龙狂舞"后一段时间,据说当时画犬部的某个分支崇拜山中一名火女巫,会将男孩派去献礼,女巫则命这些男孩用龙焰来举行成人礼。

---

民即将在英勇的年轻国王领导下重整山河。

可惜这也是罗拔最后一次胜利。安达尔王公终于意识到大敌当前,于是也摒弃前嫌,结成联盟,团结在一位领袖周围——他们选择的不是国王也不是王子,甚至并非领主,而是一位名叫阿提斯·艾林的骑士。此人与罗拔国王岁数相仿,年纪轻轻却被同辈誉为当时最出色的战士,擅使剑、枪和流星锤,更兼足智多谋,精于运筹帷幄,追随者莫不敬服。阿提斯爵士是血统纯正的安达尔人,却出生在谷地,打小在巨人之枪的阴影下看着鹰隼在参差的群峰间盘旋。他在盾上绘了新月和猎鹰,银战盔也用猎鹰的双翼装点,人称"猎鹰骑士"——这个称号流传至今。

接下来发生的事早已被歌谣和传说搅得真假莫辨。歌手说，两军在巨人之枪脚下相遇，那里离阿提斯爵士的老家不到一里格。尽管双方兵力相近，但罗拔·罗伊斯占据高地，有高山作坚固后防。

先民比安达尔人早到数日，在阵前挖了几条壕沟，插满削尖木桩（据马珞修士对此役的记载，上面还涂抹了垃圾和粪便）。先民多为步兵，安达尔人的骑兵是先民的十倍，武器装备也更精良。若传说属实，他们很晚才赶到战场，此时罗拔国王已严阵以待等候了三天。

安达尔军姗姗而至时暮色已临，他们在距敌半里格处安营扎寨。尽管光线昏暗，罗拔·罗伊斯还是能认出对方首领：镀银铠甲和有翼盔让"猎鹰骑士"在远处也清晰可辨。

毫无疑问，是夜两军均不得安眠，人人皆知天亮便要开战，而这一战将决定谷地的最终归属。云层从东方涌来，遮星闭月，夜色深沉，唯见两边营地成百上千的篝火，中间却是暗流涌动的深沉死寂。歌手说，双方弓箭手不时朝空中放箭，以期杀敌，却没人知道这些胡乱射出的箭矢究竟有无作用。

东方既白，战士们从坚硬的石地上起身，披盔戴甲，准备战斗。安达尔营中突然爆发出一片欢呼，因西方出现了预示：七颗明星在黎明灰暗的天空中闪烁。"诸神与我们同在。"上千人同声喊道，"胜利属于我们。"喇叭吹响，安达尔军前锋向坡上冲锋，旗帜招展；先民则丝毫不怵天上的信标，坚守迎敌。

谷地历史上最残忍血腥的战斗开始了。

歌手说，安达尔人冲锋了七次，被击退六次，最终在一个名叫托格拉·托勒特的魁梧壮汉带领下突破先民的防线。托格拉人称"阴郁的"托格拉，这外号更像是个玩笑，据说他上战场时狂笑不止，赤裸上身，胸口文着血淋淋的七芒星，双手各执一把斧头。

歌谣里的托格拉毫无恐惧，亦不知疼痛，身受二十多处重创依然自雷德佛伯爵忠诚的卫士中杀出血路，一斧齐肩卸掉伯爵大人的胳膊。当女巫乌苏拉·厄利夫骑着染血的马来诅咒他时，他也毫不惊慌。他已赤手空拳，双斧都埋进敌人的胸膛，但歌手说他跳上女巫的坐骑，用两只血手掰她的脑袋，在她求援的惨叫中扯下人头。

先民阵脚大乱，安达尔人涌入缺口，似乎胜券在握。但罗拔·罗伊斯绝非易与之辈，战况演变至此，换作他人或许会撤退重整，甚至逃离战场，至高王却下令反攻。他身先士卒，率领亲卫们杀入战团，手握从死去的五指半岛之主手中夺来的可怖长剑"空寂女士"。国王一路左劈右砍，所向披靡，终于冲到"阴郁的"托格拉跟前。他砍向托勒特的脑袋，后者狂笑着来抓剑刃……但"空寂女士"穿透托格拉的双手，劈开头骨。

歌手说，壮汉的笑声戛然啥住了。他死后，至高王发现战场对面的"猎鹰骑士"，立刻驱马迎战——擒贼先擒王，罗拔无疑指望击杀头领能让安达尔人丧失斗志，不战而溃。

两人在战场当中相遇，国王一身青铜甲胄，安达尔英雄以银甲护体。虽然"猎鹰骑士"的盔甲在晨光中熠熠生辉，但手中武器无法匹敌"空寂女士"。胜负显而易见，利剑割开有翼盔，砍翻盔中对手。罗拔·罗伊斯看着敌人落马的瞬间，肯定以为大局已定。

但紧接着，喇叭声刺破黎明的空气，从身后传来。至高王调转马头，惊慌地发觉五百名新锐的安达尔骑士从巨人之枪的斜坡上冲了下来，直插先民大军后方。领军骑士身穿镀银盔甲、头戴有翼战盔、盾上绘有新月猎鹰。原来阿提斯·艾林爵士让一名随从骑士穿上他的备用盔甲出阵，自率精骑沿儿时发现的一条羊肠小道上山迂回，此时居高临下地出现在先民后方。

兵败如山倒，谷地最后的先民联军在前后夹击下崩溃了。是日共有三十位领主为罗拔·罗伊斯出战，无一生还，而歌手们声称至高王毙敌数十，最终也殒命沙场。有人说他是被阿提斯爵士杀死，又有人说是卢瑟蒙特伯爵或九星城的骑士卢琛·坦帕顿所为。心宿城的科布瑞家族一直坚称施以致命一击的是詹姆·科布瑞爵士，依据是"空寂女士"战后重归科布瑞家族所有。

这便是歌手和修士口中的"七星之战"。它的确让人热血澎湃，但学者不禁要问，其中真相几何？事实上，我们无从得知，唯一能确定的是罗伊斯家族的罗拔二世国王和阿提斯·艾林爵士曾在巨人之枪脚下大战一场，结果国王战死，"猎鹰骑士"给予先民决定性的打击，让他们再也无法卷土重来。

谷地最古老高贵的世族中，不下十四家在那日消亡，苟存的那些——雷德佛家族、杭特家族、寇瓦特家族、贝尔摩家族乃至曾为至高王的罗伊斯家族——被迫向征服者献上黄金、土地和人质，屈膝臣服，宣誓效忠新加冕的山谷之王阿提斯·艾林一世。

这些失势的家族后来有机会重振在那场战役中失去的荣耀、财富和权力，但先要经历数世纪的蛰伏；大获全胜的艾林家族一直以国王的身份统治谷地，直到"征服者"伊耿及其姐妹们到来，此后被封为鹰巢城公爵、峡谷守卫者和东境守护。

而从那场战役至今，谷地一直被称为艾林谷。

被打败的先民承受了残酷的命运。捷报传过狭海，越来越多的长船驶出安达斯，越来越多的安达尔人涌入谷地及周围山脉，这些人都需要土地——安达尔诸侯欣然赠与，敢于反抗的原住民或被践踏奴役，或遭驱赶放逐。他们原本的领主都是安达尔人的手下败将，根本无力保护他们。

部分先民依靠和安达尔人通婚得以延续家系，但多数同胞西逃进明月山脉的高山峡谷和崎岖隘口。这个一度辉煌的民族的后代至今在那边顽强繁衍，只是成了盗匪，过着短暂、野蛮而残酷的生活，劫掠蠢到疏于防备便进山的人。这些高山部落类似长城外的"自由民"，亦被文明世界称为"野人"。

谷地虽被群山环绕，仍不免战火侵袭。起于河间地、穿过明月山脉的山路浸满鲜血，它虽陡峭多石，但能容大军深入谷地。山路东头由血门守卫，这里最初按先民建造环堡的风格，只是一道未涂浆的粗糙的墙，但在欧斯里克·艾林五世国王统治时期重建一新。后来若干世纪中，十几支入侵大军在此碰得头破血流。

谷地的海岸——多石嶙峋，遍布暗藏杀机的浅滩和礁石——不适合停靠，可为天然屏障，但艾林诸王深知先祖正是渡海来到维斯特洛，因此从不放松海岸守备。他们在易受攻击的地方建筑坚固的城堡和堡垒，即便风蚀、荒芜的五指半岛也伫立着许多瞭望塔，塔上搭有烽火台，以预警海上掠袭者的侵袭。

安达尔人一直是个好战民族，他们供奉的七神之一就是战士。尽管领土安全无忧，某些谷地国王仍不时企图对外扩张，而在对外战争中他们可充分利用有利地势，一旦战局不利，就立刻退回到群山形成的天然高墙后。

山谷之王也很重视海军建设，他们拥有天然良港海鸥镇。在艾林家族治下，该城拓展为七大王国的首要都市之一。谷地虽以丰饶闻名，但耕地面积不比其他王国（乃至某些大领主的辖区），明月山脉更是陡峭荒芜、岩石密布、不适人居。因此谷地统治者非常关心贸易，贤明的艾林国王通常会建造战船来保护商贸。

艾林谷东方和北方的近海有六十余座岛屿，有些不过是螃蟹和鸟类繁衍的礁岩，但也有些大岛有人居住。艾林诸王用舰队夺取这些岛。卵石岛短暂抵抗后被修夫·艾林（"胖子"）征服，乳头岛长期抗争后被其孙雨果·艾林（"希望的"）征服。女巫岛是厄利夫家族声名狼藉的根据地，艾利斯特·艾林二世国王迎娶亚玟·厄利夫后，该岛也被并入山谷王国。

最后归顺谷地的是三姐妹群岛。几千年间，这里一直以残忍的国王、海盗和掠夺者为傲，"姐妹男"驾长船航过咬人湾、狭海乃至颤抖海，随心所欲，逍遥法外，满载黄金和奴隶回到三姐妹群岛。

这种种昭彰恶行终于演变到冬境之王派舰队去接管群岛——谁控制三姐妹群岛，谁就能控制咬人湾。

"凌辱三姐妹"是北方人对群岛的著名征服，《长姐岛编年史》记载了当时发生的诸多恐怖行径：野蛮的北方人把孩子杀了煮来吃；士兵从活人肚子里生生拽出肠子，缠到烤叉上烧烤；入侵者在刽子手山一天处决三千名战士；巴尔塔萨·波顿的粉红大帐用一百个"姐妹男"的人皮做成……

我们难以断定这些故事的可信度，值得注意的是，谷地人的战争记录中经常谴责的暴行，在北境史料中却几乎没有提及。但不能否认，北方人对三姐妹群岛的统治一定十分严苛，这才使得存活下来的领主们赶到鹰巢城向山谷之王求援。

马索斯·艾林二世国王在"姐妹男"同意效忠他和他的后代、承认鹰巢城的主权后欣然伸出援手。王后质疑让谷地跨水争利是否明智，这位国王豪言宁与海盗为邻，也不能放任冬狼，然后率一百艘战舰前往姐妹屯。

国王没能返回，他的儿子们继续这场战争。此后的一千年，临冬城和鹰巢城一直在争夺三姐妹群岛，许多人认为这是"无用之战"。战火一次又一次接近平息，又在一代人后死灰复燃，其间群岛易主十数次，北境人甚至三度登陆五指半岛。艾林家族的舰队上溯白刃河，烧毁狼穴，史塔克家族以进攻海鸥镇还击，发现城墙无法攻破后，愤怒地焚毁了数百艘船只。

艾林家族最终获胜，三姐妹群岛至今仍属谷地，除开在伊耿征服时代曾短暂拥戴玛拉·桑德兰女王——伊耿国王命北境人雇用的布拉佛斯舰队刚一出现，女王便被废黜，她的弟弟向坦格利安家族宣誓效忠，她本人则以静默姐妹的身份了却残生。

"与其说是鹰巢城获胜，不如说是临冬城失去了兴趣。"佩雷斯坦博士在《历史研究》中阐述，"在长达十个世纪的时间里，冰原狼和猎鹰为三个岩岛征战不休、抛洒热血，直到某天冰原狼如梦方醒，发现那不过是齿间砂砾，遂唾之抽身而去。"

# 艾林家族

艾林家族源自一支历史最悠久、血统最纯正的安达尔贵族，艾林诸王的血脉可骄傲地追溯至安达斯，有些国王甚至自称是"山丘之王"胡戈的后代。

但讨论艾林家族的起源，就要严格区分历史与传说。

丰富的史料证明第一位山谷之王"猎鹰骑士"阿提斯·艾林爵士的存在，他在"七星之战"大败罗拔二世国王也确凿无疑——尽管胜利的细节后来经过多重夸张。毫无疑问，阿提斯国王是真实的伟人。

但在谷地，这位历史人物的真实事迹却和另一位传奇的同名人物相互混淆。那位阿提斯·艾林生活在几千年前的英雄纪元，歌谣和故事称颂为"飞翼骑士"。

据说第一位阿提斯·艾林爵士骑着一只硕大无朋的猎鹰（佩雷斯坦博士推测，这很可能是从远处目睹驭龙者形成的错误印象），统率猎鹰军团。为夺取谷地，他飞到巨人之枪顶上，杀了狮鹫王。他以巨人和人鱼为友，娶一名女森林之子为妻，但森林之子后来在生育时死去。

"飞翼骑士"的故事十分繁杂，绝大多数只是想象，甚至此人很可能出于杜撰——和西境的"机灵的"兰恩、北境的"筑城者"布兰登一样，东境的"飞翼骑士"亦是由传闻而非血肉铸就。即便曾有一位英雄行走在遥远的黎明纪元时代云山雾罩的谷地，他也不可能叫阿提斯·艾林，因艾林是纯正的安达尔名姓，而"飞翼骑士"

上图 | 艾林家族（正中）及其部分封臣的纹章（自顶端顺时针起）：韦伍德家族、罗伊斯家族、科布瑞家族、贝里席家族、贝尔摩家族、格拉夫森家族、杭特家族、雷德佛家族和坦帕顿家族

生活、飞翔和战斗在安达尔人来到维斯特洛的几千年前。

所以，很可能是谷地歌手将两个形象杂糅，把传奇的"飞翼骑士"的作为放到真实存在的"猎鹰骑士"身上，将先民的大英雄植入艾林家族的形象中，许是为取悦阿提斯·艾林的后代。

艾林家族的信史中既没有巨人也没有狮鹫，更没有硕大无朋的猎鹰，但自阿提斯爵士戴上猎鹰王冠至今，他们都是七大王国的首要家族之一。伊耿征服后，鹰巢城公爵为铁王座担任东境守护，保卫维斯特洛的海岸线，抵抗海上的敌人；而在此之前，编年史记载了艾林家族与野蛮的高山部落间数不清的战斗、与北境为三姐妹群岛展开的千年战争以及用舰队抵御瓦兰提斯的奴隶贩子、铁民掠夺者、石阶列岛和蛇蜥群岛的海盗的激烈海战。史塔克家族的历史或许更古老，但其传奇事迹多发生在先民形成文字前，而艾林家族庇护圣堂和修士，他们的丰功伟绩由教会忠实地编年记录。

七大王国统一后，未成年的罗纳·艾林（"飞上天的国王"）成为首位鹰巢城公爵，艾林家族迎来崭新的机遇。雷妮丝·坦格利安王后将托伦·史塔克之女许配给小罗纳，这是她以王国和平之名促成的诸多联姻之一。可惜罗纳公爵不久后惨死于弟弟"弑亲者"杰诺斯之手，但艾林家族通过旁支得存，并继续参与七大王国的诸多大事。

艾林家族甚至拥有三度与真龙血脉结姻的殊荣。杰赫里斯·坦格利安一世国王和"善良王后"亚莉珊把女儿丹妮菈公主嫁给鹰巢城公爵罗德利克·艾林，两人生下一女爱玛·艾林，爱玛后为韦赛里斯·坦格利安一世国王的第一任王后，诞下其长女雷妮拉公主。后来在雷妮拉公主与其同父异母的弟弟伊耿二世争夺铁王座的内战中，鹰巢城公爵夫人"谷地处女"简妮·艾林坚定支持雷妮拉·坦格利安及其儿子们，最终成为伊耿三世国王的摄政。从那时起，铁王座上的每一位坦格利安国王都有一部分艾林家族的血统。

艾林家族积极参与坦格利安国王发动的战争，历次黑火叛乱中，他们都大力协助铁王座对抗黑火篡夺者。尤其在红草原决战，唐纳尔·艾

---

**艾**林家族在征服一百零一年大议会中没发挥什么作用，因简妮公爵夫人尚未成年，峡谷守卫者符石城的约伯特·罗伊斯代其出席。作为谷地最强大的诸侯之一，罗伊斯家族至今夸耀着传承自远古先民及最后一位至高王罗拔二世的血统，罗伊斯伯爵战斗时依然会身披先祖的青铜铠甲，上面的符文据说能保护穿戴者不受伤害。但事实上，身穿符文盔甲战死的罗伊斯家族成员数不胜数，德内斯坦学士更在《提问集》中推测其历史远没有罗伊斯族人吹嘘的那么悠久。

林公爵英勇地指挥王军前锋，哪怕战线遭戴蒙·黑火粉碎，性命危在旦夕，直至御林铁卫加尔温·科布瑞爵士率援军赶到，方才化险为夷。

艾林公爵死里逃生。十多年后，春季大瘟疫席卷七大王国，他及时切断谷地通过山路和海上与外界的交通。于是，只有谷地和多恩没受那场可怕疾病的影响。

当代，琼恩·艾林公爵在劳勃起义中无疑发挥了关键作用，起义的直接导火线便是他拒绝杀害养子艾德·史塔克和劳勃·拜拉席恩，若他遵从"疯王"之命，也许坦格利安王朝至今依然延续。艾林公爵年事已高，但仍参加三叉戟河决战，在劳勃身旁奋勇杀敌。我们的新君主战后明智地任用琼恩·艾林公爵为第一任国王之手，从此，公爵大人便一直以其聪明才智辅佐国王陛下英明公正地统治七大王国。一位伟人成为一位伟大国王的助手，实乃国家之幸、万民之福。

# 鹰巢城

很多人声称艾林家族的鹰巢城是七大王国最美丽的城堡（但提利尔家族肯定不同意），它高高矗立在巨人之枪肩头，七座纤细白塔围成一圈，全维斯特洛再没哪座城堡的城墙和地板用了如此之多的大理石。

艾林家族和谷地人还会告诉你，鹰巢城是攻不破的。的确，它高踞在山坡上，几乎无法接近。

但鹰巢城也是从前七大王国国君的家堡中最小的一个，且非艾林家族最初的驻地。他们一开始住在巨人之枪脚下比鹰巢城大得多的月门堡——那里正是"七星之战"前夜，阿提斯·艾林爵士率安达尔大军安营扎寨之地。阿提斯称王早期自认王国并不巩固，需要一个坚固的基地（而非宫殿），要能抵御一旦先民起义时的包围和强攻。以此而论，月门十分称职，但它给人的第一印象更像是小领主精心设防的城堡，配不上国王。

虽然如此，阿提斯国王却不以为意，因他甚少住在城中。艾林家族开国君王的大半统治

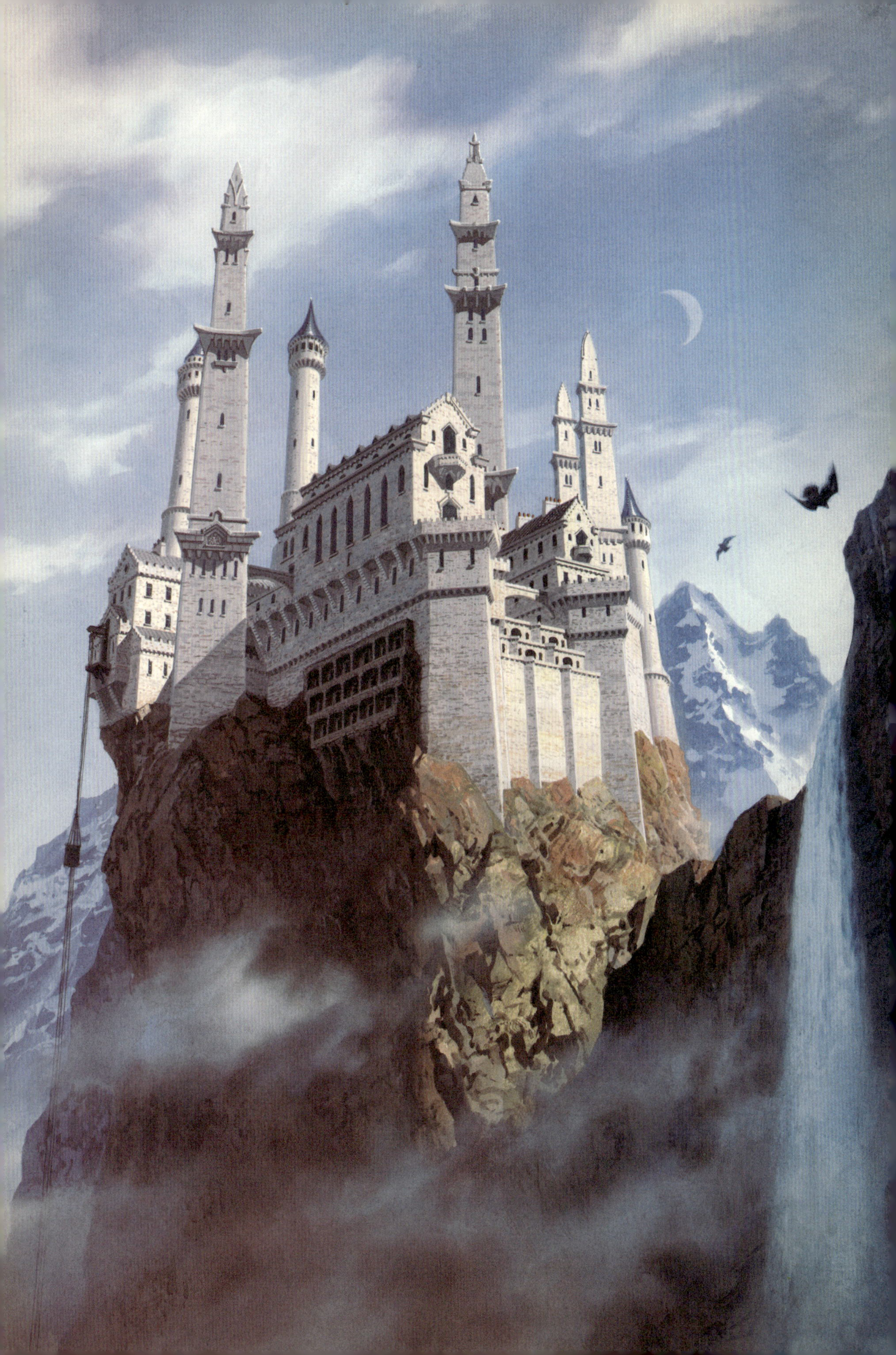

期在马背上度过，从领土的一端奔赴另一端，不断巡游。"皮革马鞍就是我的王座，"他常说，"帐篷就是我的城堡。"

阿提斯国王的两个大儿子先后继承王位，成为第二位和第三位山谷之王。与父亲不同，他们有相当一部分时间在月门堡度过，对此相当满意，还分别下令进行了扩建。第四位艾林国王、即阿提斯一世之孙罗兰德开始营建鹰巢城，其人少年时代在河间地一位安达尔国王那里做养子，成为骑士后四处云游，返回谷地继承父亲去世留下的猎鹰王冠前造访过旧镇和兰尼斯港。他认为月门堡与壮观的参天塔、凯岩城及依旧散布在三河流域的先民的诸多大城堡相比，可谓相形见绌、粗陋不堪。罗兰德国王本打算推倒月门堡，在原址重建，但那个冬天，高山谷地被大雪覆盖，数千野人下山搜刮食物、躲避风雪。他们造成的破坏让国王意识到现在的家堡过于脆弱。

传说是未来的王后、杭特伯爵之女提奥拉提醒他，他的祖父怎样从高地进攻，击败罗拔·罗

---

**鹰**巢城神木林中伫立的阿莱莎·艾林的哭泣雕像值得一提。传说六千年前，阿莱莎眼睁睁看着丈夫、兄弟和儿子们惨遭杀害，却从未掉过一滴眼泪。于是诸神惩罚她，死后将泪流不止，直到流下的泪水浇灌至峡谷平原。巨人之枪上奔腾而下的瀑布被称为"阿莱莎之泪"，因为实在太高，水花溅落地面以前早已化作雾气。

传说有多可靠？我们有理由相信，阿莱莎·艾林确有其人，但她不大可能活在六千年前。《真史》认为是四千年前，德内斯坦学士的《提问集》则认为距今只有两千年。

---

伊斯。罗兰德国王被女孩的话深深打动，也爱上了对方，遂决定控制制高点，谕令在巨人之枪顶上动工——那就是日后的鹰巢城。

他没能活到完工之日。国王交给工人的任务令人生畏，巨人之枪的下半段十分陡峭、植被丛生，高处则布满裸露险峻的山岩，且为冰雪覆盖。光在山侧清出一条蜿蜒崎岖的小路就花去十年有余，足有一支小军队那么多的石匠在树林边挥舞锤子和凿子，于斜坡陡处开出台阶。罗兰德还派工人去七国各地搜寻石料，因他不满谷地产出的大理石的成色。

后来在另一个冬天，明月山脉的野人部落再次大举袭击谷地，罗兰德·艾林一世国王遭画犬部的队伍偷袭以致落马，他想抽出长剑迎敌时被石锤砸碎了脑袋。罗兰德统治了二十六年，刚好看到他下令建造的城堡垒起基石。

右图｜月门堡

在他儿子和孙子的统治期内，筑城继续进行，只是慢得出奇，因大理石皆自塔斯岛船运过来，然后用骡驮上巨人之枪——数十头骡子、四名工人和一位石刻大师死在上山途中。城墙一寸一寸地缓缓提升……直到猎鹰王冠传到最初梦想建造擎天城堡的国王的曾孙头上。这位罗兰德二世国王热衷于战争和女人，对筑城毫无兴趣，于是盘算挪用营建鹰巢城的资金来向河间地发动战争。父王尸骨未寒，他便下令中止一切相关工程。

近四年时间里，鹰巢城就这么暴露于长天之下，当罗兰德二世国王为黄金和荣耀与河间地的先民征战不休时，猎鹰在未竣工的塔楼里筑了巢。

可惜征服远比想象中困难，击败几位小国王、获得几场无足轻重的小胜后，罗兰德二世对上"正义之锤"特里斯蒂芬四世。特里斯蒂芬四世是先民最后一位真正伟大的国王，他大败罗兰德·艾林，并在第二年对手卷土重来时取得更辉煌的胜利。走投无路的罗兰德国王逃往从前的盟友、某位安达尔领主的城堡，却遭背叛，被锁链加身送到特里斯蒂芬手中。于是在威风地从谷地出兵四年后，罗兰德二世国王于荒石城被"正义之锤"亲自斩首。

谷地对此无甚伤感，罗兰德的好战和虚荣不得人心，其弟罗宾·艾林继位后重启鹰巢城建筑工程。又经过四十三年和四任国王，城堡终于落成，可供居住。坎斯学士是第一位在鹰

巢城服务的学士,他称鹰巢城是"人工雕凿的最辉煌的建筑,比诸神的宫殿亦不逊色,恐怕连天父也没有这样的住所"。

鹰巢城从那时起就成为艾林家族春、夏、秋三季的驻地。在冬日,冰雪和狂风使得上山几不可能,城堡本身也不适宜居住,但在夏天,在凉爽山风的吹拂下,那里是躲避谷内炎热的极佳所在。世上再没哪座城堡能与之相比,至少有案可查的没有。

鹰巢城从未被攻破。要攻击鹰巢城,首先得攻克山脚下坚固的月门堡;就算攻克了月门堡,还要攀登漫长的山路,途中另有三座堡垒——危岩堡、雪山堡和长天堡——保卫着蜿蜒曲折的通道。

这一系列防御工事使得接近鹰巢城难上加难,但即便对手克服重重险阻,最终也只是来到一面峭壁之下,正上方六百尺的城堡只能靠绞车或石梯到达。

难怪鹰巢城没遭受过几次激烈的围攻。众所周知,自其建成起,艾林国王就会在危急时刻避入这座无法攻破的城堡。为艾林家族服务的学士和研究战争艺术的学者一致认为,这座城堡的确无法攻破……

……除非用龙。维桑尼亚·坦格利安骑瓦格哈尔飞入鹰巢城内院,劝说末代艾林国王的母亲臣服坦格利安家族,献出猎鹰王冠。

然而那已是近三百年前的事,最后的巨龙早已在君临死去。未来的鹰巢城公爵又能高枕无忧,心知壮丽的家堡是永远无懈可击、无法攻破的了。

# 铁群岛

北境

落日之海

黑潮岛
黑潮城

铁民湾

大威克岛
海豹皮角
老威克岛
娜伽的摇篮
卵石镇
战锤角

十塔城

哈尔洛岛

铁林城
君王港
派克城
派克岛
盐崖岛

落日之海

图例
中心城堡
城堡
市镇
铁矿和锡矿
道路

西境

— 243 —

# 铁群岛

**先**民真的是最早的人类吗？绝大多数学者认为如此。理论上，先民到来之前，维斯特洛属于巨人、森林之子和野兽。但铁群岛的淹神牧师看法独到。

根据其信仰，铁种和其他人种截然不同。"我们不是从海对面不信神的土地来到这片神圣岛屿的，"牧师"盐舌"索伦声称，"我们来自大海之下淹神的流水宫殿。神圣的淹神按他的样子塑造了我们，并给予我们统治全世界所有波涛的权利。"

就连不少铁民也质疑这种说法，相信广为维斯特洛大陆各地接受的观点，即群岛的早期人类是远古先民——虽然先民和后来的安达尔人不同，向来不擅航海。当然，对学者来说，铁民牧师的宣讲无疑不值得严肃对待，他们还要我们相信铁民是鱼和人鱼的近亲，而非人类的分支呢！

无论铁民来自何方，不可否认的事实是他们在地理上的独立及与七国各地迥异的习俗、信仰和统治形态。

海瑞格在《铁种史》中把各种不同之处归根于宗教。寒冷、潮湿、风暴肆虐的铁群岛树木稀少，贫瘠的土壤更长不出鱼梁木，巨人不肯在此安家，森林之子亦难栖身，上古种族崇拜的旧神遂统统缺席。纵然安达尔人后来登岛，其信仰也没有生根，因为早在七神到来前若干世纪，另一个神——淹神，大海的创造者和铁民之父——已笼罩此地。

淹神没有神殿、没有圣经、没有按他形象雕刻的偶像，却有众多牧师。远早于史籍出现

---

**海**瑞格博士提出一个有趣观点，认为铁种的祖先来自落日之海西边不知名的大陆，论据是"海石之位"的传说。"海石之位"是葛雷乔伊家族的王座，一块漆黑油亮的巨石雕刻成海怪模样，据说是先民初登老威克岛时发现的。海瑞格推测"海石之位"是群岛最初的居民的作品，只是后来的学士和修士在史籍中将他们笼统划归先民。可惜海瑞格的观点纯粹出于臆测，经不起推敲，后来连他自己都放弃了。

之前，巡游的神职人员就在铁群岛遍地滋生，宣传淹神的神谕，攻击其他所有神祇及其信众。淹神牧师通常衣衫褴褛，不修边幅，赤脚随意游荡，没有固定住所但鲜少远离大海。他们多不识字，神学知识口耳相传，年轻牧师从老人那里学会祈祷和仪式。以淹神之名，他们所经之处的领主和农民必须为其提供食物和住所。有的牧师只吃鱼，大多数牧师除了大海不在任何地方洗澡。其他地方的人通常视他们为疯子——从外表看的确如此，但断不可忽视其在

上图 | "灰海王"坐在用娜伽的下颚做成的王座上

在先民统治维斯特洛的漫长时期，奴工制极为普遍——这也被视为铁民源自先民的有力证据之一。必须明确的是，不能把奴工制和某些自由贸易城邦及自由城邦以东盛行的奴隶制混为一谈。奴工和奴隶不同，他们依旧保有许多重要权利。一方面，奴工依附于俘虏他的人，必须服从后者，为其服务；另一方面，奴工依旧被视为人而非财产，不能买卖，可以享有财物，自由结婚生子。奴隶的孩子仍是奴隶，奴工的孩子却是自由人，凡在铁群岛出生的皆被视为铁种，即便双亲均为奴工也不例外。这样的孩子七岁前都可在双亲身边生活不受打扰，之后才开始学徒生涯或成为长船水手。

群岛拥有举足轻重的影响力。

　　多数铁种鄙夷南方的七神和北方的旧神，但承认第二个神的存在：在他们的神学体系中，淹神的对手是恶毒的风暴之神，风暴之神居住在天空中，仇恨人类和人类的造物，它用残酷的风、激烈的雨及闪电雷霆，倾泻永恒的怒气。

　　有人说铁群岛得名于此地富藏的铁矿脉，铁民却坚持认为这是形容他们的作风——他们是来自艰苦之地的坚韧种族，和他们崇拜的神灵一样决不屈服。据制图师测量，雄鹰角以西铁民湾中的铁群岛主体部分共三十一个岛，深处落日之海的孤灯岛周边另有十三个。铁群岛主岛链包括七个主要岛屿：老威克岛、大威克岛、派克岛、哈尔洛岛、盐崖岛、黑潮岛和橡岛。

上图｜铁民掠夺者的收获

哈尔洛岛在群岛中人口最多；大威克岛最大、铁矿最丰富；老威克岛最神圣，海盐王和磐岩王会聚集到这里古老的"灰海王"大厅中决定铁群岛最高统治者；橡岛多山崎岖，是若干世纪前葛雷艾恩家族的铁国王们的大本营；派克岛有群岛最大的市镇君王港，也是自伊耿征服以来统治群岛的葛雷乔伊家族的地盘；黑潮岛和盐崖岛乏善可陈。剩下二十几个岛屿有的矗立着小头领的塔堡和渔民的小渔村，有的用来放羊，也有的荒无人烟。

自主岛链朝西北方向的落日之海航行八日，可达另一岛群。那些风暴肆虐的岩岛一个比一个小，只有海豹和海狮在上面筑巢，加起来也几乎无法支撑一座城堡。最大的岩岛上有法温家族的堡垒，号孤灯堡，因堡顶烽火日夜不息。关于法温家族及其臣民有许多诡异的故事，有人说他们与海豹交配，产下半人半海豹的后代，也有人说他们是易形者，能随意化身海狮、海象乃至西海中的狼——斑点鲸。

在世界的边缘，荒诞不经的故事层出不穷。孤灯岛毕竟位于已知世界最西端，无数世纪里，许多勇敢的海员航过孤灯堡的烽火，去寻地平线远方传说中的天堂，但回来的人（很多人没能返回）只谈及无边无际、无穷无尽的灰海汪洋。

铁群岛值得一提的资源是大威克岛、哈尔洛岛和橡岛上丰富的铅、锡和铁矿。由于矿藏是主要出产，可以想见铁种中有许多优秀金匠，君王港生产的剑、斧、环甲和板甲堪称天下无双。

铁群岛的土壤稀薄多石，不易种植而更适合放牧山羊。若非海中丰富的鱼类和敢于出海捕鱼的渔夫，铁群岛的每个冬天肯定都会爆发饥荒。

铁民湾有各种各样的鳕鱼、黑鳕鱼、鳐鱼、冰鱼、沙丁鱼和鲭鱼，海岸爬满螃蟹和龙虾，大威克岛以西的落日之海更不乏剑鱼、海豹和鲸鱼。哈克博士在哈尔洛岛出生长大，据他估算，群岛上十家人里有七家是渔民。对这些人来说，不论岛上生活多么贫穷凄惨，出海便翻身作了主人。"有船者不为奴，"哈克写道，"每位船长都是自己船上的国王。"的确，渔夫们的渔获支撑着铁群岛。

但铁种不只捕鱼，他们也四处掠夺。西境和河间地的人民很久以前就恰如其分地称他们为"海狼"，因其像狼一样集群捕猎，乘坐迅猛的长船横越风暴频繁的大海，扑向落日之海岸边和平宁静的村庄与市镇，烧杀抢掠，无恶不作。他们是无畏的水手和可怕的战士，会自晨雾中突然现身，完成血腥的勾当后在太阳到达天顶前退回海上，长船满载掠获物、号哭的婴儿和恐惧的女人。

海瑞格博士认为，驱使铁民踏上这条血腥不归路的最早动因是对木材的需求。上古时代，大威克岛、哈尔洛岛和橡岛有过森林，但群岛巨大的造船需求导致树木被砍伐一空，别无选择的铁种只能转向"青绿之地"——维斯特洛大陆——上的广袤森林。

群岛没有的，"青绿之地"应有尽有，诱惑之下，铁民的贸易活动越来越少，暴力行为却越来越多，越来越倾向于用剑和斧解决问题。当掠夺者带着丰厚的掠获返回群岛，他们会自夸已为此"付铁钱"，坚持要留在家乡的人"付金子"。海瑞格告诉我们，掠夺者及其作为就这样被歌手、百姓和牧师认为是高尚职业。

海盐王和掠夺者横行落日之海的时代留下众多传奇人物，他们的野蛮、残忍和无畏令人称奇，诸如"凶残的"托衮、"鲸鱼"荞尔、"死灵法师"达衮·卓鼓、派克岛的赫罗斯加及其召唤海怪的号角、老威克岛的"褴褛的"拉夫等等，最臭名昭著者莫过于左手执斧、右手持锤的"黑皮"巴隆，据说人间的兵器伤不了他，长剑在他身上会被毫发无伤地弹开，斧头砍他会震成碎片。

世上真有这种人吗？实情不得而知，因他们的时代早在铁民学会书写前数千年——时至今日，铁群岛上识得读写的人依然少之又少，而懂得这项技能的往往不是众人嘲笑的弱者、便是众人惧怕的法师。黎明纪元时代这些半神半人的形象泛滥于他们烧杀掠夺的受害者间，自先民的古语文书和符文中流传至今。

当时，掠夺者袭击的地方森林茂盛但人烟稀少，而铁民和今日一样不愿离开生息他们的盐水太远。北至熊岛和冰封海岸，南达青亭岛，落日之海尽由他们掌控。先民脆弱的渔船和贸易平底船甚少离开陆地的视线，它们根本不是铁民张满巨帆、侧舷有长排划桨的迅捷长船的对手。岸边爆发的激战中，陆上的强大国王和著名战士像被镰刀收割的麦子一样倒在掠夺者脚下，牺牲之惨烈，以至"青绿之地"上的人口耳相传，说铁民是从海底地狱冒出的魔鬼，有堕落的巫术护体，手执能吸收死者灵魂的暗黑武器。

每到秋末近冬的时节，长船舰队便会大举出动，搜刮食物。在铁群岛，掠夺者哪怕深冬也能大吃大喝，而勤恳耕作收获的人往往会挨饿。"强取胜过苦耕。"葛雷乔伊家族的族语如是宣称，他们的头领自称派克岛掠夺者之首。

掠夺者不只带回金子和谷物，还带回俘虏充当奴工。在铁种的观念里，掠夺和打渔才是自由人的正当工作，面朝黄土背朝天、辛苦地耕田（包括采矿）乃是奴工的分内事。海瑞格写道，被驱使种地的奴工尚属幸运，因为大都能活到老年，甚至结婚产子，而被发配挖矿的远没这么走运——铁群岛的山丘底下那些黑暗深坑极其危险，空气潮湿浑浊，主人残暴不仁，做工的往往撑不了多久。

绝大多数被抓回铁群岛的男性俘虏就这样在艰苦的劳作中一直到死，只有少数人——通常是领主、骑士或富商之子——有机会被赎回。识得读写算术的奴工会被主人用作管家、教师和文书，而石匠、鞋匠、桶匠、蜡烛匠、木匠及其他手艺人价值更高。

掠夺者最看重的俘虏是年轻女人。一般而言，船长只在需要帮厨、厨子、裁缝、织工、产婆之类人手时才抢走老女人，但漂亮少女和即将来潮的女孩通常不能逃脱魔掌。她们被掠到群岛后，大都以女仆、妓女、家中苦力或奴工之妻的身份度过余生，而其中最漂亮、强壮、适合婚配的将成为俘虏她的人的"盐妾"。

铁种的婚俗和信仰一样，也与维斯特洛大陆不同。七国各地凡教会占据主导的地方，都实行严格的一夫一妻制，但在铁群岛，虽然一个男人依旧只能有一个"岩妻"（丧偶后可再娶），却能有不限数量的"盐妾"。"岩妻"必须是铁群岛的自由女人，其责任是在甲板和床铺上陪伴男人，生下的孩子权利优先；"盐妾"则几乎统统是从其他地方掠来的女人和女孩，一个男人拥有"盐妾"的数量是他权力、财富和性能力的证明。

尽管如此，我们并不能把铁种的"盐妾"视为情妇、妓女乃至床奴。"盐妾"的婚礼与"岩妻"的婚礼一样，照传统必须由淹神牧师主持（虽然前者不及后者庄严），经此结合产下的是合法后嗣。"盐子"甚至能继承家业，前提是父亲和"岩妻"之间没有合法子嗣。

征服战争以来，"盐妾"数量锐减，因为根据"龙王"伊耿的法规（据说是雷妮丝王后劝促颁布），无论七国何处，偷窃女人均为非法。非但如此，"征服者"还禁止掠夺者在七国范围内劫掠。

然而后继的坦格利安诸王很少严格约束铁种，至今仍有许多铁种渴望回归所谓"古道"。

# 浮木王冠

传说在英雄纪元，铁种由一位被直接称作"灰海王"的强大君主统治。"灰海王"是大海的主人，娶一位美人鱼为妻，其儿女可选择在波涛之上或之下生活。"灰海王"的须发和眼睛灰得像冬天的大海，故此得名。他头戴浮木王冠，朝他跪拜的人都知道他的王权来自大海和大海下面居住的淹神。

铁群岛的牧师和歌手传颂的"灰海王"事迹数不胜数又令人惊叹：给世界带来火种的是"灰海王"，他嘲讽风暴之神，直到对方劈下一道闪电，引燃一棵树；他教导人类编织渔网、船帆，还从一棵名为"耶格"的食人恶魔树中劈出苍白坚硬的木材，建造第一艘长船。

"灰海王"最伟大的业绩是斩杀最庞大的海龙娜伽。母龙娜伽大得出奇，以至只能以海兽和巨海怪为食，发怒时甚至能毁灭整座岛屿。"灰海王"依其骨骼建了雄伟的大厅，海龙的肋骨作为房梁房橼。他在这大厅里统治铁群岛一千年之久，直至皮肤变得和须发一样灰，方才扔下浮木王冠，走进大海，进入流水宫殿，坐到淹神右首理应属于他的座位上。

"灰海王"是铁群岛的至高王，他留下一百多个儿子。他离世后儿子们为争夺继承权自相残杀，疯狂弑亲，杀到只剩十六个。这些剩下的儿子决定分割群岛统治，现今各大铁种家族均自称是"灰海王"和"灰海王"的儿子们的后代，只有老威克岛和大威克岛的古柏勒家族较为特殊，他们被认为是"灰海王"的忠实长兄的后裔。

上述均为传说，淹神牧师如此宣称，历史记载则截然不同。学城现存最古老的记录显示，铁群岛的每座岛屿从前都是独立王国，分别有两个王：磐岩王和海盐王，前者统治陆地，负责审判、立法，后者管理海洋，长船所到之处皆为辖区。

根据留存的记录，磐岩王几乎总比海盐王年纪大，有时甚至是父子。有人据此认定海盐王是磐岩王的继承人，类似王太子的角色，但又有一些确凿证据表明，磐岩王和海盐王有可能出自不同家族，乃至是死对头。

维斯特洛其他地方的君主凭血统继承黄金宝冠，但铁民的浮木王冠得来不易，这里是全维斯特洛唯一靠选举产生国王的地方。在被称为"选王会"的大会上，铁民选出统治自己的磐岩王和海盐王，而每当国王死去，淹神牧师便会重新召开"选王会"选择继承者。船长均可在会上发言，嘈杂的大会往往持续多日乃至更长。有时，牧师还会召唤"船长和国王们"来废黜拙劣的统治者。

绝不可低估淹神的先知们对铁种的影响力，只有他们能召集选王会，而铁民无论身份高低，都不敢公然违抗他们。最伟大的牧师和先知是高大的"白杖"加隆，外号得自其随身携带的雕刻长手杖，此杖专司打击不敬神的人和事（某些故事里，他的手杖取材自鱼梁木，另一些故事里则取材自娜伽的骨头）。

加隆明令禁止铁种互相开战、争抢妇女和掠夺彼此的岛屿。他把铁群岛打造成统一王国，将船长和国王们召到老威克岛选择一位至高王，位居所有磐岩王和海盐王之上。铁民选了当时最令人畏惧的掠夺者——橡岛的海盐王"铁足"乌拉斯·葛雷艾恩，加隆亲自将浮木王冠戴到

---

**老**威克岛的娜伽山丘的确有巨大海兽的化石，但那是否为海龙的骨骼则众说纷纭。化石的肋骨很大，但绝没有大到属于能吞噬海兽和巨海怪的龙——事实上，连海龙的存在也有争议。即便真有海龙，无疑也居住在落日之海最深邃黑暗的海沟里，因为数千年来已知世界中无人睹其身影。

---

新选出的至高王头顶，"铁足"乌拉斯就此成为"灰海王"以降首位铁民的共主。

多年后，"铁足"乌拉斯外出掠夺时受伤致死，其长子攫取王冠，自立为埃里希一世国王。尽管当时的加隆年老体衰、眼睛半瞎，得到消息后仍愤怒地宣布只有选王会才能拥戴至高王。于是船长和国王们再次在老威克岛集会，"丑陋的"埃里希被废黜并判处死刑——他亲手毁掉父亲的王冠，丢进大海，作为顺从淹神的姿态从而逃过一死——至高王之位由老威克岛的磐岩王"喂鸦者"雷格那尔·卓鼓继承。

随后数世纪是铁群岛的黄金时期，亦是沿岸先民的黑暗时代。从前，掠夺者总在搜刮寒冬里度日的食物，总在砍伐建造长船的木材，总在抢夺"盐妾"，总在垂涎大陆的财富，却也总在得遂所愿后打道回府；而今在头戴浮木王冠的至高王率领下，他们的目标变得更凶险：征服、殖民和统治。

海瑞格博士的《铁种史》详细列出了一百一十一位曾戴上浮木王冠、君临铁群岛的

按传统，浮木王冠的主人死后，王冠将被毁掉、丢进大海。继任者以刚冲刷到他家乡岛屿的浮木为原料制作一顶新王冠。由是浮木王冠各不相同，有的小而朴素，有的奇大无比、庄严华贵。

至高王的名姓。这份名单并不完整，且存在诸多矛盾之处，但这些君王中无可否认的最强者是科瑞·霍尔一世（另一些记载说他出自葛雷艾恩家族或布莱克泰斯家族），他用鲜血在维斯特洛历史上写下名姓，外号"残酷的"。科瑞国王统治铁民长达四分之三个世纪，直到九十岁高龄，其统治时期"青绿之地"的人们出于对掠夺者的畏惧，几乎抛弃了落日之海沿岸所有定居点，留下的人——主要是居住在坚固城堡中的领主——则纷纷向铁种纳贡。

科瑞国王最著名的豪言是"凡能闻到海水气息，或能听见浪涛声响的地方，皆为我的领土"。他青年时代攻陷并洗劫旧镇，用铁链将数千名妇女和女孩绑架回铁群岛；他三十岁时击败三河诸侯的联军，迫使河流王伯纳二世屈膝臣服，献出三个年幼的儿子做人质；三年后，年贡缴纳迟缓，科瑞亲自处死三个男孩，挖出他们的心。悲痛的父亲兴兵复仇，却被科瑞国王率铁民再度打败。科瑞还淹死伯纳献祭淹神，公平人家族就此绝嗣，河间地陷入血腥的内战。

科瑞逝世后，铁民开始缓慢衰落。这既由于继任国王能力下降，更多则出于"青绿之地"的力量逐渐增强。沿岸居民也开始建造长船，他们废弃木栅栏和带刺壕沟，转用石墙保护市镇。

最先停止纳贡的是园丁家族和海塔尔家族。席恩·葛雷乔伊三世国王兴军讨伐，却被"海狮"莱蒙·海塔尔伯爵打败击杀。"海狮"短暂地在旧镇恢复奴工制，以压榨被俘的铁民的劳力，加固旧镇城墙。

西境的崛起给浮木王冠的主人带来更严重威胁。仙女岛首先陷落，岛上平民在吉尔伯特·法曼率领下驱逐铁民统治者；一代人后，兰尼斯特家族夺取凯切镇，"妓子"赫洛克吹响刻有黄金条纹的巨大号角，镇内妓女便打开一道边门迎接西境人。连续三位铁种国王试图夺回镇子但都以失败告终，其中两位死在赫洛克剑下。

最大的羞辱来自凯岩王杰洛·兰尼斯特，其人在西境被称为"伟大的"杰洛。他率舰队大胆地航向铁群岛，带回一百名人质关押在凯岩城，只要西境遭劫掠就吊死一人。

随后一世纪，一连串较弱的国王丢掉了青亭岛、熊岛、菲林特之指和落日之海畔大多数据点，只剩屈指可数的几处。

这绝不意味着铁种一直吃败仗。"寒风"巴隆·葛雷乔伊五世摧毁了北境之王虚弱的舰队；埃里希·哈尔洛五世年轻时夺回仙女岛，老年时又得而复失；哈尔洛五世之子哈朗在旧镇城下杀了高庭国王"严酷的"加雷斯；半世

纪后，乔朗·布莱克泰斯国王与高庭的舰队在迷雾列岛交战，俘获盖尔斯·园丁二世国王，拷打至死，尸体切成碎片，用"国王的肉"来当鱼饵。乔朗统治后期还用铁与火扫荡青亭岛，据说一举掠走岛上三十岁以下所有女性，遂以"处女之祸"的外号被铭记至今。

但铁种暂时的胜利及不时涌现的凶悍君王都无法扭转大局。一个接一个世纪过去，"青绿之地"的王国和铁群岛的实力对比发生了变化，后来又有一场大危机进一步削弱和分裂了铁民。

乌尔根·葛雷艾恩三世国王（"秃子"）

上图｜怒海中的铁民长船

死后，他排行靠后的儿子们趁长兄托衮外出曼德河劫掠来不及返回，匆匆举行选王会，以为他们中的一位能戴上浮木王冠。船长和国王们却选了大威克岛的厄拉松·古柏勒，而新王即位头一件事就是处死老王的儿子们，一个不留。因此缘故，也因在短短两年统治期内怙恶不悛，厄拉松·古柏勒四世在史书上得到"坏兄弟"的绰号。

托衮·葛雷艾恩终于返回铁群岛后，宣称选王会不合法，因他没到场参加。厌倦了古柏勒的傲慢与不敬的牧师们支持他的要求，平民和领主起而响应，聚到托衮旗下。最后厄拉松被自己的船长们砍成碎片，"迟到的"托衮成为国王，在位四十年之久却从未举行选王会。他证明了自己的强悍、公正、睿智和理智……却无力挽回铁民的颓势，正是他把几乎整个雄鹰角丢失给海疆城的梅利斯特家族。

托衮在青年时代给予选王制一记重击——推翻选出的国王——到老年又添上一记：他让儿子乌尔根辅佐统治。近五年时间里，无论宫中还是议事会上，无论战争还是和平，乌尔根都不离父亲左右，到托衮最终驾崩时，乌尔根成了唯一和天然的继承人，是为乌尔根·葛雷艾恩四世。这回不但没有举行选王会，也没有愤怒地维护选王制的"白杖"加隆出现。

最后也是最致命的打击在乌尔根四世驾崩后到来。经过乌尔根四世漫长而平凡的统治，船长和国王们要再度挑选继位君主，国王的遗愿却是把至高王权柄传给侄孙乌伦·葛雷艾恩——橡岛的海盐王，外号"血手"。淹神牧师打定主意不让拥王的权利连续第三次溜走，于是召唤船长和国王们来老威克岛举行选王会。

数百人前来参加，包括七座主要岛屿的海盐王和磐岩王，连孤灯岛的王也来了。然而等众人齐集，"血手"乌伦派出斧手大开杀戒，娜伽的肋骨被鲜血染红。这天共有十三位国王、五十名牧师和先知被杀，这是选王会的末日。"血手"乌伦成为至高王，在位二十二年，并传位后嗣。

游荡的先知再不能废立国王。

# 铁国王

葛雷艾恩家族是铁群岛最古老、最有声望的大家族之一。根据海瑞格的记录，在举行选王会的漫长岁月里，船长和国王们至少曾为三十八位葛雷艾恩家族的人加冕——这比其他任何家族都至少多出一倍。

"血手"乌伦和老威克岛的屠杀终结了选王会，铁群岛的王冠从此由黑铁制成，实行长子继承。葛雷艾恩家族也不容群岛有其他国王存在——无论海盐王还是磐岩王——"血手"乌伦及其子孙后代自称铁群岛之王，而大威克岛、老威克岛、派克岛、哈尔洛岛和其他较小岛屿的统治者纷纷降格为头领，许多不愿屈膝的古老世系被灭。

葛雷艾恩家族对铁王冠的世袭并非没遭遇挑战，老威克岛的屠杀不但废除了选王制，还打破了"白杖"加隆对铁民间开战的约束。随后几世纪，"血手"乌伦及其后代镇压了六场大叛乱和至少两次奴工大起义。大陆的领主和国王自铁种的纷争中捞到好处，"青绿之地"上的据点继续丢失，最沉重的打击来自河湾王"金手"加尔斯七世，他将铁民赶出迷雾列岛，重新命名为盾牌列岛，并让最强悍的战士和最娴熟的水手在岛上定居，以保卫曼德河口。

若干世纪以来，安达尔人对七大王国的殖民加剧了铁群岛的衰落。安达尔人与先民不同，他们是无畏的水手，他们的长船和铁民的一样迅捷耐用。安达尔人涌入河间地、西境和河湾地，西海岸的村落如雨后春笋般出现，每个峡湾和港口都建起带围墙的市镇和坚固的木石城堡，王公贵族纷纷修建战舰，保卫海岸和商贸。

若干年后，安达尔人更像扫荡颈泽以南的维斯特洛大陆一样扫荡铁群岛，一波又一波冒险者争相登陆，大都受群岛地方势力邀请。这些冒险者与许多古老家族通婚，又用剑和斧消灭了其他一些古老家族。

葛雷艾恩家族就在被消灭的家族之列。最后一位铁国王洛加尔二世被奥克蒙家族、卓鼓家族、霍尔家族和葛雷乔伊家族的联军打败，联军背后有安达尔海盗、佣兵和头目撑腰。

胜利者们战后对继位人选争执不下，最终约定以手指舞决定。手指舞是铁种间盛行的游戏，规则是玩家彼此投掷一把飞斧，只能空手去接。赫拉斯·霍尔以两根手指的代价赢得比赛，此后以"瘸手"赫拉斯之名统治铁群岛三十年。

许多人相信赫拉斯通过掷斧游戏赢得王冠的故事是歌手捏造。海瑞格博士称赫拉斯称王的真相是迎娶了一位安达尔少女，从而得到少女的父亲及其他许多强大的安达尔领主的支持。

上图 | "疯手"赫拉斯的胜利

# "黑血"

哈克博士形容霍尔家族的列代国王是"黑发、黑眼、黑心",对手则直斥他们连血也是黑的,被"安达尔污点"玷污——许多早期的霍尔国王迎娶安达尔少女为妻。淹神牧师宣称真正的铁种血管里流的是咸水,而黑血的霍尔家族不配称王,是必须打倒的不敬神的篡夺者。

若干世纪里无数人试图推翻他们——海瑞格的书中有详细记录——但没人成功。霍尔家族用狡诈与残忍弥补勇气上的缺陷,他们甚少赢得臣下爱戴,但其怒火人所共惧。纵然已过去数百年,但只消听听霍尔家族列代国王的名号便可体会其凶残:"寡妇制造者"沃夫加、"牧师屠手"霍根、"凶猛的"费根、"无魂者"奥斯加、"恶魔情人"奥斯加、"血色微笑"卡格霍。淹神牧师把他们统统视为篡夺者。

霍尔家族的列代国王真的像牧师们宣扬的那样不敬神吗?哈克相信如此,海瑞格博士却不同意,他认为"黑血国王"背上骂名的真正原因既非不敬神也非恶魔崇拜,而是实行宗教宽容——霍尔家族治下,安达尔人的七神首度来到铁群岛。

"黑血国王"在他们的安达尔王后推动下庇护修士修女,允其在群岛自由活动、宣讲七神信仰。铁群岛的第一座圣堂于"寡妇制造者"沃夫加统治时期兴建于大威克岛。沃夫加的曾孙霍根允许教会在古时的选王会举办地老威克岛兴建第二座圣堂,随后牧师鼓动起一场席卷全岛的血腥叛乱,圣堂被焚,修士被砍成碎片,信徒被拖进大海受淹以挽回信仰。根据海瑞格的记录,霍根·霍尔大肆捕杀牧师来报复。

霍尔家族的列代国王还限制掠夺行为。随着掠夺减少,贸易开始兴盛。大威克岛、橡岛、哈尔洛岛和派克岛的丘陵中依然有丰富的铅、锡和铁矿,而铁民对输入木材造船的需求一如既往。只是他们不再以武力夺取,转用矿石交换。等冬天到来、冷风吹起,铁矿石便是列代霍尔国王手中的硬通货,足以为臣民换来大麦、小麦和芜菁(也为自己的餐桌带来牛肉和猪肉),"付铁钱"由此有了别样含义……当然,这让许多铁民感到羞辱,牧师更以此为耻。

在三位哈穆德统治时期,铁民的骄傲和权势降到最低点。这三位哈穆德在群岛分别被称作"招待"哈穆德、"嘴炮"哈穆德和"俊男"哈穆德。"招待"哈穆德是有史可查的首位识字的铁群岛国王,他欢迎世界各地的旅行者和商人来他位于大威克岛的城堡作客,他喜爱书籍,保护修士修女。

"招待"哈穆德之子"嘴炮"哈穆德和父亲一样热爱读书,还成为著名旅行家。他是首位和平踏上"青绿之地"的铁群岛之王——他幼年曾在兰尼斯特家族做养子,称王后返回凯岩城迎娶凯岩王之女"西境最美的鲜花"莱利娅·兰尼斯特小姐。他还乘船造访高庭与旧镇,和当地的领主及国王谈判,鼓励贸易。

上图｜哈尔文·霍尔国王

第二位哈穆德虽接受七神为真神，但也继续荣耀淹神。他从"青绿之地"返回大威克岛后公开宣讲"天上八神"，谕令要每座圣堂的门边都树立淹神雕像，结果却两边不讨好，七神教会和淹神牧师均将其革出教门。为了安抚，国王撤销谕令，宣布七神只有七面……但淹神乃是其中之一，是陌客的化身。

"嘴炮"哈穆德的儿子们统统在教会——哈穆德改造过的教会——影响下长大，哈穆德死后即位的是长子"俊男"哈穆德。"俊男"宣布（据说受出自兰尼斯特家族的莱利娅太后影响）此后掠夺者都会被当作海盗吊死，掠夺行为不再得到认可；他还正式裁定绑架"盐妾"非法，与之结合产下的是没有继承权的私生子。"俊男"哈穆德考虑进一步废除群岛的奴工制时，一位被称为"伯劳鸟"的牧师振臂一呼，号召铁民起来反抗。

其他牧师纷纷跟进，群岛的头领们也起而响应，只有修士和信徒站在哈穆德国王一边，结果半月内他就被推翻，几乎没发生流血。"伯劳鸟"亲手拔了被废黜的国王的舌头，不让对方再"散播谎话和渎神言论"。哈穆德的眼睛和鼻子也被剜掉，好让"所有人都看清他是个怎样的怪物"。

头领和牧师们为哈穆德的弟弟哈根加冕来取代他。新国王即位后取缔教会，取消哈穆德的谕令，将修士修女逐出铁民的国度。半月之内，铁群岛上每一座圣堂都被烧掉。

哈根国王——很快被称为"没心肝" 哈根——甚至允许残害自己的生母莱利娅太后。"伯劳鸟"认为是这兰尼斯特"婊子"的谗言令其夫婿和儿子弃绝真神，于是割了她的嘴唇、耳朵和眼眶，用火红的钳子拔出舌头，再把人装进一艘长船送回兰尼斯港。凯岩王是莱利娅太后的侄子，他为这暴行勃然大怒，立刻召集封臣。

随之而来的战争有一万人战死，其中四分之三是铁民。战争的第七年，西境人在大威克岛登陆，击溃哈根的军队，攻占其城堡。"没心肝" 哈根被吊死前遭受了生母曾经遭受的折磨，兰尼斯特军统帅奥布里·克雷赫更下令夷平霍尔城。兵士在城中劫掠时于地牢中找到"俊男"哈穆德，根据海瑞格的说法，克雷赫短暂考虑过助其复位，可惜被废黜的国王不仅瞎盲残废，还因长期监禁变得神志不清。奥布里爵士只好用一杯罂粟花奶葡萄酒给予其"死亡的慈悲"，然而事后，这名骑士却愚蠢又疯狂地自立为铁群岛之王。

他惹怒了铁种和兰尼斯特家族双方。消息传到凯岩城，凯岩王立刻召回战船，任克雷赫自生自灭。失去兰尼斯特家族的权势和财富撑腰，"奥布里国王"迅速垮台，统治不到半年就被推翻，"伯劳鸟"亲手将他献祭给大海。

铁民和西境的战争又断断续续持续了五年，最终筋疲力尽的双方偃旗息鼓，而此时铁群岛已是人烟凋敝、残破不堪。随之而来的冬天漫长严酷，在群岛被称为"饥荒之冬"。哈克告诉我们，这个冬天饿死的人是之前十多年战争死的人的三倍。

铁群岛花了几百年光阴才恢复，慢慢爬出谷底，积累下足够的财富和力量。这段晦暗岁月里的君王不值得太多关注，他们大都是各岛头领或牧师的傀儡。某些国王恢复了英雄纪元时代掠夺者的生活方式——如哈拉格·霍尔及其子"强奸魔"拉瓦斯在"饿狼"血腥的统治期肆虐于北境——但这样的例子少之又少。

掠夺和贸易在恢复铁群岛权势的道路上各自发挥了作用。其他国度造出更强大的战船，但铁群岛的水手依然占优。兰尼斯港的商贩与派克岛联系密切，大威克岛、哈尔洛岛和橡岛的船只也纷纷造访兰尼斯港、旧镇乃至自由贸易城邦，带回先祖无法想象的财富；与此同时，掠夺也在继续……但由于"青绿之地"的国王们实力大增，"海狼"不再在家门口狩猎，改道远海，前往蛇蜥群岛、石阶列岛和争议之地的海岸。许多长船成为雇用战船，参与自由贸易城邦间无休止的贸易战争。

一位臭名昭著的海盗是"精明的"科尔文国王的第三子哈尔文·霍尔。科尔文本人狡猾且贪婪，终生敛财避战，"战争对贸易不利"是其口头禅，虽然他将舰队规模翻倍——后来达到三倍——还令铁匠不断打造盔甲、长剑和战斧。"人善被人欺，"科尔文宣称，"落后要挨打。"然而哈尔文对和平毫无兴趣，一心只想利用父亲打造的利器盔甲。所有记载都说他从小好斗，且由于是第三顺位继承人，少年时代便出海劫掠。他随不同的劫掠团伙在石阶列岛活动，也造访过瓦兰提斯、泰洛西和布拉佛斯，在里斯的情欲园初尝禁果，又被某位海贼王俘囚于蛇蜥群岛两年之久。他曾加入争执之地的自由佣兵团，在次子团旗下打了许多仗。

哈尔文返回铁群岛时发现父亲科尔文奄奄一息，长兄两年前死于灰鳞病，但他和王冠间还横亘着二哥。科尔文尚未断气，其第二子突然暴毙，死因至今存疑。目击者异口同声地证明哈兰王子是堕马意外，但改口无疑有性命之危；铁群岛外则广泛认定是哈尔文王子所为，有人说他亲自动手，有人说他雇了布拉佛斯无面者。

王太子暴毙后六日，科尔文国王驾崩，其第三子哈尔文顺利即位。哈尔文被后世称为"强手"，他用鲜血将自己的名字书写在七大王国的历史上。

新国王参观父亲的造船厂，宣布"长船要航海"，又参观王家军械库，宣布"长剑要染血"。科尔文国王常说"落后要挨打"，现在其第三子扫视铁民湾，发现被遥远的风息堡统治的河间地正是衰弱混乱，三河诸侯在风暴王亚列克·杜伦登的铁蹄下敢怒而不敢言。

哈尔文集结军队，利用父亲建造的一百艘长船载过铁民湾，登陆在无人防守的海疆城以南。随后铁民们扛着船，从陆上行军到三叉戟河的蓝叉河支流，带着火与剑顺流而下，途中少有河间领主阻拦——他们对远在风暴地的封君大都既不爱戴亦无忠诚。时人普遍认为铁种是凶狠的水手但不擅陆战，可哈尔文·霍尔与众不同，他在争议之地经历过洗礼，无论海陆都得心应手，无人能匹。他彻底打垮布莱伍德家族的部队，许多河间诸侯便倒戈响应。

在美人集，哈尔文对上年轻的风暴王亚列克·杜伦登，对方的军队是他的一倍半……但风暴地人离家长途跋涉，补给匮乏、疲惫不堪也缺乏有力指挥，结果被铁民和河间地人的联军打得落花流水。亚列克国王折了两个弟弟和半数部下，勉强逃得性命，而他南逃时，河间地百姓揭竿而起，四处驻守的风暴地人要么被赶走要么被屠杀。丰饶辽阔的河间地及其所有财富就这样从风息堡转入铁民之手。

"强手"哈尔文通过大胆的一击让领地增加了十倍，让铁群岛再次成为受人畏惧的大国。支持他的河间诸侯满以为将从此挣脱杜伦登家族的奴役，却很快发现新主人远比旧主人残酷严苛。哈尔文一直到死都以铁腕镇压被征服地区，他留在河间地的时间远多于回到铁群岛的时间。他带着一支无法无天的军队，沿三叉戟河来回巡游，搜寻叛乱的蛛丝马迹，征收赋税、贡品和"盐妾"。"他的宫殿是帐篷，王座是马鞍。"时人如此评论。

哈尔文六十四岁驾崩，其子哈尔克继承王冠，他与父亲一脉相承，整个统治期只造访过铁群岛三次，加起来待了不到二年。哈尔克自诩为铁民，也曾"受淹"，身边始终带着三名淹神牧师，但与其说他属于大海，倒不如说他属于三叉戟河——事实上，他似乎也只把群岛当作武器、船只和人手的来源。哈尔克·霍尔比父亲更好战，但没有父亲成功，他与西境和风暴地的历次战争没捞到什么好处，对谷地的三次征服也都在血门前碰得头破血流。

哈尔克国王与父亲一样，大部分统治期在帐篷里度过。和平时期，他住在河间地腹地美人集的一座相当普通的塔堡内统治辽阔的领地，那塔堡离他父亲取得决定性胜利的地方不远。

哈尔克的儿子渴望住进雄城，于是花去大半统治期加以营建。"黑心"赫伦及其营建赫伦堡的故事已另章述及。

摧毁赫伦堡的龙焰结束了赫伦国王的迷梦和铁民对河间地的统治，也灭绝了"黑血"霍尔家族。

# 派克岛的葛雷乔伊家族

"黑心"赫伦及其诸子的死让铁群岛群龙无首，陷入混乱。

许多伟大头领和著名战士在河间地为赫伦国王效劳，其中一些在赫伦堡与国王一同被烧死，剩下的也遭河间地人追杀，只有少数人逃到岸边，找到没被焚烧的长船，渡海回国。

火焚赫伦堡后，伊耿·坦格利安及其姐妹的关注点不在铁群岛，他们有更紧迫的任务和强大得多的对手。被放任自流的铁种立刻开始自相残杀。

哈尔洛岛的小头领科林·沃马克首先称王，其祖母是"强手"哈尔文之妹，沃马克据此自封为"黑血国王"的合法继承人。

在老威克岛，四十名牧师聚集在娜伽的肋骨下，将浮木王冠戴在他们中的一员头顶——那个赤脚圣人名为罗德斯，据说是淹神在世的儿子。

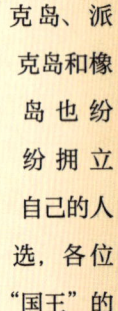

大威克岛、派克岛和橡岛也纷纷拥立自己的人选，各位"国王"的追随者在陆地和海上厮杀了一年多，直到征服二年"征服者"伊耿降临。当年，伊耿乘贝勒里恩降落在大威克岛，同时抵达的还有一支庞大舰队。铁民无力抵挡：科林·沃马克被"征服者"用瓦雷利亚钢剑"黑火"砍倒；老威克岛的牧师国王罗德斯向他的神和父亲求援，召唤大海深处的海怪来掀翻伊耿的战船，结果海怪没现

上图丨葛雷乔伊家族（正中）和铁群岛过去现在一些重要家族的纹章（自顶端顺时针起）：葛雷艾恩家族、古柏勒家族、温奇家族、波特利家族、卓鼓家族、哈尔洛家族、霍尔家族和布莱克泰斯家族

262

身，罗德斯遂将长袍装满石子，走进大海去与父亲"商议"，数千人追随——此后数年间，肿胀的尸体不断被冲刷到群岛岸边，奇特的是，牧师本人不在其列；大威克岛和派克岛剩下的竞争者（橡岛的国王于征服元年被杀）迅速屈膝臣服坦格利安家族。该让谁来统治桀骜难驯的铁种？许多大陆领主劝说伊耿把铁群岛划归新受封三叉戟河总督的奔流城的徒利公爵管辖，也有人建议让凯岩城来料理，少数人甚至恳求"征服者"用龙焰洗涤群岛，以绝后患。

伊耿选了一条与众不同的道路。他召集残余的铁群岛诸侯，允许自决统治者——他们不足为奇地选了一位自己人：派克岛掠夺者之首维肯·葛雷乔伊。这位著名船长据说是"灰海王"的后代，其领地派克岛虽比大威克岛、哈尔洛岛和橡岛都要更小更穷，但葛雷乔伊家族有引人注目的漫长系谱。在选王会时代，只有出自葛雷艾恩家族和古柏勒家族的国王比他们多，而今葛雷艾恩家族早已灭亡。

被多年战乱弄得民穷财尽的铁民毫无怨言地接受了新统治者。

铁群岛用了近一代人时间才走出赫伦的覆灭和随之而来的内战带来的创伤。维肯·葛雷乔伊坐在派克城的"海石之位"上统治铁群岛，作风严厉而谨慎，他虽未禁止掠夺，却明令不得在近海延续这项传统，只能去维斯特洛之外寻找目标，以免激怒铁王座。鉴于伊耿接受七神信仰又在旧镇被总主教加冕，维肯大王也允许修士返回群岛布道。

这后一项措施惹怒了许多虔诚的铁民，也一如既往地招致淹神牧师的怒火。"让他们去说，"维肯大王得知消息后吩咐，"言语就像风，我们的船帆需要风。"他提醒儿子葛恩，自己是伊耿提拔的人，只有傻瓜才会反抗伊耿·坦格利安及其巨龙。

葛恩·葛雷乔伊牢记父亲的教诲。维肯大王于征服三十三年逝世后，葛恩继位为铁群岛大王，平定了一场旨在为科林·沃马克之子加冕、恢复"黑血"系谱的草率密谋。四年后，葛恩面临更严峻的考验："征服者"伊耿在龙石岛中风而死，其子伊尼斯戴上王冠，伊尼斯·坦格利安性情和蔼善良，但被公认是个虚弱的国王，不配坐上铁王座。果然，新国王还在进行加冕后的王家巡游，叛乱就在王国各地爆发。

其中一场叛乱发生于铁群岛，由自称终于从淹神父亲那里返回的"牧师国王罗德斯"领导。葛恩·葛雷乔伊雷厉风行地镇压叛乱，更将牧师国王腌过的人头送给伊尼斯·坦格利安。国王如此高兴，乃至允诺让葛恩自由选择一项恩惠，只要力所能及。狡猾野蛮的葛雷乔伊要伊尼斯国王准他自铁群岛全境驱逐修士修女，对方被迫同意，于是直到整整一世纪后群岛方才重建圣堂。

在此后相继的葛雷乔伊诸大王治下，铁种保持平静，打消了征服念头，以捕鱼、贸易和采矿维生。派克岛与君临相隔遥远，又不关心宫廷事务。群岛的生活极为严苛，尤其在冬季，但自古以来一直如此。一些人依旧梦想回归"古道"，回到铁民被人畏惧的岁月，不过石阶列岛和夏日之海远在天边，"海石之位"上的葛雷乔伊大王又严禁侵犯家乡附近的海岸和水域。

## "红海怪"

近一世纪过去，海怪才告苏醒。然而梦想从未破灭，牧师依旧站在及膝深的咸水中宣传"古道"，老人依旧在上百座水边妓院和水手酒馆里讲述往昔的传说——那时的铁种富有而骄傲，每个水手晚上可有十几名"盐妾"暖床。群岛的青少年为这些故事迷醉，渴望恢复掠夺者的荣耀。

道尔顿·葛雷乔伊便是其中之一。身为派克岛和铁群岛的继承人，他年轻狂放，哈克写道"他只爱三样东西：大海、佩剑和女人"。道尔顿打小无所畏惧，生性冲动急躁，据说五岁开始划桨，十岁开始掠夺——随叔叔一起去蛇蜥群岛打劫海盗的镇子。

十四岁时，道尔顿·葛雷乔伊已航行远至老吉斯，参加过十余次行动，并赢得四名"盐妾"。他的手下爱戴他（妻妾们并非如此，因他极易厌倦女人），但他真正的爱人是从一名死去的海盗那里抢来的瓦雷利亚钢剑"夜临"。十五岁那年，道尔顿身为雇佣水手在石阶列岛战斗，目睹叔叔战死并为之报仇。当时他身带十几处伤，从头到脚浑身浴血，从此得到绰号"红海怪"。

同年晚些时候，"红海怪"在石阶列岛得

知父亲逝世，旋即返回铁群岛继承"海石之位"，成为铁群岛大王。他立刻着手兴建长船，打造武器，训练士兵。有人询问时，年轻的大王答道："风暴将至"。

他预言的风暴果真于次年降临——韦赛里斯·坦格利安一世国王在君临的红堡于熟睡中驾崩，其女雷妮拉和其子伊耿对继承权互不相让，导致被称为"血龙狂舞"的一系列流血、内战、掠夺与谋杀。据说消息传到派克岛，"红海怪"哈哈大笑。

因有"潮汛之主"、传奇的"海蛇"科利斯·瓦列利安的支持，可使唤潮头岛瓦列利安家族的舰队，整场内战雷妮拉公主及"黑党"都占据明显的海上优势。为予牵制，伊耿二世国王的"绿党"会议求助派克岛，提议只要道尔顿大王让长船舰队环绕维斯特洛去与"海蛇"交锋，便可加入御前会议，获得海政大臣的席位。这是一份慷慨的奖赏，绝大多数男孩会欣然应允，但道尔顿大王拥有超乎年龄的狡诈，他按兵不动，待价而沽。

雷妮拉公主的提议果然更便利："黑党"无需道尔顿的舰队环绕维斯特洛去狭海作战——成功机会最多一半一半——就近出兵即可。眼下，凯岩城兰尼斯特家族的领地暴露在眼前，杰森·兰尼斯特公爵率大多数骑士、弓箭手和老兵东向攻打雷妮拉在河间地的盟友，西境守备空虚，正好趁虚而入。

当杰森公爵死于河间地，兰尼斯特大军在不断更迭的指挥官统领下进行一场又一场苦战时，"红海怪"率铁民如饿狼扑食般扑向西境。杰森公爵的遗孀乔汉娜紧闭凯岩城，铁民无可奈何，但他们焚烧兰尼斯特的舰队，洗劫兰尼斯港，掠走无数金子、麦子和贸易货物，将数百名妇女和少女抢为"盐妾"，包括杰森公爵

最宠爱的情妇及其所生的几名私生女。

铁民随后又多次卷土重来，烧杀抢掠，长船横行整个西海岸，如古时一般猖獗。"红海怪"亲率部众拿下凯切镇，而随着仙女城的陷落，仙女岛及岛上所有财富也落入铁民之手，道尔顿大王将法曼伯爵的四个女儿纳为"盐妾"，还把第五个——"不好看的一个"——送给弟弟维隆。

近两年时间里，"红海怪"似先祖那样君临落日之海，维斯特洛各路大军则在大陆上厮杀，巨龙在空中追逐、血战，无暇他顾。

战争终有尽头，"血龙狂舞"也不例外。雷妮拉女王和伊耿二世国王相继离世，坦格利安家族的魔龙也所剩无几，成为牺牲品的还包括数十位大小诸侯、数百位英勇骑士和不计其数的平民百姓。筋疲力尽的黑绿两党达成妥协，为雷妮拉之子伊耿三世加冕，并让他迎娶伊耿二世之女杰赫妮拉。

君临的和解并不意味着西境和平，"红海怪"的嗜血欲望尚未满足。摄政团以新加冕的小国王之名要他停止劫掠时，道尔顿置之不理。

最终是史载名为苔丝的女孩终结了"红海怪"。她趁道尔顿大王在仙女城法曼伯爵的卧室熟睡时用他自己的匕首割了他的喉咙，之后投海自尽。

"红海怪"从未有过"岩妻"，继承顺位靠前的是他和诸多"盐妾"生的一干"盐子"。他死后不过数小时便爆发夺位血战，战火尚未蔓延到老威克岛和派克岛，仙女岛的平民便揭竿而起，杀光了留下的铁民。

征服一百三十四年，乔安娜·兰尼斯特夫人为"红海怪"给她和她的亲人子民带来的所有不幸进行了报复。由于舰队被焚，她向河湾地上年纪的海军司令里奥·科托因爵士提议，让对方把她的兵士送上铁群岛。铁种陷入夺位战争，对外敌猝不及防，于是数以千计的男女老少惨遭屠戮，数十座村庄被焚，几百艘长船付之一炬。尽管科托因后来战死，所部大都溃散瓦解，只有一部分舰队（满载战利品，包括无数粮食和咸鱼）回到兰尼斯港……但贵族俘虏中包括"红海怪"的一个"盐子"。乔安娜夫人阉了这个私生子，让他做她儿子的弄臣。"他成了出色的弄臣，"海瑞格博士评价，"比父亲聪明得多。"

在维斯特洛其他地方，给家族和子民带来深重灾难的领主会遗臭万年，但群岛的铁民传统不同，他们至今怀念"红海怪"，认为他是个大英雄。

前页｜"红海怪"的掠夺者

## "古道"与现实

伊耿征服至今，坐在"海石之位"上的葛雷乔伊家族的派克岛掠夺者之首一直统治铁群岛。"红海怪"以降的列位大王没有对七大王国或铁王座构成真正威胁，但也甚少成为国王的忠仆。他们梦想再度称王，或许千年的岁月也无法抹去对浮木王冠的渴望。

海瑞格博士的《铁种史》详细记载了铁群岛的这段历史，在书中你能读到"最后的掠夺者"达衮·葛雷乔伊，他在伊里斯·坦格利安一世国王统治时期为祸西海岸；"虔诚傻瓜"阿尔顿·葛雷乔伊试图征服孤灯岛外的新大陆；托维恩·葛雷乔伊与"寒铁"缔结血誓，却把后者出卖给敌人；还有"诗人"罗若·葛雷乔伊与"青绿之地"上的年轻骑士戴斯蒙·梅利斯特之间伟大而悲壮的友谊。

海瑞格的巨著末尾记述了科伦·葛雷乔伊大王，他是伊耿征服以来"海石之位"上最睿智的统治者。科伦身材高大，达六尺半，据说壮得像头牛，而敏捷如猫。他年轻时在夏日之海与海盗和奴隶贩子作战赢得声誉，后为铁王座忠实效命，亲率一百艘长船环绕维斯特洛赶赴"九铜板王之战"，并在石阶列岛的战事中发挥重要作用。

科伦以勇武著称，但身为统治者的他却不是个好战分子。他宣布非经他允许，严禁掠夺；他将数十位学士带来群岛医治病患、教导青年。学士们带来乌鸦，黑色的翅膀将铁群岛和"青绿之地"前所未有地联系起来。

不只如此，科伦大王还解放所有剩下的奴工，永久废除奴工制（他在这点上没有完全成功）。他虽未废除"盐妾"——他本人没有"盐妾"——却对拥有"盐妾"的人课以重税。科伦·葛雷乔伊大王的三任妻子一共给他生下九个儿子，前两任是"岩妻"，经由淹神牧师主持的古老仪式达成婚配，最后一任来自"青绿之地"红粉城的派柏家族，他们的婚礼是在她父亲的厅堂里由修士主持的。

在婚姻及其他很多事上，科伦大王背离了铁种特立独行的古老传统，意图把自己的领地和七国其他地方更紧密地联系起来。由于其强势，很少有人敢于公开指谪，毕竟科伦的强硬和怒火人所共知。

劳勃·拜拉席恩、艾德·史塔克和琼恩·艾林举起义旗时，"海石之位"的主人依旧是科伦·葛雷乔伊。年岁让科伦更谨慎，他与"青绿之地"的混战各方划清界限，但他那些渴望荣耀和掠夺的儿子并不甘心。科伦的力量在衰退，身体状况不断恶化，有段时间这位铁群岛大王为胃痛所困，以至每晚喝一杯罂粟花奶方能入睡。尽管如此，科伦仍拒绝考虑所有参战提议，直到一只乌鸦飞来派克岛，带来雷加王子战死三叉戟河的消息。这消息让科伦的头三个儿子达成一致，他们告诉父亲，坦格利安王朝大厦将倾，葛雷乔伊家族必须立刻加入起义

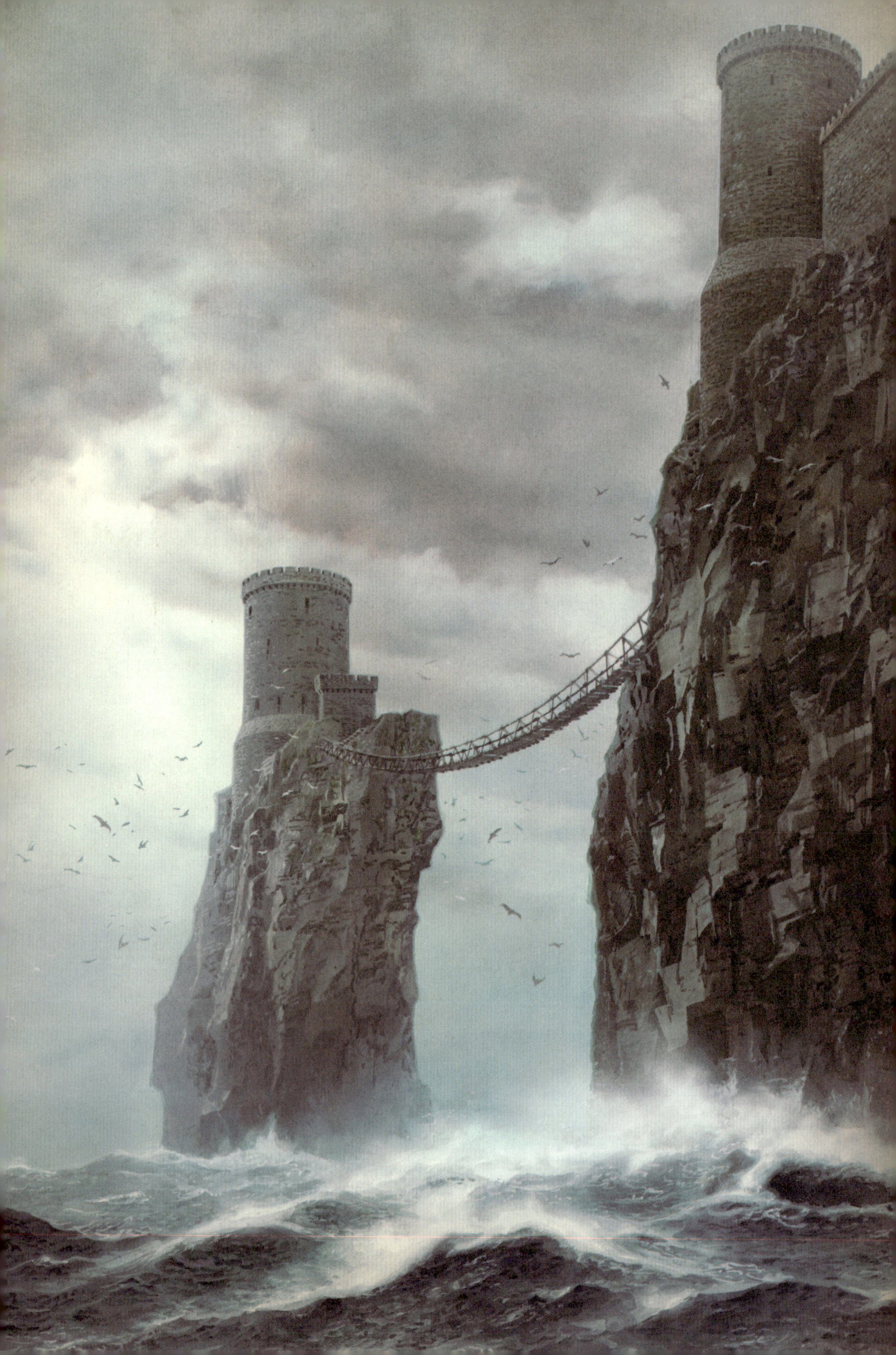

军,才好在战后分一杯羹。

科伦大王终于让步。为向起义军示好,铁民决定就近打击坦格利安家族的忠诚派。年老体衰的科伦依然坚持亲自领军,五十艘长船在派克岛集结完毕后航往河湾地——由于凯岩城意图不明,铁民的大部分舰船留在本土防御兰尼斯特。

科伦·葛雷乔伊最后的出击乏善可陈,只不过是劳勃起义的一道余波,虽伴随着流血和悲剧,对战争结局却毫无影响。铁民击沉了不少渔船,俘虏了一些大肚子商船,烧掉若干村庄,还攻陷几座小镇,但在曼德河口,他们遭到盾牌列岛人出乎意料的顽强抵抗,对方驾驶长船出海迎敌。铁民在海战中失去了十几艘船,虽给对方造成更大损失,但战死者包括科伦·葛雷乔伊大王。

此时内战已经结束,科伦的继承人巴隆·葛雷乔伊审时度势后收兵返乡,继承"海石之位"。

新任铁群岛大王是科伦在世最年长的孩子,出自其第二任"岩妻"(科伦第一任妻子生的儿子均在少年时夭折)。巴隆很多方面与父亲科伦非常相似:十三岁时操纵长船和手指舞的技巧已非常娴熟;十五岁时在石阶列岛进行了一个夏季的掠夺;十七岁时有了自己的长船。他虽没有父亲的体格和蛮力,却继承了父亲的敏捷与武艺,且没人能质疑他的勇气。

巴隆大王从小一心想让铁民挣脱铁王座的束缚,恢复古时的骄傲与权势。他刚坐上"海石之位"就撤销了父亲的许多谕令,铁民纳"盐妾"不再缴税,而任何人都有权把俘虏当作奴工。他虽没有驱逐修士,却把相关赋税增加到十倍。不过,巴隆大王对学士是容忍的——他无法忽视学士的作用——虽因我们尚不清楚的原因处死了派克城的学士,却又立即向学城申请继任人。

科伦大王漫长的统治期中花去许多时间避战,巴隆大王即位后却立刻着手备战——除了金钱和荣耀,他最渴望一顶王冠。在葛雷乔伊家族漫长的历史中,对王冠的渴望仿如诅咒笼罩着他们,许多追求王冠的家族成员以身败名裂告终,正如巴隆·葛雷乔伊。巴隆准备了五年,集结人手和长船,还打造出一支庞大的"铁舰队"。舰队的战船船壳经过加固,安装了铁撞锤,甲板放置蝎子弩和喷火弩。与其说它们是长船,不如说更像划桨战舰,它们比铁民从前造过的战船都要大。

征服二百八十九年,巴隆大王终于发难,他自封铁群岛之王,派弟弟攸伦和维克塔利昂前往兰尼斯港烧了兰尼斯特家族的舰队。"大海是我们的城壕",泰温公爵的战船熊熊燃烧时,巴隆豪言,"她将埋葬胆敢进犯之敌。"

劳勃国王就有这样的胆量。劳勃·拜拉席恩一世曾在三叉戟河赢得永恒的光荣,这位年轻国王迅速做出反应,召集全国封臣,并调遣弟弟龙石岛公爵史坦尼斯率王家舰队环绕多恩前来接应,旧镇、青亭岛和河湾地的舰只也加入史坦尼斯的舰队。巴隆·葛雷乔伊派弟弟维克塔利昂迎战,然而在仙女岛与大陆间的海峡中,史坦尼斯公爵将铁民诱入陷阱,摧毁了"铁舰队"。

巴隆的"城壕"就此失效,劳勃国王轻而

左图|派克城的剩余塔楼

易举就让大军从海疆城和兰尼斯港出发横渡铁民湾。他与西境守护和北境守护一起在派克岛、大威克岛、哈尔洛岛和橡岛强行登陆，用铁与火清扫群岛。巴隆被迫退回派克城，但当劳勃击垮城堡外墙、王国骑士冲进缺口之后，抵抗崩溃了。

昙花一现的铁群岛王国延续不到一年，但巴隆·葛雷乔伊被锁拿到劳勃国王面前时依旧倔强。"你可以要我项上人头，"他告诉国王，"但我不是叛徒。葛雷乔伊家从未对拜拉席恩家宣誓效忠。"据说仁慈圣明的劳勃·拜拉席恩听了哈哈大笑，尽管对方是他的死敌，他却欣赏其执着。"那你现在宣誓，"国王回答，"不然我就要你那颗顽固的脑袋。"巴隆·葛雷乔伊屈膝臣服后被饶过性命，条件是献出仅剩的儿子做人质以保忠诚。

今日的铁群岛一如既往。从"红海怪"到新王朝，铁民被约束在对往日光辉的念想和贫瘠的现实之间，群岛依旧自成一体，为灰绿色大海分割。铁种常说，大海善变而易变，此言诚是，永恒宽广的大海始终如一又瞬息万千，大海的子民——铁民——亦然。

"你可以让铁民穿上丝绸和天鹅绒，教他读书写字，灌输骑士精神、礼仪制度和宗教信仰。"海瑞格博士写道，"但每当你看进他的眼睛，依旧能看到寒冷、灰暗和残酷的大海。"

# 派克城

派克城并非铁群岛最大或最华丽的城堡，但也许最为古老。它是葛雷乔伊家族的根据地，该家族一直认为派克岛因派克城而得名——岛上平民的观点正好相反。

派克城的年岁如此久远，以致无法确知建城时间和建造者。和"海石之位"一样，其起源早已失落。

无数世纪前，派克城和许多城堡一样矗立在俯瞰大海的悬崖坚石上，由一道城墙环绕，内有堡垒和塔楼。可惜城堡立基的悬崖不若预想中坚固，在无尽波涛拍打下逐渐龟裂，于是城墙倒塌，地面分离，外围建筑沉入大海。

今日残留的派克城是分散在十多个相邻小岛和海蚀柱上的堡垒与塔楼的结合，城下为熊熊怒涛。通向城堡的唯一通道由陆岬上外墙的残余部分、一座雄伟的城门楼和相应的防御塔守护。一道石桥自陆岬通向头一个也是最大的岛屿，岛上矗立着派克城主堡。

主堡外的岛屿以索桥连接。葛雷乔伊家的人喜欢吹嘘能在风暴中穿行索桥的人才是水上真英雄。城下波涛日夜不息地拍打剩下的岩石，毫无疑问，终有一天全城都会坍入汪洋大海。

# 西境

*北境*

*峡 谷 地*

铁群岛

铁民湾

落日之海

海疆城

荒石城

祸垒

峭岩城

腾石河

奔流城

烙印城

仙女城

金牙城

红叉河

大河间道

萨斯菲尔德城

角谷城

深穴城

凯切城

凯岩城

宴火城

黄金大道

兰尼斯港

银厅

秋鸡厅

玉米城

红湖城

古橡城

*河 湾 地*

## 图例

- 中心城堡
- 城堡
- 城市
- 市镇
- 废墟
- 金矿和银矿
- 道路

# 西境

西境有崎岖山丘和起伏原野，雾霾山谷与陡峭海岸，还有蓝色的湖泊、闪光的河流和肥沃的田野。这里的阔叶林中动物多种多样，树木覆盖的山丘间有不易发现的洞穴，连通迷宫般的黑暗地道，最终可达地底难以想象的奇观与无尽的宝藏。

西境土地丰饶，气候温和，适合作物生长，它东、南两面有高山屏障，西方是蔚蓝无尽的落日之海。在黎明纪元，这里的森林曾是森林之子的家园，巨人则居住在山丘间，其骨骸仍不时被发掘出来。后来先民用烈火和青铜斧摧残森林、开垦犁田，并在巨人居住的群山间开辟道路。传说告诉我们，那段时间西境的战争非常残酷，许多英雄惨死于上古种族之手，但人类前仆后继，直到"从盐水到石山"，整个西境遍布农场和村庄。它们起初由低矮的栅栏与碉堡保护，后来是雄伟的石头城堡。于是巨人渐渐失踪，森林之子也消失在森林深处、空山幽谷或更遥远的北方。

许多大家族的血统可追溯到先民的黄金时代，如霍索恩家族、福特家族、布隆家族、普棱家族等。仙女岛上的法曼家族用长船保护西海岸，抵抗铁民掠夺者；格林菲尔家族建了巨大的木堡，命名为"树阴堡"（如今直接简称格林菲尔堡），它完全由鱼梁木建成；卡斯特梅的雷耶斯家族的家堡位于地下，地道将错综复杂的矿井和洞穴联系起来；维斯特林家族的峭岩城高踞于海边的波涛之上。另一些家族出自传奇的英雄——那些英雄至今仍被传颂——"野猪杀手"克雷的后代是克雷赫家族、"兜帽人"的后代是班佛特家族、盲弓手"橡树阿兰"的后代是尤尔家族、"庄稼汉"佩特的后代是摩兰德家族。

上述家族均为一方豪强，其中有些后来更自立为伯爵乃至国王，但西境无可争议的最强者是凯岩城的凯斯德利家族，他们以落日之海边一块巨岩为家堡。相传第一位凯斯德利领主是个猎人——凯斯特之子凯洛斯——住在今日兰尼斯港位置附近的村子。一只狮子吞食村里的绵羊，凯洛斯一路追踪至其巢穴，深入巨岩底部的山洞。他仅凭一支矛杀了公狮及其配偶，但饶过狮子的幼崽，这份慈悲感动旧神（那时远在七神来到维斯特洛之前），他们立刻送来一束阳光照亮地底洞穴，凯洛斯发现洞壁金光灿灿，矿脉有人类的腰部那么粗。

事实真相早已失落在时间的迷雾中，但毫无疑问，凯洛斯——或凯斯德利家族的某位先祖——发现了巨岩深处的金矿，很快着手采掘。

为保护财富不被夺走，此人搬进洞内居住，并加固入口处的防护。一个接一个世纪过去，其后代为追逐黄金越挖越深，巨岩中逐渐出现了大厅、走廊、楼梯和隧道，最终整个岩山化为令维斯特洛各地所有城堡都相形见绌的巨型堡垒，是为凯岩城。

凯斯德利家族从未称王，却在数百年间身为全维斯特洛最富裕的领主和西境最强大的势力，直到黎明纪元让位于英雄纪元。

金发盗贼"机灵的"兰恩来自东方。有人说他是狭海对岸的安达尔冒险者，然而当时早在安达尔人大举渡海之前上千年。无论出身为何，所有故事都认定"机灵的"兰恩从凯斯德利家族手中骗取凯岩城，占为己有。

没人知道兰恩夺得凯岩城的确切手段。通常说法是兰恩发现凯岩城中一条密道，那密道十分狭窄，以致他只能脱光衣服、全身涂满黄油才堪堪挤进。进城后，他搞出各种恶作剧：在熟睡的凯斯德利家族成员耳边低语威胁，在黑暗中如恶魔般咆哮，从一个凯斯德利那里偷取财物放进另一个凯斯德利的卧室，还用绳索设置形形色色的陷阱。通过种种手段，他让凯斯德利家族起了内讧，对方最终确信凯岩城有妖怪作祟，无法居住。

但还有其他版本的故事。在一个故事里，兰恩利用那条密道朝城中大量释放老鼠及其他害虫，以赶走凯斯德利家族；另一个故事里，兰恩把一群狮子偷运进城，吞噬了凯斯德利伯爵及其所有子嗣，然后娶了伯爵的夫人和女儿们；最猥琐的故事则声称兰恩夜复一夜地偷溜进城，趁凯斯德利家族的少女们熟睡时与之交媾，九个月后，这些被开苞的少女纷纷产下金发孩子，却辩称没与任何男人欢好。

最末一个故事固然猥琐，却可能奇妙地包含了某些事实。佩雷斯坦博士相信兰恩是凯斯德利伯爵驾前的随从之流（甚至是贴身护卫），他让伯爵的女儿（或女儿们，虽然这不太可能）怀孕后劝说作父亲的许婚给他。假如这是事实，那意味着（我们只能这样猜测）凯斯德利伯爵没有嫡生子，其人去世后凯岩城依律传给女儿，兰恩从中获利。

必须指出，佩雷斯坦博士在《历史研究》中作出的判断和歌手及说书人讲述的传说一样没有史料证据（而毫无疑问，兰恩利用狮子、老鼠乃至魔鬼赢得凯岩城的故事更动人），我们能确定的只是在英雄纪元的某个时刻，凯斯德利家族自编年史中销声匿迹，被此前默默无闻的兰尼斯特家族取代，该家族以凯岩城为基地，统治西境大片地区。

据说"机灵的"兰恩活了三百一十二岁，有一百个勇敢的儿子和一百个敏捷的女儿，个个面容姣好，身体矫健，继承了"太阳般"的金发。孩子的数量如此惊人，他们的生母却失于记载，倘若尽是凯斯德利的女儿所生，她必是七大王国的头号母亲。且不论传说真假，历史上早期的兰尼斯特家族成员的确美貌而多产，因他们的名字迅速充斥了编年史，仅仅数代人后，兰恩的后代便多到凯岩城无法容纳的地步。兰尼斯特家族并未采取挖掘隧道的安置方式，而是让众多旁支的青年男女去城外不到一里远的村子定居。那里土地肥沃，渔产丰富，还是天然良港。于是村落很快发展为镇子，然后成为城市：兰尼斯港。

安达尔人到来时，兰尼斯港俨然已是维斯特洛第二大城市，只有旧镇比它更大更富有。世界各地的商船沿西海岸一路北上，前来造访

"落日之海畔的黄金城"，商人、匠人和其他百姓也纷纷涌入。金矿让兰尼斯特家族发财致富，贸易使他们更为富有，他们在兰尼斯港的亲戚兴旺发达，修建雄伟的环城城墙以确保不被垂涎其财富的人（主要是铁民）侵犯，凯岩城的兰尼斯特家族则很快戴上了王冠。

据我们所知，"机灵的"兰恩从未称王，尽管数世纪后流传的故事追认他为国王。第一位能确认的兰尼斯特国王是罗利恩·兰尼斯特，又称"雄狮"罗利恩（出于显而易见的原因，许多兰尼斯特外号"雄狮"或"金狮"）。他迎娶卡斯特梅的雷耶斯家族的女儿，将对方纳为封臣，又在一场长达二十年的战争中打败"兜帽王"莫甘·班佛特（据说是个死灵法师）及其奴仆。相传莫甘王拥有可怕的力量，史书记载，他临死前告诉杀他的一众兰尼斯特（包括罗利恩的三个儿子）自己会从坟墓中归来复仇，他们全都逃不过惩罚。为防预言实现，罗利恩将莫甘的尸体剁成肉泥喂给驯养的狮子吃，却没能阻止两年后的恐怖事件：那些狮子在凯岩城深处逃脱牢笼，吞噬了罗利恩的儿子们，一如莫甘的承诺。

罗利恩或是创设"凯岩王"头衔的兰尼斯特——该头衔被其子孙后代传承数千年——但直到安达尔人入侵前后，凯岩王国才得以定型。安达尔人到达西境的时间较晚，远在他们拿下谷地、颠覆先民在河间地的王国之后。第一位率军穿越山丘的安达尔头目被泰伯特·兰尼斯特国王打得大败亏输（这位国王得号"雷霆"也就不足为怪了），第二次和第三次进犯也落得同样下场，但越来越多的安达尔人结成大小团队涌向西境，到提利昂三世国王及其子杰洛二世的时代，崩盘似已难免。

这两位传奇的国王不再坚持武力对抗，转而安排西境豪门世家的女儿与最强大的安达尔头目们联姻，并赠予领地。他们审时度势，汲取谷地的惨痛教训，向成为贵族的安达尔头目一一索要补偿，于是对方的儿女成为西境的养子养女，在凯岩城担任侍从和侍酒……同时也是人质，以防做父亲的翻脸。如此一来，仇敌逐渐变成忠实的朋友，绝大多数安达尔头目保持忠顺，其子女长大后成为凯岩王的忠实封臣，因他们和兰尼斯特家族一起长大，"血管中流着金色的血液"（一位愤愤不平的安达尔父亲后来评论）。

后来，兰尼斯特国王也让自己的孩子与安达尔人联姻，久而久之，族

上图 | 兰尼斯特家族丢失的瓦雷利亚钢剑"光啸"

中的安达尔血脉超过了先民的血脉。杰洛三世国王死后没有男嗣，议事会遂为他独生女的丈夫乔佛里·莱顿爵士加冕，这位爵士改姓兰尼斯特，成为首位统治凯岩城的安达尔人。兰尼斯特家族与安达尔人的结合还诞生出其他家族，如贾斯特家族、莱佛德家族、帕伦家族、多克斯家族、马尔布兰家族、布拉克斯家族、沙略特家族、萨斯菲尔德家族、斯脱克皮家族、肯达拉家族等。

在"百国争雄"时代，每座城堡目力所及的范围便可成为独立王国，小国王们进行着永无休止的恶斗，只有西境在凯岩王治下实现了相对的和平与繁荣。

从古至今有许多杰出的凯岩王。瑟利昂·兰尼斯特将王国疆界东扩到金牙城及其附近山丘，打败了三位结盟对抗他的小国王；托曼·兰尼斯特一世国王建造了一支大舰队，藉此吞并仙女岛，迎娶末代法曼国王之女；罗利恩二世国王举办西境第一场比武会，并在长枪比武中击败所有与他对抗的骑士；蓝塞尔·兰尼斯特一世（亦称"雄狮"）和高庭的园丁王打仗，征服了河湾王国自古橡城以北的土地，却不幸战

---

"光啸"在"末日浩劫"发生前一世纪流入兰尼斯特国王之手，据说那位国王为此支付的黄金足够招募一支大军，然而仅仅百年后这把剑便失传了。佩戴它的托曼二世国王率领庞大的舰队航往瓦雷利亚的废墟，自信能找到财宝和巫术，结果舰队、托曼本人和"光啸"从此杳无音信。

瓦兰提斯编年史《光荣的瓦兰提斯》留有关于他们的最后记载，书中说一支由"狮子王"率领的"黄金舰队"停靠瓦兰提斯补给，执政官赠送了许多礼物。编年史声称"狮子王"发誓给予执政官一半所得以报答其好客之举——执政官也答应必要时派舰队支援。之后"狮子王"远航离去，从此失踪，编年史说翌年执政官马奎罗·塔高罗斯曾派出分舰队前往瓦雷利亚找寻"黄金舰队"的踪迹，但没发现任何蛛丝马迹。

---

死（其子罗利恩三世丢掉了父亲的成果，被嘲为"软弱的"罗利恩）；"伟大的"杰洛·兰尼斯特兵临铁群岛，带回一百名铁种人质，宣布铁民每劫掠西境一次，就吊死一人（他说到做到，最终吊死二十多名人质）；蓝塞尔四世国王据说在兰恩角之战中用瓦雷利亚巨剑"光啸"一击砍下"半淹人"哈纳德国王及其继承人的人头，后来却在入侵河湾地时死于红湖之战。

许多兰尼斯特国王以智慧闻名，另一些国王以勇气著称，几乎所有人都慷慨大方——或许只有诺尔温·兰尼斯特国王除外，他被嘲为"吝啬鬼"诺尔温——但不用怀疑，也有不少虚弱、残暴或无能的君主。罗利恩四世世称"白痴"罗利恩，其孙罗利恩五世更得到"罗娜女王"

的外号，因他喜爱穿上王后的衣服，打扮成寻常娼妓在兰尼斯港的码头游荡（兰尼斯特家族在他们之后便甚少以罗利恩为名）；提利昂四世外号"折磨者"，他身强体壮，战斧使得虎虎生威，真正的爱好却是刑求拷打，谣传只对被自己折磨出血的女人有性欲。

最终，从西海岸到红叉河与腾石河的源头（以金牙城下的山口为界），自铁民湾南岸到河湾地边界，都成为兰尼斯特家族的领地。但边界并不固定，在南部和东部，兰尼斯特家族与河湾地的园丁家族、三叉戟河流域的诸多国王争战不休。如今西境的辖区和"怒火燎原"之役前夕的凯岩王国疆域保持一致，当时罗伦·兰尼斯特（"末代"罗伦）以国王的身份下跪，起来便成了公爵。

西境的海岸线离铁群岛比其他王国更近，兰尼斯港的财货贸易更让愚昧的岛民垂涎三尺，于是几乎每代西境人都会和铁种爆发血战，即便在和平时期，铁民也不时前来掠夺金钱和"盐妾"。仙女岛保护了更南边的海岸，因此法曼家族成为铁民不共戴天的死敌。

西境最稳定的财源无疑是金矿与银矿，这里的矿脉十分丰富，埋藏也极深，有的矿井挖掘上千年也未干涸。"长腿"洛马斯说，远至阴影旁的亚夏的商人都在问他住在纯金宫殿里的"狮子王"及只需翻地便能刨出金子的农夫是否确有其人其事。由此可见，西境的金矿传奇早已流传到天涯海角，学士们认为全世界没有比凯岩城更丰富的矿脉。

远古时代，西境丰富的矿藏正与瓦兰提斯自由堡垒对贵金属的狂热追求相匹，却似乎没有任何证据证明龙王与凯岩城的主人——无论凯斯德利家族还是兰尼斯特家族——发生过联系。巴斯修士探讨过这个问题，他引用一份今已失传的瓦雷利亚文献，指出自由堡垒的法师曾预言凯岩城的黄金将导致他们的毁灭。但我们不应忘记，巴斯探求过往的谜团时，总是过多借助预言和传说故事，事实上预言往往夸大其词，甚至是彻头彻尾的胡言乱语。佩雷斯坦博士提出一种迥异但更可信的观点，即远古瓦雷利亚人的势力曾远达旧镇，后来发生大悲剧或遭遇惨败，以致彻底退出维斯特洛。

# 龙王治下的兰尼斯特家族

自罗伦国王献出王冠，兰尼斯特家族降格为公爵。虽然富可敌国的财富未经触动，但他们与坦格利安家族的关系较为疏远（与拜拉席恩家族等相比），且又较徒利家族骄傲，不肯立即在铁王座前钻营。

直到征服四十年以后，当伊耿王子及其妻和姐姐雷妮亚公主逃离"残酷的"梅葛的魔掌，兰尼斯特家族才再度参与政局斗争。林曼·兰尼斯特公爵在自家屋檐下庇护王子和公主，确认其宾客权利，拒绝国王恼怒的索求，但并未起兵支持流亡的王子和公主，直到伊耿王子于"神眼湖决战"中被叔叔杀死，他甚至没有动员。待伊耿的弟弟杰赫里斯提出对铁王座的要求，兰尼斯特家族才终于公开反叛。

梅葛的死和杰赫里斯国王的加冕让兰尼斯特家族与铁王座的关系变得紧密，但影响力仍不及瓦列利安家族、艾林家族、海塔尔家族、徒利家族和拜拉席恩家族。泰蒙德·兰尼斯特公爵参加征服一百零一年决定继承顺位的大议会时，引人注目地带去由三百名封臣、武士和仆人组成的随从队伍……不料却被高庭公爵马索斯·提利尔盖过，后者带来五百人。兰尼斯特家族在会上支持韦赛里斯王子，数年后对方登基时得到回报：国王擢升杰森·兰尼斯特公爵的双胞胎弟弟泰兰·兰尼斯特爵士为海政大臣，泰兰爵士后又为伊耿二世国王的财政大臣，他与铁王座的亲密关系和在宫中的显赫地位导致哥哥杰森公爵加入伊耿一方，参与"血龙狂舞"。

可惜在血腥的内战中，泰兰爵士因藏匿国库的大部分资产而惨遭厄运。雷妮拉·坦格利安拿下君临后发现国库空空如也，便对他施以拷问。兰尼斯特家族对铁王座的支持也没捞到好处，杰森公爵为支援伊耿二世国王向东进军时，"红海怪"道尔顿·葛雷乔伊率领掠夺者袭击毫无防备的西境，造成严重损失。在红叉河渡口，雷妮拉女王的支持者与杰森公爵会战，杰森公爵被一名白发侍从——长叶的佩特（战后这名出身低微的战士受封骑士，余生一直被称为"屠狮者"）打成重伤，旋即逝世。嗣后兰尼斯特军继续推进，先由阿德里安·塔贝克爵士统领，爵士取得一些胜利后战死，接替指挥的是莱佛德伯爵。莱佛德伯爵最终在"喂鱼大战"中遭三路敌军围歼战死沙场。

与此同时，身处君临的泰兰·兰尼斯特爵士遭到残酷折磨，雷妮拉女王定要他吐露国库资金去向，泰兰爵士却始终守口如瓶。待伊耿二世一派夺回都城，泰兰爵士已瞎了眼睛、肢体残废、下体被阉，但头脑丝毫未损，伊耿国王让他复任财政大臣。伊耿二世在最后的时日里甚至派泰兰爵士去自由贸易城邦招募佣兵，以助他对抗雷妮拉之子、未来的伊耿三世的支持者。

内战后是漫长的摄政期，因新王伊耿三世

登基时才十一岁。出于治愈"血龙狂舞"留下的大伤口的考虑，摄政团成员来自冲突双方，而泰兰·兰尼斯特爵士被推为国王之手。也许曾经的对手认为他现下已盲、人又残废，不足为惧，但泰兰爵士出色地履行职责近两年，直到征服一百三十三年因冬季大风寒去世。与此同时在西境，杰森公爵的遗孀乔安娜夫人成为年幼儿子的摄政，穿上男人的铠甲将"红海怪"驱离海岸，恢复了兰尼斯特家族的荣耀，她还借钱给君临修复"血龙狂舞"造成的大破坏，从而赢得王室嘉许。

再往后，兰尼斯特家族站在坦格利安家族一边讨伐戴蒙·黑火，不过黑龙的党羽在西境取得了许多著名胜利——尤其在兰尼斯港和金牙城，因脾气火爆得号"火球"的著名骑士昆廷·波尔爵士曾击杀莱佛德伯爵，击退达蒙·兰尼斯特公爵（后称"灰狮"）。

"灰狮"于征服二百一十年病逝后，长子

上图丨兰尼斯特家族（正中）和西境过去现在一些重要家族的纹章（自顶端顺时针起）：克雷赫家族、布拉克斯家族、克里冈家族、法曼家族、莱佛德家族、雷耶斯家族、维斯特林家族、派恩家族、马尔布兰家族、莱顿家族、普莱斯特家族和塔贝克家族泰伯特继位凯岩城公爵，两年后可疑地死去。泰伯特公爵逝世时风华正茂，他与妻子肯达拉家族的提奥拉只有一个女儿，未有子嗣，而这个叫瑟蕾拉的三岁女童以凯岩城公爵夫人的身份统治不到一年也死了。如此一来，凯岩城和西境的辽阔领地，兰尼斯特家族所有的财富和权力都被已故泰伯特公爵之弟杰洛继承。

杰洛待人宽厚，据说聪明盖世，他曾出任小侄女的摄政，而侄女早夭让流言纷飞，西境人纷纷谣传是他相继害死泰伯特公爵和瑟蕾拉公爵夫人。最盛行的版本说杰洛亲自动手，用枕头闷死熟睡的女孩。于是乎终其余生，杰洛都未赢得某些领主和许多百姓的爱戴。

今日在世者谁也弄不清这些指控的真假。杰洛·兰尼斯特很快证明自己是个格外精明能干、处事公正严明的领主，大大提升了兰尼斯特家族的财富、凯岩城的权势和兰尼斯港的贸易地位。他统治西境长达三十一年，在列代兰尼斯特中再度赢得"金狮"外号，可随后降临的家族悲剧也被对头们归罪于他……因弑亲者遭到诸神和世人的诅咒，父亲的罪行将由儿子承担。杰洛公爵挚爱的第二任妻子罗翰妮夫人于征服二百三十年神秘失踪，不到一年前她还为公爵生下他第四个、也是最小的儿子杰森。公爵的长子、双胞胎里较大的泰沃德·兰尼斯特于征服二百三十三年参与平定培克叛乱，爬过星梭城破损的城门时被长矛刺中，伤重不治，死在双胞胎弟弟提恩怀中。泰沃德是卡斯特梅的劳勃·雷耶斯伯爵的侍从，提恩是梅卡国王的幼子、伊耿·坦格利安王子的侍从。据说王子达成泰沃德的遗愿，在他临死时赐封他为骑士。

【泰沃德阵亡前不到一小时，梅卡国王刚刚驾崩——他领军攻打星梭城主城门时被城上落石砸中。雷耶斯伯爵亦命丧那悲惨的一日，其长子继承人罗杰·雷耶斯爵士（"红狮"）战后实施血腥的报复，在伊耿王子赶到阻止屠杀前杀了七名被俘的培克家人。】注

梅卡国王驾崩引发的事变已被若干编年史涉及，在此不再赘述。我们只需知道由于继承安排如此混乱，以致国王之手布林登·河文公爵（"血鸦"）召开大议会来解决。全国各地聚集而来的贵族在"金狮"杰洛的雄辩（有人指出背后亦有黄金收买）及其他因素作用下，最终把铁王座给予伊耿王子——这便是此后统治七大王国二十六年的"不该成王的王"伊耿五世。

但世人几乎忽视了培克叛乱对西境造成的严重后果，实际上，它在此改变了历史进程。泰沃德·兰尼斯特早已许婚"红狮"活泼的妹妹艾莲小姐，这位执拗、火爆的少女多年来一心盼望入主凯岩城，如今也不愿放弃。未婚夫死后，她劝诱兰尼斯特双胞胎的弟弟提恩抛弃未婚妻——金树城罗宛伯爵的女儿——转而娶她。

据说杰洛公爵并不赞同，竭尽可能加以制止，但悲伤、年迈和疾病让他大不如昔，最终当提恩表示哥哥泰沃德临终时曾恳求他代为照顾"艾莲小姐"后，公爵勉强点头。征服二百三十五年凯岩城举办双重婚庆，提恩·兰尼斯特爵士迎娶艾莲·雷耶斯，他软弱的弟弟泰陀斯娶了烙印城伯爵埃林·马尔布兰之女简妮·马尔布兰。

两度丧偶又身体不佳的杰洛公爵无意续弦，

注：此处及上下文根据马丁的说明作了补充

如此一来，雷耶斯家族的艾莲婚后成了凯岩城事实上的女主人。

随着公公愈来愈沉溺于书本和床榻，艾莲夫人招揽来大批光鲜廷臣，举办许多宏伟的比武竞技和舞会，凯岩城中充斥着她延请的艺术家、默剧演员、乐师……及雷耶斯家的人。她的兄弟罗杰和雷纳多一直陪在她身边，获得了诸多官职、荣誉和领地，她的叔舅辈、堂亲及表亲等也得到许多好处。据说杰洛公爵的老弄臣、说话尖酸刻薄的驼背"蛤蟆大王"曾言道："艾莲夫

上图｜艾莲·雷耶斯夫人和简妮·马尔布兰夫人在杰洛·兰尼斯特公爵的宫廷中

世横渡狭海，和"寒铁"及黄金团一起在马赛岬登陆，意在争夺铁王座。他们的支持者不多，因时论认为黑火气数已尽，伊耿五世召唤天下勤王，第四次黑火叛乱就此展开。

战争比篡夺者希望的短暂得多，血腥的文德河桥之役很快决定了叛军的命运。国王的骑士冲锋击垮黄金团，"寒铁"落荒而逃，御林铁卫"高个"邓肯爵士击杀戴蒙·黑火三世。黑龙旗下官兵们的尸体堵塞了文德河，不断冲刷到两岸，而国王一方损失不满一百人……但其中包括凯岩城的继承人提恩·兰尼斯特爵士。

可以想见，短短数年间"荣耀双胞胎"相继阵亡足以让他们悲伤的父亲杰洛公爵陷入崩溃，奇妙的是结果正相反：提恩爵士葬在凯岩城下后，"金狮"杰洛振作起来，重新把控西境全局，意在为第三子，那个意志薄弱、资质平平的男孩泰陀斯扫平障碍，做好一切交接准备。

驼背"蛤蟆大王"兴高采烈地宣布："雷耶斯的统治"就此告终。为保住权位，艾莲夫人做了最后的努力，谎称怀有提恩的孩子，但随着时间流逝，肚子未见变大，她遂被众人视为骗子，颜面扫地。据说"蛤蟆大王"无情地嘲讽雷耶斯家的人，愤怒的"红狮"很快带着弟弟雷纳多和其他许多亲属离开凯岩城，返回卡斯特梅。

艾莲夫人虽未离开，但却成为无足轻重的人物。她被逐出凯岩城议事会，无法动用兰尼斯特家族的黄金，不再参与决策和辩论，虽然杰洛公爵开庭裁断时还允她列席，却不准她发言。于是骑士们比武不再恳请她赐予信物，珠宝商和裁缝不再送来丰厚礼物讨她关照，请愿者在开庭前也不再向她求情干预；与此同时，那些曾争先恐后赞颂她美丽容颜的歌手开始歌

人肯定会法术，不然她怎能让凯岩城内天天下雨咧？"——按七国惯例，弄臣嘲讽上位者，哪怕针对诸侯和王子也是允许的，但极度敏感又极为骄傲的艾莲·雷耶斯听了笑话却命人鞭打"蛤蟆大王"。病重的杰洛公爵无力干涉，继承人提恩爵士则偏宠夫人，以至言听计从。

征服二百三十六年，篡夺者戴蒙·黑火三

颂泰陀斯的年轻妻子简妮夫人，那位严肃、害羞、平凡的女孩逐渐长成了大美女。若贝尔顿学士记录的流言可信，提恩爵士的寡妇和泰陀斯的妻子之间的竞争很快变得丑陋。贝尔顿告诉我们（此事杰洛公爵严禁任何人泄露，违者拔掉舌头），征服二百三十九年艾莲·雷耶斯被控与泰陀斯·兰尼斯特同床，艾莲夫人故技重演，试图劝诱泰陀斯抛弃妻子，与她结婚。可年轻的泰陀斯（时年十九岁）发现哥哥的遗孀过于放荡，让他难以接受，深感羞愧的他回去对妻子认错，并恳求原谅。

简妮夫人愿意原谅小丈夫一时的不忠，但对兄嫂没那么宽容，她毫不迟疑地向杰洛公爵提出指控。愤怒的公爵当即决定给艾莲·雷耶斯找个新家，把她一劳永逸地赶出凯岩城。乌鸦来往，婚配仓促达成，半月后，艾莲·雷耶斯便被嫁给塔贝克厅伯爵瓦德伦·塔贝克——塔贝克家族虽古老荣耀，但如今穷困潦倒，伯爵本人是个气色健旺的五十五岁老鳏夫。"一头打滚的海象，""蛤蟆大王"形容，"肚皮若能当脑瓜用，他无疑是西境头号聪明人。"

艾莲·雷耶斯成了塔贝克夫人，她和新丈夫一同离开凯岩城，从此很少回来，但她与简妮夫人的竞争反而变本加厉——驼背"蛤蟆大王"称为"母巢之战"。艾莲夫人没能为提恩爵士产下继承人，却在瓦德伦·塔贝克身边证明了生产能力（值得一提的是，伯爵与前两任妻子也有不少儿子）。征服二百四十年，艾莲夫人产下长女，取名罗翰妮，次年产下次女，取名瑟蕾拉。贝尔顿学士指出，这两个名字都是有意为之，是"刺向杰洛公爵心头的利刃"。征服二百四十二年，塔贝克夫人还产下一个健壮的红发男婴，取名提恩。简妮夫人也不甘示弱，于同年产下长子泰温，传说杰洛公爵抚摸婴儿的金发时，小泰温咬了祖父的手指。

简妮夫人的孩子一个接一个诞生（她一共产下四子一女），但公公见过的只有泰温。征服二百四十四年，"金狮"杰洛因排泄不畅逝世，第三子泰陀斯·兰尼斯特以二十四岁之龄继位凯岩城公爵、兰尼斯港之盾和西境守护（同年晚些时候他有了次子凯冯）。

三个头衔均与他不配。泰陀斯·兰尼斯特公爵有诸多美德，他乐天、善良、温和，是讨人喜欢的宴会主人，是忠实的丈夫和宽容的父亲。他不易发怒，心胸宽大，与人为善——无论对方身份高低——且待人推心置腹。和兄弟们不同，泰陀斯不是战士，他虽当过侍从，但从未受封骑士，他虽喜欢比武竞技，却是作为观众而非参与者。他幼时就很丰满，成为公爵后更是心宽体胖，酷爱奶酪、蛋糕和啤酒。驼背"蛤蟆大王"为快活的公爵起了个"笑狮"的绰号，有段时间西境人和他一起欢笑……但某些领主和骑士很快将之演变成针对他个人的嘲笑。

在处理家国大事上，泰陀斯公爵意志薄弱、优柔寡断，总如风中芦苇般摇摆不定。他对战争毫无兴趣，列代先祖会拔剑而起的侮辱，他只一笑置之，声称"言语就像风"，哪怕对方当面嘲讽（实际上，他从小就是嘲讽的对象）。他能将背叛视为误会，只要对方开口恳求，便予赦免。

"家父是天下一等一的旅馆老板，"多年后，泰陀斯公爵的幼子吉利安·兰尼斯特评论，"与他相比，老'蛤蟆大王'倒更有公爵风范。"

此言真可谓一语中的，兰尼斯特家族正是

在"笑狮"统治时期落到最低谷。西境诸侯早已熟知泰陀斯·兰尼斯特的性情，少数领主全力辅佐，不仅提供睿智的建言，且愿在必要时出兵援助。这些忠诚的领主以简妮夫人的父亲埃林·马尔布兰伯爵为首，他成为女儿和女婿的支柱；多数领主则将公爵的软弱视为攫取权力、财富和领地的机会。有人故意从凯岩城借出重金不还，当大家发现泰陀斯公爵愿意延期、甚至一笔勾销时，兰尼斯港和凯切镇的商人便蜂拥前来告贷。

与此同时，泰陀斯的谕令多被视而不见，诸侯们只要发现与自己的利益冲突便拒不执行。于是腐败迅速滋生，卖官鬻爵成风，各地领主对凯岩城负有的税赋兵役也越来越履行迟缓。石阶列岛的海盗在西境近海肆虐，攻击出入兰尼斯港的商船，铁群岛的掠夺者也开始骚扰海岸，抢掠金钱和女人。仙女岛的法曼伯爵违背泰陀斯公爵的意志建造舰队保护自己的海岸，泰陀斯却不愿开罪葛雷乔伊家族，只是派乌鸦要求科伦·葛雷乔伊大王约束铁民。

在宴席和舞会上，客人们肆意取笑公爵，甚至当着他的面，这被称为"拨弄狮尾"。年轻骑士乃至侍从跃跃欲试、竞相打赌，看谁"拨弄"得更狠，而据说对这些嘲讽没人比泰陀斯公爵本人笑得更灿烂。"不过是寻一寻开心，"公爵夫人为某些玩笑翻脸时，公爵安慰她，"无心之言，无伤大雅。"

贝尔顿学士在寄往学城的信中写道："公爵大人只想受人爱戴，所以笑口常开，大度宽广，从不记恨，还赐给嘲笑、藐视他的人荣誉、职位和丰厚礼物，以为这能赢得忠诚。可他笑得越多、给得越多，他们就越鄙视他。"

贝尔顿学士并非凯岩城中唯一的明白人，简妮夫人及公爵的岳父也忧心忡忡。他们反复规劝泰陀斯行事要强硬，泰陀斯也反复答应……却总以退让、原谅和拖延告终。无论对方犯下何等罪行，只要俯首恳求，公爵都予赦免；而面对威胁，公爵要么退让，要么做出虚弱的妥协。

诸侯对兰尼斯特家族越来越明显的不敬很快引起泰陀斯公爵与小他九岁的弟弟杰森之间的频繁争执。杰森从小性情刚烈，长大后更是为人骄傲、脾气火爆、喜欢争吵。他一方面公然藐视哥哥，另一方面又见不得别人侮辱哥哥。杰森十四岁时便让凯岩城的侍女怀了孩子，生出头一个私生女莱萝拉·希山；征服二百四十四年，他开了斯脱克皮伯爵的女儿亚丽的苞，同样让对方怀孕。泰陀斯公爵在此事上展现出少有的坚定，坚持要弟弟迎娶亚丽（大多数人相信这是公爵之妻简妮夫人运作的结果），可怜亚丽产下爵士的长子达蒙时因生产而死。为免杰森爵士弄出更多丑闻和生出更多私生子，公爵夫妇只让杰森哀悼半月，便安排他与普莱斯特伯爵之女、年纪是他两倍的玛拉再婚，后者为他依次生下乔安娜、史戴佛和其他二子二女。当杰森·兰尼斯特离开凯岩城、前往宴火镇与妻子一起居住时，连贝尔顿学士也松了一口气。

随着兰尼斯特家族权势缩减，西境其他家族变得强势、独立，难以掌控。西境与河湾地边界附近的三名有产骑士和一位小领主转向提利尔家族宣誓效忠，宣称高庭的保护胜过凯岩城；贾斯特伯爵和法威尔伯爵决定以团体混战来解决争执，不愿寻求"雄狮之口"的仲裁。结果九人丧命，二十七人伤残，而争执依旧；斯脱克皮伯爵不顾公爵的禁令，将平民的税收翻倍，还雇了一支瓦兰提斯佣兵团专事压榨百姓。

到征服二百五十二年，连西境外的诸侯也纷纷感到凯岩城的狮子已不再令人畏惧。当年年底，泰陀斯公爵同意把七岁女儿吉娜嫁给河渡口领主瓦德·佛雷的次子。"佛雷大人是个好人，"当眼泪汪汪的妻子前来质问为何把夫妇俩唯一的女儿嫁入一个权势和地位远低于兰尼斯特家族的门第时，公爵虚弱地解释，"他好言恳求我。"长子泰温当年才十岁，却痛斥这次订婚，泰陀斯公爵没有让步，坚称不能收回承诺，但在场的众多旁观者发誓说公爵大人羞红了脸——他们发现意志坚定、无所畏惧的凯岩城继承人具备超越年龄的成熟，与温和的父亲判若云泥。

此后不久，凯岩城中悄悄传说公爵父子在书房里朝彼此大吼大叫，有人甚至发誓称泰温对父亲动了手。真相永远无法得知，我们只知事发不到半月，泰陀斯公爵便将继承人送往君临，在伊耿国王宫中担任侍酒。公爵的次子凯冯也被遣出，担任卡斯特梅伯爵的侍酒，后为其侍从。

雷耶斯家族原本古老、富有而强大，泰陀斯公爵的庸碌更让他们如鱼得水。"红狮"罗杰·雷耶斯爵士武功盖世，许多人认为他是西境最强剑客，而他弟弟雷纳多精明圆滑的程度恰与哥哥的武力相当。

随着雷耶斯家族的运势冉冉升起，其盟友塔贝克厅的塔贝克家族也跟着沾光。这个贫困而古老的家族经历了数世纪缓慢衰败，此时却因曾短暂主宰凯岩城的新媳妇艾莲·雷耶斯的缘故而家道中兴。

艾莲夫人在凯岩城依旧不受欢迎，但泰陀斯公爵很难拒绝她的哥哥"红狮"，于是她也得到兰尼斯特家族的大笔金钱。她用这些钱修缮几成废墟的塔贝克厅，重建外墙，加固塔楼，主堡也彻底翻新，其华丽程度不逊于西境任何城堡。在她敦促下，塔贝克伯爵开始购买周边小领主和有产骑士的领地……若对方不从，便武力夺取。许多因此失地的人跑到凯岩城投诉，泰陀斯公爵却听之任之，甚至拒绝接见。与此同时，塔贝克伯爵夫妇又开始营建道路、圣堂和庄园，招揽越来越多的骑士、弓手和步兵。与艾莲·雷耶斯成婚前，瓦德伦·塔贝克不过能负担二十名家族骑士——但到征服二百五十五年，该数字上升到五百名。由血缘和婚姻紧密连接的卡斯特梅的雷耶斯家族与塔贝克厅的塔贝克家族很快成为自"机灵的"兰恩将凯斯德利家族赶出凯岩城以来，兰尼斯特家族对西境统治的最有力挑战者。

同年，泰陀斯公爵在凯岩城庆祝第四子诞生，但喜庆很快化为悲剧。他挚爱的妻子简妮夫人没能自生产中复原，生下吉利安·兰尼斯特不满一月就与世长辞，这对公爵造成了毁灭性打击。从此，无人再称他"笑狮"。

公爵还要承担更多悲伤。由于求告无门，三名被塔贝克伯爵夫妇夺去领地的有产骑士跑到君临向伊耿五世国王申诉。史载，国王震怒，送信凯岩城，要泰陀斯公爵立刻解决，"否则王室便要插手"。受到国王手谕鼓励的泰陀斯公爵派遣正哀悼亡女的岳父埃林·马尔布兰伯爵率重兵前往塔贝克厅，召塔贝克伯爵夫妇来凯岩城问罪。"一道最最甜美的命令，"据说老战士得令时声称，"我等待它很久了，公爵大人。"

结果却毫不甜美。塔贝克家族在凯岩城内也有朋友，于是赶在埃林伯爵动身前得到消息。泰陀斯公爵严令岳父不得牵连雷耶斯家族："我们和卡斯特梅无怨无仇。"艾莲夫人却毫不犹豫地向兄弟们求救。埃林·马尔布兰的骑士队伍离塔贝克厅尚有二日骑程时，"红狮"率军突袭其夜晚宿营地，杀死数百人，包括老马尔布兰本人。消息传到凯岩城，群情激奋，纷纷要求开战。贝尔顿学士告诉我们，泰陀斯公爵的脸"涨得像紫色的李子，气得连一句话都说不出"。

但在兰尼斯特家族召集封臣前，雷纳多·雷耶斯爵士适时现身，用轻松的笑容和狡猾的托辞在"雄狮之口"前表示顺从。雷纳多爵士说，马尔布兰大人的死是一场"不幸意外"，他哥哥以为在攻击一伙土匪和强盗骑士。雷耶斯家族就此真诚致歉，并乐意补偿欠下马尔布兰家族的血债……于是泰陀斯·兰尼斯特宽恕了"红狮"及其部下，还额外赦免塔贝克伯爵夫妇，"因瓦德伦大人写信给我们，忏悔过去所有错误，宣布从今往后做我们最忠实的封臣和仆人"（佩雷斯坦博士推测公爵这么做是因"红狮"袭击马尔布兰的队伍中有凯冯在内。这也许是实情，凯冯·兰尼斯特当时正在卡斯特梅服务）。

之后数年是西境的漫长历史中最惨淡的岁月之一。即便那些此前依旧忠于凯岩城的家族也开始自行其是，毕竟泰陀斯公爵已证明自己无力也不愿惩罚作恶者、伸张正义——哪怕对方杀害他的仆人。西境全境爆发二十几场地方战争，领主们为领地、黄金和权力大打出手；土匪、残人和强盗骑士四处为祸；吉娜·兰尼斯特被带到李河城，正式嫁给艾蒙·佛雷；兰尼斯港发生学徒暴乱；科伦·葛雷乔伊率铁民摧毁法曼伯爵的舰队，劫掠仙女岛；修士和乞丐帮兄弟公开鼓动反抗兰尼斯特家族和"蛤蟆大王"口中的"荒唐大王"泰陀斯公爵；雷耶斯家族与塔贝克家族的财富与权势继续膨胀。

由于混乱加剧，铁王座不得不出面干预。伊耿五世国王三次派遣骑士队伍来西境恢复秩序，但每次人一走，一切又故态复萌。国王于征服二百五十九年在盛夏厅悲剧中驾崩后，西境局势更一发不可收拾，因即位的杰赫里斯二世国王缺乏父亲的坚定意志，又被"九铜板王之战"牵扯大半精力。

"九铜板王之战"中，西境为响应勤王号召派出一千名骑士和一万名士兵，但泰陀斯公爵没有动身，他把指挥权交给弟弟杰森·兰尼斯特爵士——可叹杰森爵士征服二百六十年死于血石岛（后来广为流传的说法是他被"凶暴的"马里斯亲手杀死，但时人记载并非如此：杰森爵士不是死于战斧之下，而是因肠胃感染），西境军队大权落入罗杰·雷耶斯爵士之手，"红狮"带领他们取得许多辉煌胜利，被认为是战争中涌现的英雄之一。

泰陀斯公爵的头三个儿子也都在石阶列岛立下赫赫战功。泰温·兰尼斯特在战争前夕受封骑士，随侍年轻的王位继承人、龙石岛亲王伊里斯，战后获得主持亲王的骑士赐封仪式的荣誉；凯冯·兰尼斯特身为"红狮"的侍从，亦在此役赢得骑士身份，还是被罗杰·雷耶斯亲自赐封；两人的弟弟提盖特虽由于年纪太小（十岁）无法受封骑士，但勇气和武艺得到认可——他初战就杀死一个成年对手，后来又杀了三人，包括一位黄金团的骑士。"那些亲眼目睹骄傲的幼狮建功立业的人，一定奇怪他们怎会是藏身岩石底下瑟瑟发抖的蠢货的种。"派席尔大学士在《对石阶列岛新一轮流血的观察》中写道。这番话当然事出有因，儿子们在石阶列岛奋战期间，泰陀斯·兰尼斯特却在凯岩城享乐，他看上一个出身低微的年轻女人，那女人原是他小儿子吉利安的奶妈。于是乎近两年时间里，当大部分强势领主外出征战时，西境的实际权柄落入留在后方的瓦德伦·塔贝克之手——其人又被妻子艾莲夫人掌控着。

泰陀斯诸子战后归来陡然终结了塔贝克家族的统治。经受战火洗礼的三位年轻的兰尼斯特非常清楚全国诸侯有多瞧不起他们的父亲，泰温·兰尼斯特爵士立即着手恢复凯岩城的骄傲和权力。我们得知，公爵曾提出虚弱的抗议，但很快缩回那个奶妈情妇怀中，听任继承人主持大局。

泰温爵士的第一项举措便是讨还泰陀斯公爵借出的钱财，无力偿还者必须向凯岩城献上人质。此前十年曾参与私斗的领主统统被召到凯岩城，让封君来裁定争执。在石阶列岛浴血奋战、久经沙场考验的五百名骑士在泰温爵士之弟凯冯爵士麾下组成别动队，负责在西境剿灭土匪和强盗骑士，并"协助征收拖欠家父大人的债款"。泰温还命西境诸侯为凯冯爵士的"清债团"提供食物和住所，好让他们在城堡与城堡间往来自如。

许多领主迅速服从。"清债团"叩城时，玉米城的骑士哈瑞斯·史威佛爵士说："雄狮终于苏醒。"无力偿还的他只能把女儿交给凯冯爵士为质。但"清债团"也非一帆风顺，他们在一些地方遭到沉默地抵制乃至公然抗拒。据说雷耶斯伯爵的学士将泰温爵士的谕令读给他听时，伯爵哈哈大笑，声称"汝不是西境唯一的狮子，幼师很快就会厌倦追逐自己的尾巴"，他要朋友和封臣们置之不理……但同时开始加强卡斯特梅的防御。

瓦德伦·塔贝克伯爵却极为不智地前往凯岩城抗议，自信能压迫泰陀斯公爵撤销儿子的谕令。"我要让老蠢货尿裤子，给小崽子套上笼子。"离开塔贝克厅时他对夫人吹嘘。结果他在凯岩城没见到公爵，只能面对泰温爵士，后者任其叫嚣、威胁、索求，然后将其扔进地牢，"直到你交出历年侵占的所有领地，归还欠下家父大人的每一枚金币。"

泰温·兰尼斯特关押瓦德伦伯爵，无疑想迫使塔贝克家族屈服，但塔贝克夫人迅速打消了他的幻想。那个可怕的女人派骑士抓来三名兰尼斯特（外加普莱斯特伯爵的两个儿子及与之在宴火镇外的树林里偷情的六七个平民女孩）以交换自己的丈夫，其中两名是兰尼斯港的兰尼斯特，只能算凯岩城兰尼斯特家族的远亲，但另一名是年轻侍从史戴佛·兰尼斯特、泰陀斯公爵的弟弟杰森爵士之子。"快快送回我的夫君与挚爱，否则我要他们三人付出代价。"艾莲夫人送信给凯岩城——比夫君明智的是，她没有亲自前往。

由此引发的危机让泰陀斯公爵暂时离开奶妈的怀抱，否决了强硬的继承人。泰温爵士建议父亲"答应"塔贝克夫人的交换要求，将塔贝克伯爵砍成三截送回去，这震惊了泰陀斯公爵。"我侄儿的性命在她手上。"他告诉儿子，于是不但命令毫发无伤地释放塔贝克伯爵，甚至向对方道歉并免除债务。

为保人质交换顺利进行，泰陀斯公爵求助塔贝克夫人的兄弟雷纳多·雷耶斯爵士，对方欣然同意。于是"红狮"在卡斯特梅的坚固家堡被选为会址。泰温爵士拒绝出面，归还瓦德伦伯爵的是凯冯爵士，而塔贝克夫人亲自交还史戴佛及其他人质。雷耶斯伯爵宴请双方，举办盛大的和解仪式，兰尼斯特家族和塔贝克家族互相敬酒致意，交换礼物和亲吻，誓言彼此忠诚"直到时间尽头"。

派席尔大学士后来感叹，所谓"时间尽头"不出一年就来了。未曾参与"红狮"宴席的泰温爵士，一刻也未曾打消镇压西境不服节制的领主们的决心。他布置完毕后，于征服二百六十一年底派乌鸦去卡斯特梅和塔贝克厅召罗杰·雷耶斯、雷纳多·雷耶斯及塔贝克伯爵夫妇来凯岩城"承担罪责"。不出所料，雷耶斯家族和塔贝克家族双双起兵抗拒，公开反叛，破除对凯岩城的忠诚誓言。

泰温·兰尼斯特爵士立刻召集封臣，决心一举洗刷多年的耻辱。他没征求父亲同意——甚至没告知父亲此行的意图——就率五百名骑士和三千名步兵及十字弓手出发，弟弟凯冯、提盖特随行出征（前者身为骑士，后者作为侍从），途中与烙印城的马尔布兰家族、宴火镇的普莱斯特家族、角谷城的布拉克斯家族及十多位小领主合兵一处，声威大振。

塔贝克家族首当其冲。瓦德伦伯爵自恃军容强盛，又有众多盟友撑腰，平素吹嘘"不惧狮崽"，但这回兰尼斯特军以迅雷不及掩耳之势扑来，以致他来不及召集封臣和支持者。伯爵仅率家族骑士就愚蠢地前去迎战，结果在一场血腥而短暂的战斗中一败涂地，遭遇屠杀。伯爵本人受伤就擒，被俘的还包括他与第二任妻子所生的两个儿子（他第一次婚姻硕果仅存

上图｜泰陀斯·兰尼斯特公爵和他的继承人泰温爵士

的儿子命丧此役）。"好吧，你小子算拿住咱爷仨了，"瓦德伦伯爵被带到泰温爵士面前时叫道，"你肯定清楚咱值一大笔赎金。尽管开价吧，咱家夫人会给。"

"你想用我们的钱来赎自己吗？"据说泰温爵士如此回答，"不，大人，这行不通。"他当即下令处刑，冷酷地看着瓦德伦伯爵及其诸子，连同堂亲、表亲、女婿及其他任何在盾牌或罩袍上绣有塔贝克家族蓝银七星纹章的人被统统斩首，然后兰尼斯特军将他们的人头插在枪上，挺进塔贝克厅。

艾莲·塔贝克夫人一面闭门死守，一面派乌鸦去卡斯特梅召兄弟们增援。夫人对城墙抱有信心，无疑指望长期坚守，当泰温爵士派凯冯爵士打着和平旗帜前来受降时，艾莲夫人哈哈大笑，声称："我的兄弟们就要来了。汝不是西境唯一的狮子，吾辈的爪牙同样锋利致命。"但她自信过了头，塔贝克厅毕竟是个古城，而泰半守军此前随瓦德伦伯爵外出迎战，死的死逃的逃，剩下的人被兰尼斯特方军威震慑，惶恐地看着狮子旗下塔贝克伯爵父子的人头（可以想见，城内许多人已被兰尼斯特的金子收买，因泰温·兰尼斯特绝不打无准备之仗，这在后来几十年中被反复证明）。

【兰尼斯特军仅用一天就架好攻城机械，战斗中，巨石飞越坚固的城墙，砸中历史悠久的主堡，塔贝克夫人及其子红提恩——时年十九岁，与泰温同年——一同被崩塌的建筑掩埋。随后撞锤撞破主城门，内应打开另两道城门，兰尼斯特军蜂拥而入，所有记载都同意，战斗总计持续还不到一小时。弃械逃跑者被饶过性命，坚守抵抗者全部处死。泰温·兰尼斯特将塔贝克夫人的两个女儿（她们的丈夫此前与瓦德伦伯爵一起被斩首）都送去做静默姐妹——据说他事先拔掉了两人的舌头，记录在此并不一致——其中，长女罗翰妮的三岁儿子是民谣中"最后的塔贝克传人"。这男孩于激战当日失踪，从此再未现身，民间传说是被人从燃烧的城堡里救出，化装偷运过狭海长大成人，作了著名诗人，以弹唱伤感歌谣而闻名。但据现有的几份可靠文献，他是被亚摩利·洛奇爵士丢进了水井，虽然此事泰温爵士知会乃至下令与否存在争议。】注

泰温爵士下令将塔贝克厅付之一炬，城堡烧了一天一夜，直至烧成焦黑空壳。据说"红狮"星夜驰援，却只见冲天大火。他带来两千军队，这是仓促间能集结的所有部队，且只有十分之一是骑士。彼时的雷耶斯家族在西境盟友众多，而罗杰爵士的勇武名声无疑能吸引许多自由骑手、雇佣骑士和佣兵，估计应能调遣八千以上的人马（其中自家兵力为四千左右），但这回为救援妹妹，他只能仓促急行军赶来，又累又饿，人倦马乏。多数记载说，泰温·兰尼斯特此时的军队是对手的三倍——有人坚称是五倍——又大多经验丰富。面对如此悬殊的差距，谨慎的指挥官无疑会撤退重整，但卡斯特梅的"红狮"素不知谨慎为何物。他寄望于奇袭，下令吹响冲锋喇叭，带头扑向泰温的营地。

战役进程出乎意料。兰尼斯特军尚未部署完毕就遭遇奇袭，若对手重骑兵数量占优，有

---

注：此处与马丁公布的原稿有较大差异。原稿中，泰温令士兵用云梯、抓钩和撞锤发起强攻，而塔贝克夫人被吊死在城堡最高的塔楼上。今从《世界》出版版本。

可能直接杀出一条血路，冲到帅旗飘扬的泰温爵士的指挥营帐前。可惜距离实在太远，敌人实在太多，兰尼斯特军在最初的惊慌后迅速站稳阵脚，人数优势发挥了作用，随后泰温爵士亲自率军反击。雷耶斯伯爵奇袭失败，部下阵亡近半，无奈只能掉头撤退。箭雨追逐着从营地狼狈逃窜的骑手们，一支十字弓矢射穿背甲、插进"红狮"双肩之间，虽非致命伤，却导致血流不止。"红狮"挣扎摇晃着，骑出不到半里格便落马倒地，部下将他抢回卡斯特梅。

三天后，因维斯特林伯爵、班佛特伯爵、普棱伯爵和斯脱克皮伯爵率军赶到而人数又膨胀一倍的兰尼斯特军抵达卡斯特梅。雷耶斯伯爵派乌鸦向盟友、封臣和下属们求援，但鲜有回应——大家都看到了塔贝克厅的下场。

卡斯特梅本身依旧难以攻克。雷耶斯家族的家堡和凯岩城一样源于矿井，在英雄纪元，这里丰富的金银矿脉让雷耶斯家族几乎与兰尼斯特家族一样富有。为保卫财源，他们在矿井入口处建起外墙，入口本身用橡木和钢铁制成的大门封闭，两旁辅以坚固塔楼，后来又修了各种碉堡和厅堂。与此同时，矿井越挖越深，直到矿脉干涸——此时地下已拓出许多大厅、走廊和舒适卧室，包括一个充满回音的巨大舞厅，它们由复杂的隧道连接。在外人看来，卡斯特梅只是普通城堡，适合有产骑士或小领主，但知晓内情的人明白十分之九的建筑在地下。

现在雷耶斯家族退进地下。由于高烧和失血，"红狮"已无法指挥，弟弟雷纳多爵士担起责任。雷纳多比哥哥更冷静、精明，深知现有人手不足以守卫城墙，因而完全放弃地表防御。卡斯特梅的矿井经过通盘防御考虑，此前从未被攻陷。它只有三条通道，个个狭窄扭曲，被路障、陷坑和杀人洞保卫着。最宽的那条也只容两名武装骑士并肩站立，足可抵挡千军万马，绝无办法迂回。当攻击者艰苦奋战时，还会遭到头顶杀人洞中倒出的沸油和沥青的袭击。

待一应人等安全退入隧道，雷纳多爵士给地上的泰温爵士送信，提议和解。"您攻不进来，而我们的食水足以支撑三年。"他写道，"请您完全赦免我们的过错，并把两个弟弟送来担保，我们将继续做您最真诚、忠实的仆人。"雷纳多的花言巧语这回全然无效，泰温·兰尼斯特不屑一顾，也没有答应罗杰伯爵提出的一对一决斗解决争端的办法（若泰温知道"红狮"有多虚弱，甚至无法站立，可能会答应）。

泰温·兰尼斯特并不打算把士兵派进黑暗的地洞里白白送死，他下令堵死矿井，他带来的矿工用铁锄、斧头和火炬挖出无数吨石头和泥土，一一掩埋矿井入口的大门，直至完全无法出入。完工后，泰温注意到注入城堡旁边水晶般清澈的蓝色池塘——卡斯特梅即得名于这个池塘——的那条流速迅捷的小溪，便好整以暇地调遣数千人用大半天时间筑起堤坝，又花去两日将溪水引向最近的矿井入口。

石头和泥土堵死了矿井，连一只松鼠也钻不出来，人类更插翅难飞……但阻止不了流水。

据说雷纳多爵士带入矿井的有三百多男女老少，他们无一生还。被安排看守较小和较偏僻的入口的守卫报告说某晚听见地下传来微弱的尖叫和嘶喊，但天亮后石头恢复了寂静。

卡斯特梅的矿井至今未再开启，而泰温·兰尼斯特烧光了地表的厅堂和碉堡。这里化为无言的墓碑，诉说着挑战凯岩城雄狮的愚人的下场。

征服二百六十二年，杰赫里斯二世病逝于君临，他在铁王座上只坐了三年。其子龙石岛亲王伊里斯继位，是为伊里斯二世。伊里斯称王后第一项举措——许多人认为是他一生最英明的决策——便是从凯岩城召唤少年时代的好友泰温·兰尼斯特出任国王之手。

泰温爵士年仅二十，他将成为有史以来最年轻的首相，也几乎是最年轻的御前重臣，但他料理雷耶斯家族和塔贝克家族的手段在七国上下赢得广泛敬畏，少有人敢于出声反对这项任命。此前泰温的堂妹乔安娜（泰陀斯公爵亡弟杰森爵士之女）已在君临，自征服二百五十九年以来便是雷拉的侍女，泰温爵士当上国王之手一年后两人结婚，在贝勒大圣堂举办隆重典礼，伊里斯国王亲自出席婚宴并参加了闹洞房。此后是长期的和平与繁荣，伊里斯二世荒悖的程度虽不断加深，但其统治早期尚乐于将日常政务交给首相打理，而泰温·兰尼斯特异常出色地完成了使命。征服二百六十六年，乔安娜夫人产下一对双胞胎，一男一女；与此同时，泰温爵士的二弟凯冯爵士娶了玉米城的哈瑞斯·史威佛爵士之女，那曾是爵士因无力还债而交出的人质。

征服二百六十七年，泰陀斯·兰尼斯特公爵在爬一段陡峭的螺旋楼梯去情妇的卧房（公爵终于抛弃了奶妈，却又迷上蜡烛匠之女）时心脏病突发一命呜呼，泰温·兰尼斯特遂以二十五岁之龄成为凯岩城公爵、兰尼斯港之盾和西境守护。"笑狮"长眠后，兰尼斯特家族的力量发展到空前绝后的地步，随之而来的堪称黄金岁月——不只是对西境，也包括七国其他各地。

然而苹果中却有一条蛀虫，伊里斯·坦格利安二世逐渐加剧的疯狂终将危及泰温·兰尼斯特的一切努力。公爵也蒙受了巨大的个人不幸，他挚爱的妻子乔安娜夫人于征服二百七十三年产下一个丑陋的畸形儿时难产而死。据派席尔大学士观察，妻子死后泰温·兰尼斯特再无欢颜，但勤勉依旧。

日复一日、年复一年，伊里斯二世对少年好友和忠诚服务多年的首相的偏见越来越深，国王不仅反复无常，还施以各种责难和羞辱：他拒绝让泰温公爵之弟提盖特爵士入朝为官；他下令用火红的钳子拔掉了泰温公爵的卫士队长的舌头；他粗暴回绝泰温公爵把挚爱的女儿瑟曦小姐许配给王位继承人雷加王子的提议，声称公爵之女配不上王子；凯岩城中一度盛行的"拨弄狮尾"的游戏又在红堡死灰复燃。泰温公爵一一承受下来，直至征服二百八十一年国王让其继承人詹姆爵士加入御林铁卫，忍无可忍的他才终于辞职引退。

伊里斯二世国王失去了长久以来的辅政重臣，被马屁精和阴谋家包围的他很快彻底陷入疯狂，王国随之分崩离析。

劳勃起义的始末已另章述及，这里只需提到泰温公爵起初并未参战，直到战争末期才统帅西境大军出征，为劳勃·拜拉席恩拿下君临和红堡，亲手终结延续近三百年的坦格利安王朝。翌年，劳勃·拜拉席恩一世国王迎娶泰温公爵之女瑟曦小姐为后，将全维斯特洛最伟大高贵两个家族融合为一。征服二百八十六年，乔佛里王太子的出世得到七国上下的由衷祝贺。继承问题高枕无忧，和平与繁荣再次降临，这些都要归功于泰温·兰尼斯特公爵和英勇的西境将士。

右图 | 凯岩城

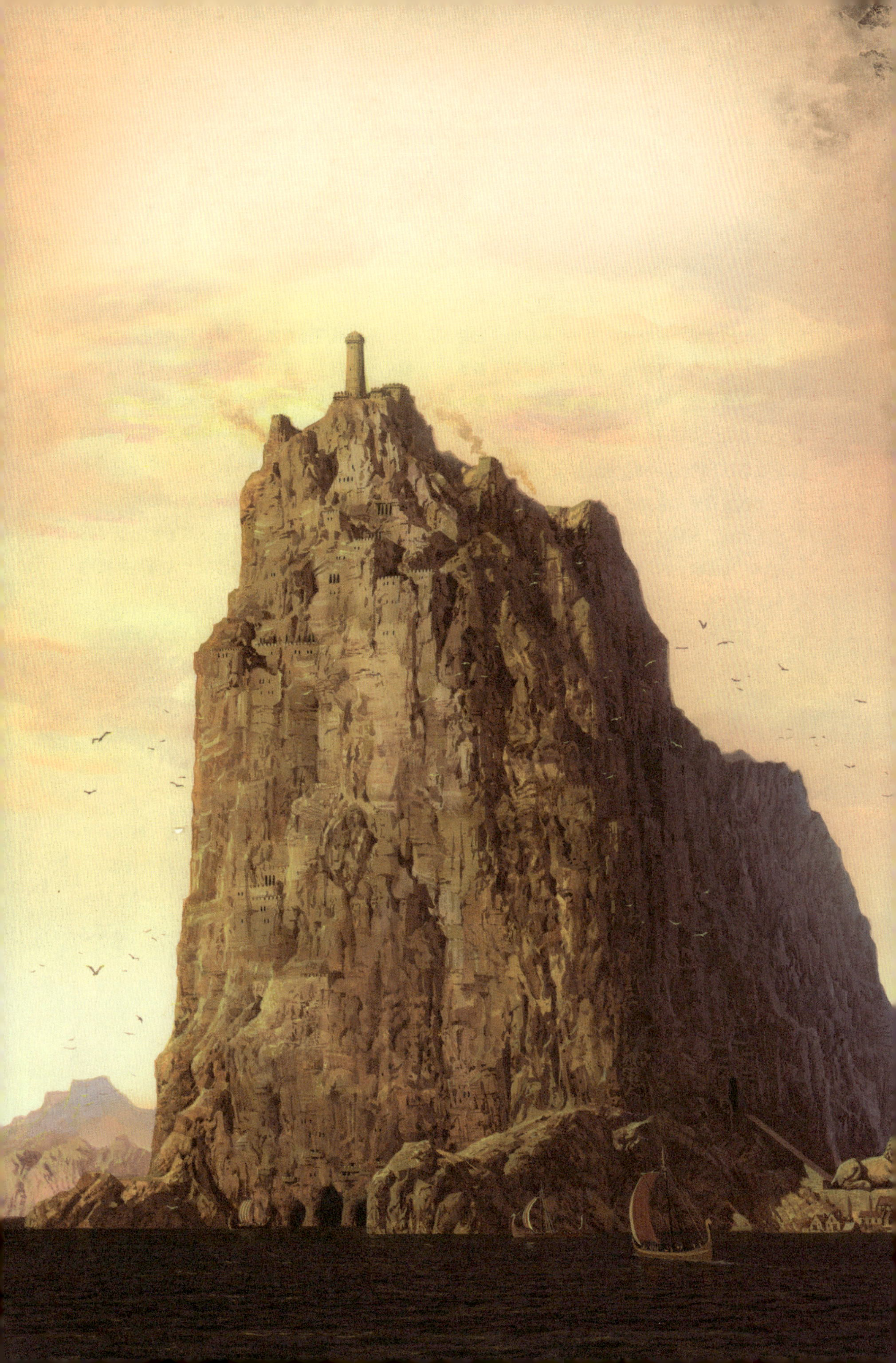

# 凯岩城

凯岩城是兰尼斯特家族的古老家堡，它特立独行，虽有众多塔楼、碉堡和瞭望塔，各道门户也由石墙、橡木门和铁闸保护，但本质上乃是落日之海畔一块硕大无朋的巨岩，有人说它在落日下的剪影好似不怒自威的沉默雄狮。

人类数千年来都在这块巨岩里定居，而先民到来前，森林之子和巨人似乎也居住在巨岩底部海潮冲刷成的大洞穴中。此外，这里还有熊、狮、狼、蝙蝠及其他若干小物种的巢穴。

凯岩城底部的矿井数以百计，即便经过几千年开采，丰富的红金和黄金矿脉依然在岩石深处闪烁。凯斯德利家族首度在矿井中挖出厅堂和房间，还在巨岩顶上建了一座环堡，以监视周边领地。

巨岩的高度约三倍于绝境长城或旧镇参天塔，东西长度近两里格，内有隧道、地牢、地窖、兵营、大厅、马厩、楼梯、庭院、阳台和花园，甚至有一小片神木林。尽管这里长出的鱼梁木怪异扭曲，纠缠的根须霸占了立足的洞穴，窒息了其他植物。

凯岩城内还有港口，港内码头、船坞和造船厂一应俱全。这港口实际上是大海在巨岩西壁冲刷出的大洞穴，几个天然洞口的吃水和宽度都足以让长船乃至平底商船出入自如，卸载货物。

"雄狮之口"——被用作凯岩城主入口的天然巨洞——高两百尺，而在若干世纪里又被拓宽、修缮，迄今据说可容二十人骑马并排踏上它的宽阔台阶。

凯岩城从未被攻破或困降，七大王国的城堡里数它最大、最富裕、防御最完备。传说维桑尼亚·坦格利安目睹凯岩城时不由得感谢诸神，让罗伦国王率军与她弟弟伊耿交战于"怒火燎原"之役，若对方缩在城中，只怕连龙焰也无可奈何。

凯岩城的主人积累了无数财富，城中著名景点——墙壁和装潢统统镀金的"黄金长廊"，陈列着上百位兰尼斯特家族的骑士、领主和国王的珍贵盔甲的"英雄之殿"——在七国闻名遐迩，甚至名扬狭海对岸。

# 河湾地

河间地

西境

落日之海

夏日之海

王境

多恩

风暴地

兰尼斯港
玉米城
秋鸡石
红湖城
金树城
腾石城
绿谷城
古橡城
苦桥
蓝河
长桌堡
墨酒厅
岑树滩
滨海大道
绿盾岛
橡盾岛
盾牌列岛
友盾岛
南盾岛
高庭
舟征河
亮水城
角陵
半圆堡
蜂巢城
黑港城
旧镇
布莱蒙城
黑冠镇
高地城
高隐城
三塔堡
星坠城
阳屋城
沙石城
青亭岛

## 图例

- 中心城堡
- 城堡
- 城市
- 市镇
- 葡萄酒产区
- 耕地
- 道路

# 河湾地

六个南方王国（北境王国幅员辽阔但人口稀少，且与南方有地理分割）中最大、人口也最多的一个称作河湾王国，但从某种意义上讲这并不准确。如今高庭提利尔公爵的辖区的确涵盖了伊耿征服前数千年间丰饶富庶的河湾王国，问题在于，河湾地从前共有四大王国：

旧镇周边，东起赤红山脉，北达蜜酒河源头。

青亭岛，雷德温海峡外的黄金岛屿，以葡萄酒和阳光闻名。

边疆地西部，自角陵到夜歌城。

河湾地本土，广袤的田野和农场，其间有无数湖泊、河流、山丘、树林及芳草地，点缀着磨坊、矿井、村落、闹市和古堡。地理范围从落日之海畔的盾牌列岛上溯到曼德河口，经高庭而至红湖、金树城和苦桥，终点是腾石镇和曼德河源头。

最末这个王国才是古时园丁家族的领域，近代由他们曾经的总管高庭的提利尔家族管辖。史载骑士制度便诞生在这片绿野上，七国各地的歌手争相传诵河湾地的英勇骑士和美貌少女，而说到底，吟游歌手也发源于此。

河湾王国从古至今都是大国，拥有许多显著优势：在七大王国里人口最多、力量最强、土地最丰饶，财富仅次于盛产黄金的西境，它是学术重地，是音乐、文化和各种艺术（无论正派与否）的中心，是维斯特洛的面包篮，是贸易枢纽，是伟大的航海家、睿智高贵的国王、可怕的法师和全维斯特洛最美貌的女子们的家乡。高庭矗立在一座俯瞰曼德河的山丘上，名副其实地堪称全国最漂亮的城堡，城下的曼德河乃七国最长最宽的河流。河湾地的名城旧镇规模与君临相当，其他方面则一概领先，尤其是历史和市容市貌。它有鹅卵石街道、华丽的公会大厅、石头房子及三大标志性建筑：教会的群星圣堂、学士的学城和海塔尔家族雄伟的参天塔，该塔是已知世界最高的建筑，塔顶有巨型烽火台。

河湾地的的确确是维斯特洛的精粹。

# "青手"加尔斯

河湾地的故事始自"青手"加尔斯，他不仅是高庭提利尔家族传说中的祖先，也是之前列代园丁国王……及绿野国度上其他豪门世家的祖先。

在河湾地及其周围，关于加尔斯的故事何止上千，其中绝大多数不可信，很多还自相矛盾。在某些故事里，他和"筑城者"布兰登、"机灵的"兰恩、"神见愁"杜伦及其他英雄纪元的风云人物是同时代人，而在另一些故事里，他是这些人的祖先。

据记载，加尔斯是先民的至高王，他带领先民离开东方，经过陆桥去维斯特洛。可某些故事却要我们相信他早在先民之前数千年就已来到维斯特洛，如此他不但是维斯特洛的第一人，更是全世界的第一人，他在空旷的大地上游荡，和巨人族及森林之子打交道。有的故事甚至称他为神。

其实，连他的名号传说也并不一致。我们叫他"青手"加尔斯，但在最古老的故事里他被称为"绿发"加尔斯或直接叫绿加尔斯。许多故事说他双手、头发乃至皮肤都是绿色（少数故事里他更像鹿一样长角），另一些故事说他浑身绿衣——他在留存至今的大多数绘画、织锦和雕像上出现时就是这种形象。他的外号很可能得自照料土壤的精湛手艺，堪比最纯熟的园丁——这一点所有故事都认同。歌手们告诉我们"加尔斯能让玉米成熟、树木结果、鲜花绽放"。

原始人类大都崇拜男女丰收神，"青手"加尔斯的形象与之吻合。传说是加尔斯教导人类耕作，古人都靠捕猎和采集维生，如无根的浮萍一般流浪，直到加尔斯送来种子，让他们懂得播种、种植和收割（某些故事里，他还试图教导上古种族耕作之道，然而巨人朝他咆哮，拿巨石砸他；森林之子嘲笑他，告诉他森林里的神能满足他们所有需要）。他走到哪里，农场、村庄和果园就如雨后春笋般出现。他肩扛一个帆布袋，袋里装满种子，供他到处撒播。他的

---

**关**于"青手"加尔斯，某些最古老的故事格外黑暗，在那些故事里，加尔斯要信徒用血祭来换取丰收。还有的故事说，每当秋季到来、枯叶飘落，这位绿神就会死去，直到春季重生。这个版本的加尔斯至今已几乎被遗忘。

# "青手"加尔斯的著名后代

### "橡木"约翰

他是第一位骑士,在维斯特洛创建了骑士制度(在所有故事中他都很高大,有说八尺高,有说十尺乃至十二尺高,他是"青手"加尔斯和女巨人的儿子),其后代成为古橡城的奥克赫特家族。

### "葡萄藤"吉尔伯特

他教导青亭岛人利用岛上极其丰富的葡萄酿造甜葡萄酒,其后建立了雷德温家族。

### "狐狸"佛罗瑞丝

她在加尔斯的儿女中最聪明,同时拥有三个互不知情的丈夫,各自的后代发展为佛罗伦家族、波尔家族和培克家族。

### "少女"马丽丝

她是最漂亮的少女,她的美貌导致在维斯特洛有史以来第一场比武会上有五十位领主为牵她的手竞争(最后灰巨人"石肤"阿戈斯胜出,但马丽丝赶在阿戈斯占有她之前嫁给了"参天塔的"乌瑟,阿戈斯余生都在旧镇的高墙外咆哮索要新娘)。

### "射手"佛索

"射手"佛索,他看上哪位姑娘,就会射掉对方头顶的苹果,以此闻名。红苹果佛索威家和青苹果佛索威家都出自他的血统。

### "血刃"布兰登

他将巨人赶出河湾地,与森林之子开战,他杀的上古种族如此之多,以至蓝湖从那时起便改称红湖。

### "橡木盾"欧文

他征服盾牌列岛,将海豹人和人鱼赶回大海。

### "猎人"哈龙和"号角"哈雷东

这对孪生兄弟在角陵修筑城堡,共同迎娶当地一位美丽的森林女巫为妻,分享其青睐百年之久（只要这对兄弟在月圆时与她结合，他们就不会变老）。

### "破坏者"博洛斯

他只喝公牛血，力量等于二十个壮汉，建立了黑冠城的布尔威家族（有的故事说博洛斯喝牛血太多，以致长出一对闪亮黑角）。

### 红湖的萝丝

红湖的萝丝，她是个易形者，可随意化身为鹤——据说在她的后代克连恩家族的女性成员中，这能力还不时闪现。

### "最香甜的"艾莲

她如此喜爱蜂蜜，以至在巨大的山中蜂巢找到蜜蜂之王，达成协议照顾其子孙后代，万世不辍。她成为第一位养蜂人和毕斯柏里家族的祖先。

### "金树"罗宛

她的情人为一有钱人家抛弃了她，她伤心欲绝，割下金发包住一个苹果种在山丘上。那里后来长出一棵树，树皮、树叶和果实都闪着灿灿金光，其后代成为金树城的罗宛家族。

袋子犹如神灵的宝物一样深不见底，里面的种子涵盖全世界各种树木、作物、果实与鲜花。

"青手"加尔斯将丰饶的祝福带到所经之处，传说告诉我们，不仅大地受他影响，他更只需一触便能令不育女子——哪怕绝经已久的老妪——变得多产。处女在他身边来潮，他的祝福让女人产下双胞胎乃至三胞胎，他的笑容使少女丰饶。无论他走到哪里，贵族和平民都争相献上童贞女儿，他们的庄稼和果树结实累累。故事里说，被他开苞的处女没有一个不在怀胎九月后生下强壮的儿子或美貌的女儿。

这些传说深受百姓喜爱，却被学城和教会同时否认，双方均认定加尔斯是人不是神。他们推测他是个猎人或战争酋长，至多是个小国王，他或许真的带领先民通过多恩之臂（它尚未断裂时）来到尚处蛮荒状态、唯有上古种族踏足的维斯特洛，成为第一位人类领主。

无论身份为何，"青手"加尔斯的确在这片新土地上繁衍出许多后代，传说在这点上完全一致。他的后代有很多成为英雄、国王或伟大领主，创立了延续数千年的世家豪门。

在他所有后代里，最伟大者是长子"园丁"加尔斯，此人把家安在俯瞰曼德河的山丘上，那里后来被称作高庭，周围有繁花和藤蔓围绕。"青手"加尔斯其他的孩子都要向"园丁"致敬，承认其为全世界人类的共主。"园丁"创立了园丁家族，园丁家族在青手旗下称王河湾地数千年，直到"龙王"伊耿及其姐妹来到维斯特洛。

在河湾地，几乎没有哪家贵族不自称源于"青手"加尔斯无数后代中的某支，一一罗列是件费时费力的工作，况且其中多为传说。其他地区和其他王国的英雄往往也被当作加尔斯的后代。某些故事坚称"筑城者"布兰登是加尔斯之子"血刃"布兰登的后代，"机灵的"兰恩要么是"狐狸"佛罗瑞丝的私生子、要么是"金树"罗宛的私生子——西境的传说则完全不同，在西境流传的版本中，兰恩耍弄了加尔斯，装作是加尔斯的儿子（由于后代太多，加尔斯经常弄混），从而分到了一份本来属于加尔斯子女的遗产。

无论如何，基于众多河湾地世族均尊"青手"加尔斯为祖，他后代繁多这点恐怕是不争的事实，但要说维斯特洛其他地方的贵胄也出于他未免太过牵强。

# 园丁王

先民时代的河湾地和维斯特洛其他地方无甚差异，这片丰饶绿野既不能劝人向善，亦无法减少贪欲。先民同样在此与森林之子开战，将后者赶出他们神圣的树林和空山幽谷，用巨大的青铜斧砍倒鱼梁木；王国同样在此兴起、衰落又被遗忘，小国王和骄傲的领主为土地、金钱和荣耀彼此竞争，留下焚毁的村镇和号哭的妇女，金铁交击伴随一个又一个世纪。

但在中央集权方面，河湾地和其他地方确有程度上的不同。在这里，几乎所有贵族家族都有共同的祖先，源自"青手"加尔斯及其众多后代。许多学者认为，正是这种血缘关系让园丁家族在后来若干世纪里占据统治地位：只要"园丁"加尔斯的后代仍坐在由"青手"加尔斯亲手栽种的橡树长出的王座（"橡树王座"）上，和平时头戴藤蔓与鲜花王冠，出征时头戴青铜刺（后来是铁刺）王冠，就没有哪位小国王能挑战高庭的权威。他人尽可自封为王，但园丁家族是无可争议的至高王，河湾地其他君主必须尊崇乃至服从他们。

在那些混战和征伐的世纪，河湾地诞生了许多无畏的战士。从古至今，歌手们都在传颂他们的名号："镜盾"萨文、"屠龙者"戴佛斯、号角地的罗兰德、"无甲骑士"——当然还有率领他们的传奇君主，如加尔斯五世（"多恩之锤"）、加尔温一世（"勇武的"）、盖尔

上图 | "金手"加尔斯七世国王

斯一世（"悲痛的"）、加雷斯二世（"严酷的"）、加尔斯六世（"流星锤"）和戈丹一世（"灰眼"）。

大多数君主有一个共同敌人：在那段腥风血雨的黑暗岁月，铁群岛的掠夺者统治着从熊岛到青亭岛的几乎整个西海岸，他们乘坐迅捷的长船到处掩袭，并能在援军到来前撤离。掠夺者总是出人意料地现身，打陆地人一个措手不及，虽然很少深入内陆，但无人能挑战他们的海上权威，沿海渔民被迫上缴高额贡税。铁民势力极盛时一度占领盾牌列岛，杀光岛上男性，抢走所有女性，以此为基地肆无忌惮地航入曼德河。

最令人生畏的铁民君主科瑞国王曾自夸"凡能闻到海水气息，或能听见浪涛声响的地方，皆为我的领土"。他在河湾地被称为"残酷的"科瑞，在他之后还有"恐怖的"哈根、"处女之祸"乔朗等凶悍君王。

园丁诸王对抗铁民掠夺者的战争长达三个世纪，有时同凯岩王和旧镇伯爵结盟，有时单独应战。至少有六位园丁国王战死沙场，包括"严酷的"加雷斯和"流星锤"加尔斯，盖尔斯二世被俘后拷打致死，尸体切成碎片作鱼饵。尽管遭遇许多挫折，但园丁诸王整体上逐渐占到上风，他们不断扩大势力范围，将更多土地和领主纳入高庭治下。

许多学者始终坚信，最伟大的园丁国王是那些和平缔造者，而非战士。那些人很少得到歌曲颂扬，却被编年史大书特书：加尔斯三世（"伟人"）、加兰德二世（"新郎"）、加尔温三世（"胖子"）和约翰二世（"高个"）。"伟人"加尔斯在北方大大拓展王国边界，用互助协防的条约赢得古橡城、红湖城和金树城；加兰德在南方取得类似成果，他把女儿嫁给海塔尔家族的莱蒙（"海狮"）国王，同时抛弃自己的夫人，迎娶莱蒙的女儿，以此将旧镇并入王国；"胖子"加尔温劝说培克伯爵和曼德勒伯爵接受其仲裁来结束争执，结果不费一兵一卒获得两家的效忠；"高个"约翰乘游艇一路上行到曼德河源头，沿途遍插绿手旗，接受大河两岸领主和小国王们的忠诚誓言。

最伟大的园丁国王无疑是"金手"加尔斯七世，可谓文成武德。在他少年时代，多恩的费理斯·福勒国王率一万人越过"大山口"（亲王隘口当年的名称）入侵，意在征服河湾地，他将之击退；不久后，他把关注点转向海洋，清除了盾牌列岛上铁民最后的要塞据点，精选战士定居于此，特别豁免赋税，好让他们安心构筑抵御铁民的第一道防线。这项措施结出丰硕成果，时至今日，四座岛上的居民依然骄傲地守护着曼德河口和河湾地的腹心不受海上侵略者侵犯。

加尔斯七世在他最后也是最伟大的战争中迎战意在瓜分河湾地的风暴王和凯岩王联军。"三军之战"中，他不仅打败了两位国王，还离间对方，令其自相残杀，损失惨重。战后他把两个女儿嫁给两位国王的继承人，分别签署和平协议，确定三国边界。

而就连这与他最伟大的成就——约莫四分之三个世纪的和平——相比也黯然失色。"金手"加尔斯登上王位时年仅十二岁，直到九十三岁才在橡树王座上死去，那时的他头脑依旧清醒（虽然身体虚弱）。在他八十一年的统治中，河湾王国处于战争状态不到十年。几代人生长繁衍，一直到死从未摸过长矛盾牌，从未踏上征途。

漫长的和平催生了空前的繁荣，这段时期

被称为"黄金王朝",乃是河湾王国的极盛期。

但好时代总会终结,在河湾地也不例外。"金手"加尔斯去世后,继他坐上橡树王座的是他的曾孙。

而在他玄孙那一代,安达尔人来到河湾地。

# 河湾地的安达尔人

安达尔人来到河湾地为时较晚。

他们乘长船横渡狭海,起初在谷地登陆,然后是整个东海岸,但旧镇和青亭岛的舰队阻止了他们进入雷德温海峡和落日之海。许多安达尔头目无疑听说过富庶的河湾地及享有财富与权势的高庭诸王,但他们和河湾地之间隔着若干土地和国王。

因此,早在安达尔人渗透到曼德河流域之前,高庭的君主就得到警告。他们冷眼旁观谷地、风暴地和河间地的战火,从中汲取教训——或许比其他地方的君主更明智的是,他们没犯下利用安达尔人对付对手、从而引狼入室的弥天大错。加尔温四世("敬神的")派战士寻找森林之子,希望绿先知及其魔法能阻止侵略;孟恩二世("石匠")在高庭新建一道外墙,并命各地封臣加强防御;孟恩三世("疯子")赐给一位自称能召唤死者大军击退安达尔人的森林女巫黄金和荣誉。这段时期,雷德温伯爵扩充了舰队,海塔尔伯爵加固了旧镇城墙。

但令列代河湾地君主惴惴不安的大战终究没有爆发。征服者们经营东海岸花去许多代人时间,在此过程中建立了四十多个小王国,大都彼此为敌。而在高庭,"三贤君"相继坐上橡树王座。

加尔斯·园丁九世、其子孟勒一世("温顺的")、其孙加尔温五世,他们彼此的性情截然不同,对待安达尔人的政策却高度一致:同化而非武力讨伐。加尔斯九世让一名修士进宫加入御前会议,又在高庭建了第一座圣堂,尽管他本人依然在城堡神木林中祷告;孟勒一世公开信奉七神,在河湾地四处资助修建圣堂、修道院和修女院;加尔温五世是首位在教会祝福下诞生的园丁家族成员,也是族中首位经由庄严的守夜与授职仪式当上骑士的人(歌手和说书人把他的许多高贵先祖称为骑士,但今人所知的骑士规范是由安达尔人带到维斯特洛的)。

孟勒一世和加尔温五世都迎娶了安达尔少女,意在笼络新娘的父亲。"三贤君"均大肆招揽安达尔人出任驾前骑士和侍卫,得此荣誉的安达尔骑士包括艾利斯特·提利尔爵士，他以超凡的武力成为国王加尔温五世的代理骑士和贴身护卫，其后代更出任园丁家族治下高庭的世袭总管。

对于那些来到河湾地的强大的安达尔国王，"三贤君"赐予领地和头衔，以换取忠诚誓言。园丁家族还欢迎安达尔手艺人的到来，并鼓励封臣予以接纳，其中铁匠和石匠尤获优待——前者教导先民用铁打造武器盔甲取代青铜，后者帮助先民完善城堡和庄园的工事。

尽管某些新领主背信弃义，但大多数人谨守誓言，和新主人一起讨平叛乱，对抗此后到来的安达尔国王及头目。"斩杀吃羊的狼治标不治本，因为狼是杀不完的。正确做法是喂饱它、驯服它，让它的崽子恭顺地为你牧羊，保护羊群不受饥肠辘辘的狼群侵害。"这是加尔斯九世的名言。加尔温五世说得更直接："他们用七神交换我们的泥土和女儿，彼此的儿孙就是兄弟。"

河湾地许多拥有安达尔血统的贵族正是被加尔斯九世、孟勒一世和加尔温五世赐予土地和妻子的安达尔冒险者的后代，包括奥姆家族、格雷佛德家族、库伊家族、罗克顿家族、乌法林家族、雷古德家族和瓦尔纳家族。这些家族的子女在随后几世纪与先民的后代频繁通婚，血统融合在一起。

历史上少有流血如此之少的征服，但安达尔人征服后的岁月并不宁静。继"三贤君"坐上橡树王座的园丁国王既有强壮也有虚弱，既有聪明也有愚笨，甚至有一个女人，但他们鲜少具备三位祖先的睿智和手腕，因而"金手"加尔斯的黄金王朝从未再现。自同化安达尔人至巨龙到来的漫长岁月，河湾王为土地、权力和荣耀与邻国陷入经常性冲突，对手包括凯岩王、风暴王、彼此争斗的许多多恩君主及河流与山丘之王（他们在混战中也时常结盟）。

高庭在盖尔斯·园丁三世国王统治时期扩张到顶点，他率一支华丽的骑士大军进入风暴地，打败年迈的风暴王，征服了雨林以北除风息堡外的所有领土——他围

困风息堡两年无果——若非凯岩王趁机掩袭河湾地，盖尔斯也许可以完成对风暴王国的占领。但他被迫解围，匆忙回师对付西境人，随后战争规模扩大，三位多恩国王和两位河间地的君主也被卷入，结局是盖尔斯三世得血瘟而死，而各国边界基本回复原样。

园丁家族的最低谷是加尔斯十世国王漫长的统治，其人外号"灰胡"，七岁继位，九十六岁驾崩——统治期甚至长于其著名先祖"金手"加尔斯。加尔斯十世少年时代虽不算聪明睿智，但尚属精力充沛，可惜性格虚荣轻佻，宠幸弄臣和马屁精，到漫长的老年时代更昏聩无比，完全沦为各派势力争权夺利的工具。他没有儿子，可培克伯爵娶了他一个女儿，曼德勒伯爵娶了另一个，双方都确信自己的妻子会继承高庭，随之而来的竞争伴随着背叛、密谋和谋杀，最终演变为公开交战，其他领主纷纷卷入。

眼见河湾地诸侯陷入混战河湾王却无力把控，风暴王与凯岩王趁机攫取大片领地，多恩人的掠袭也越来越大胆和频繁。一位多恩王围困旧镇，另一位多恩王渡过曼德河洗劫高庭。活生生的橡树王座，它在难以计数的年岁里是园丁家族的至宝和权力象征，那时却被砍碎、焚烧。被绑在床上的加尔斯十世国王无人照料，老人啜泣着，身边铺满自己的排泄物，多恩人割了他喉咙（后来凶手中有人声称这是"慈悲"），运走高庭的所有财富后将城堡付之一炬。

左图丨橡树王座
上图丨多恩掠夺者在旧镇

随后是近十年的混乱，最终河湾地四十个大家族在大总管奥斯蒙·提利尔领导下结成联盟，打败培克家族和曼德勒家族，夺回已成废墟的高庭，拥立已故且无人哀悼的"灰胡"加尔斯的一位远房亲属为王，是为孟恩·园丁六世。

孟恩六世资质平平，却懂得听取近臣建言，尤其倚重提利尔一族。从奥斯蒙·提利尔爵士，到其子劳勃爵士，再到其孙洛伦特，在深谙治国之道的提利尔一家三代辅佐下，孟恩六世施政有方，重建高庭，园丁家族的权威也大为恢复。

孟恩的儿子加尔斯十一世继续其事业，对多恩进行恐怖的复仇，手段如此残酷，以致海塔尔伯爵事后评论赤红山脉本为葱绿，乃是加尔斯用多恩人的鲜血将之染红。加尔斯十一世由此得名"画家"加尔斯，并统治了许多年。

就这样，国王轮番上位，战争与和平交替，绿手旗始终骄傲地飘扬在河湾地，直到孟恩九世国王在"怒火燎原"之役面对伊耿·坦格利安及其姐妹。

# 旧镇

若不提及旧镇，河湾地的历史是不完整的。旧镇是最宏伟古老的城市，迄今仍是全维斯特洛面积最大、最富裕也最美丽的居民点，虽然君临在人口上超越了它。

旧镇的历史究竟有多长？许多学士思考过这个问题，却没能得出答案。城市的起源早已失落在时间的迷雾中，被传说掩盖。某些无知修士声称是七神划定旧镇的范围，又有人说巨龙曾在征战岛上筑巢，直到第一位海塔尔将之消灭。老百姓大都相信参天塔是在某个时刻突然出现的。看来，真正和完整的建城史恐怕永远无法得知。

我们能确证的是，黎明纪元以来，人类就在蜜酒河口生存繁衍。最古老的符文是有力证据，曾在森林之子中间生活的学士留下的记录的残篇亦可佐证。如一位叫杰利科的学士说低语湾顶端的居民点起初是个贸易据点，来自瓦雷利亚、老吉斯和盛夏群岛的船只会来这里补给、维修，并和上古种族交易，其人的证言可信度较高。

但谜团依旧存在。参天塔矗立的石头岛在最古老的记录中就被称为征战岛，这是为什么？

那上面发生过什么战争？何时发生？在哪些领主、国王或种族之间？连歌手对此也一无所知。

更让学者和历史学家们迷惑的是占据该岛主体部分的巨大方形黑石要塞。绝大多数历史记载简单地将这栋不朽的建筑当作参天塔的基石和底层，可我们确知它比参天塔的上层建筑古老数千年。

谁修筑了它？建于何时？为何而建？绝大多数学士接受流行观点，即建筑者是瓦雷利亚人，这点从修筑厚重墙壁及其内部复杂迷宫用的是没有缝隙、没有涂抹泥浆、没有任何凿印的整块石头可见端倪。该种风格在其他地方也有所见，最突出的例子是瓦雷利亚自由堡垒的巨龙大道和保护古瓦兰提斯心脏的黑墙。众所周知，瓦雷利亚的龙王们具备以龙焰熔化石头、随意形塑的技术，如此造就的材料比铁、钢和花岗岩更坚固。

要塞若真是瓦雷利亚人所为，那便意味着龙王们来维斯特洛的时间早于在龙石岛建立前哨站数千年，远远领先安达尔人，甚至可能比先民早。假设是这样，他们是来贸易吗？或是来抓奴隶，想要捕获巨人为奴？再或他们试图了解森林之子的魔法，了解绿先知和鱼梁木？有没有更黑暗的目的？

此类猜想一直是热门话题。瓦雷利亚"末日浩劫"发生前，学士和博士们经常前往自由堡垒寻找答案，却从未找到。巴斯修士声称瓦雷利亚人来维斯特洛是因其祭司预言狭海对岸将孕育出灭亡人类的大危机，这说法和巴斯其他许多古怪迷信一样难以置信。

令人不安却更可信的推断，是这最初的要塞与瓦雷利亚人毫无瓜葛。

熔化的黑石似出自瓦雷利亚人手笔，但朴素、平实的建筑风格却与之截然不同——龙王们总乐于将石头塑造成各种奇妙、怪异及华丽的形态。要塞内部狭窄、扭曲、无窗的通路类似隧道而非厅堂，极易迷失方向，也许只是阻遏攻击者的防御措施，它与瓦雷利亚人通常的思路格格不入。迷宫般的内部结构让科利昂博士确信这是"迷宫建筑者"的手笔，该种族神秘消失前曾在颤抖海中的罗拉斯留下文明遗迹。这推断非常有趣，但它引发的问题甚至比解决的更多。

一世纪前，席尔伦学士提出更有趣的解释。席尔伦以私生子的身份出生于铁群岛，他注意到造就古老要塞的黑石和派克岛葛雷乔伊家族的王座"海石之位"的相似性，"海石之位"的来源同样古老而神秘。席尔伦在未完成的手稿《奇石》中假定要塞和王座出自大盐海中的生物和人类女性结合诞生的某种怪异畸形的半人种族，他将该种族称为"深潜者"，认为这就是人类传说中人鱼的源头，而造就该种族的可怕的盐海生物，或许就是铁种口中的淹神的真身。

《奇石》中丰富详尽却让人隐隐不安的插图增添了这部珍贵手稿的价值，但其文字部分颇多费解之处。席尔伦学士虽有绘画天赋，写作技巧却不高。不管怎么说，他的理论缺乏实证，难以当真。

如此一来，我们又回到了出发点，也许不得不承认，旧镇、征战岛及岛上要塞的起源将是永远的不解之谜。

要塞被抛弃的原因和其神秘建造者的命运一样不为人知，我们只知道在某个时间点征战岛和岛上的坚固堡垒被海塔尔家族的祖先占据。他们像大多数当代学者相信的那样属于先民

**学**城的起源几乎和参天塔的起源一样笼罩在迷雾中。通行说法归功于"参天塔的"乌瑟的次子"扭曲的"佩瑞莫尔王子。王子是个病恹恹的小孩,生来脊柱扭曲,一条胳膊萎缩,其短暂一生的大部分时间躺在床上,却对窗外的世界怀有异乎寻常的好奇。王子求助智者、教师、牧师、医生、歌手,甚至包括许多巫师、炼金术士和法师,据说他最大的乐趣就是听学者们争论。佩瑞莫尔死后,他的大哥乌尔刚国王把蜜酒河边一大片领地馈赠给"佩瑞莫尔的宠物",让他们安顿下来,继续学习、研究、追寻真相。学城由此建立。

吗?或者说是远古时期在低语湾顶端定居的水手和商人的后裔——那些早于先民的人?我们不得而知。

海塔尔家族在史书中现身时已然称王,坐镇征战岛统治旧镇。编年史告诉我们,最初的参天塔为木结构,比远古要塞高出五十尺,这最初的塔楼及后来数世纪兴建的更高的木塔都不用于居住,只是单纯的烽火台,引导商船通过迷雾笼罩的低语湾。海塔尔家族早期居住在塔下奇异而阴暗的石头大厅、地窖和房间里,直到塔楼第五度兴建时——头一回全用石料——参天塔才真正成为大家族的家堡。我们得知,那时的塔高于港湾二百尺,有人说是"筑城者"布兰登的杰作,又有人归功于布兰登之子、另一位布兰登,而那位付酬邀请他们设计的国王,被铭记为"参天塔的"乌瑟。

之后几千年,乌瑟的后代以国王的身份君临旧镇和蜜酒河畔的土地,全世界的商船都来到他们治下不断扩张的城市进行贸易。随着旧镇的财富与权势逐步累积,邻近的领主和小国王纷纷投来贪婪的目光,海外的海盗和掠夺者也垂涎三尺。有一个世纪,旧镇三度被攻占和洗劫,一次被多恩国王山姆威尔("星火")、一次被"残酷的"科瑞及其麾下铁民,还有一次被盖尔斯·园丁一世("悲痛的")——据记载,盖尔斯将城里四分之三的居民卖为奴隶,只无法攻破百战岛上的参天塔。

显而易见,木栅和壕沟远不足以保护城市,下一位海塔尔国王奥瑟二世花去大部统治期加强旧镇的防御工事,修建厚重的石墙,比当时维斯特洛任何地方的城墙都更高更厚。史书记载,旧镇为此勒紧裤腰带过了三代,但此后的掠夺者与征服者不得不重新掂量形势,要么转向他处,要么在旧镇城下碰得头破血流。

海塔尔家族加入河湾王国并非被武力兼并,而是长期谈判和联姻的结果。莱蒙·海塔尔迎娶加兰德·园丁二世的女儿,并把自己的女儿许配给对方,海塔尔家族就此成为高庭的封臣,

右图|百战岛上的参天塔

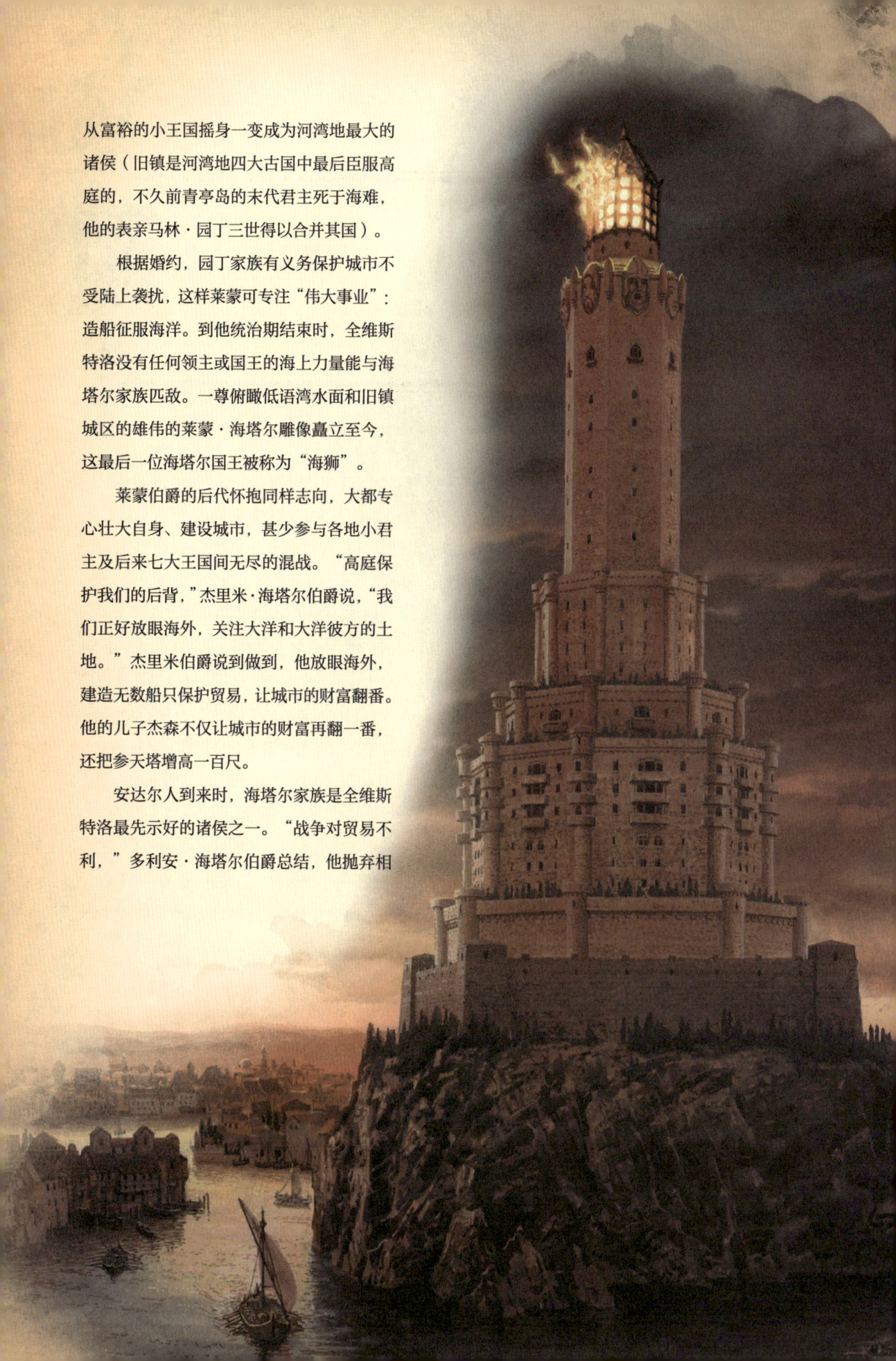

从富裕的小王国摇身一变成为河湾地最大的诸侯（旧镇是河湾地四大古国中最后臣服高庭的，不久前青亭岛的末代君主死于海难，他的表亲马林·园丁三世得以合并其国）。

根据婚约，园丁家族有义务保护城市不受陆上袭扰，这样莱蒙可专注"伟大事业"：造船征服海洋。到他统治期结束时，全维斯特洛没有任何领主或国王的海上力量能与海塔尔家族匹敌。一尊俯瞰低语湾水面和旧镇城区的雄伟的莱蒙·海塔尔雕像矗立至今，这最后一位海塔尔国王被称为"海狮"。

莱蒙伯爵的后代怀抱同样志向，大都专心壮大自身、建设城市，甚少参与各地小君主及后来七大王国间无尽的混战。"高庭保护我们的后背，"杰里米·海塔尔伯爵说，"我们正好放眼海外，关注大洋和大洋彼方的土地。"杰里米伯爵说到做到，他放眼海外，建造无数船只保护贸易，让城市的财富翻番。他的儿子杰森不仅让城市的财富再翻一番，还把参天塔增高一百尺。

安达尔人到来时，海塔尔家族是全维斯特洛最先示好的诸侯之一。"战争对贸易不利，"多利安·海塔尔伯爵总结，他抛弃相

**总**主教于征服四十三年暴毙，引起了诸多猜测，谋杀的说法流传至今。许多人相信总主教是被马丁·海塔尔伯爵的亲弟、旧镇战士之子的司令莫甘·海塔尔爵士所害（不可否认的事实是，莫甘爵士是唯一一名被梅葛赦免的战士之子）；也有人怀疑是马丁伯爵的童贞姑妈帕特丽丝·海塔尔小姐下的手，但论据只是毒药是女人的武器；甚至有人说学城可能扮演了不光彩角色，这种想法未免太过离奇。

---

伴二十年、为他生下许多孩子的原配妻，迎娶一位安达尔公主。他的孙子达蒙伯爵（"虔诚的"）在家族中首度皈依七神，为荣耀新神先在旧镇建了一座圣堂，后又在领内各地建了六座。达蒙因肠炎早死，罗伯森修士出任伯爵刚坠地的儿子的摄政，实际统治旧镇几近二十年，最终成为第一任总主教。那个被他抚育长大的孩子崔斯顿·海塔尔伯爵在他身后为荣耀他兴建了群星圣堂。

随后若干世纪，旧镇都是维斯特洛无可争议的宗教中心，总主教们在群星圣堂的黑色大理石厅堂中相继戴上水晶冠（第一顶宝冠由崔斯顿伯爵之子巴利斯伯爵献给教会），成为七神之音，掌控教会武装，领导从多恩到颈泽的教会。旧镇作为信徒们的圣城，虔诚的善男信女千里迢迢赶来这里的圣堂、神龛和其他神圣处所膜拜。毫无疑问，海塔尔每每得以游离于园丁家族无休止的战争之外，部分原因正是与七神教会的紧密联系。

教会并非是旧镇的厚墙和海塔尔家族庇护下唯一兴旺发达的组织，早在第一座圣堂落成前数千年，旧镇便是学城所在地，来自维斯特洛各地的青少年在此学习、钻研、铸造学士颈链。放眼已知世界，没有任何地方的知识能与这里相比。

伊耿征服时期的旧镇是维斯特洛最伟大的城市，它占地最广、财富与人口最多、同时身兼学术中心和宗教中心。饶是如此，若非海塔尔家族和群星圣堂的亲密关系——总主教规劝曼佛德·海塔尔伯爵不抵抗伊耿·坦格利安，转而为"征服者"大开城门，宣誓效忠——它也很可能难逃赫伦堡的结局。

然而暂时规避的冲突终究在一代人后被点燃，教会与"征服者"的次子、世称"残酷的"梅葛之间爆发了血腥斗争。梅葛即位时的总主教是海塔尔家族的连襟，他于征服四十三年暴毙——正好在梅葛威胁因总主教不承认他后两次的婚姻，要用愤怒的龙焰将群星圣堂化为灰烬后不久——似有古怪，因为这使得马丁·海塔尔伯爵赶在贝勒里恩和瓦格哈尔喷吐龙焰前打开城门。

# 提利尔家族

提利尔家族从未称王,但血管里流着王族血液(和河湾地其他五十个大家族一样)。家族创立者艾利斯特·提利尔爵士是一位安达尔冒险者,后为"三贤君"之一的加尔温·园丁五世国王的代理骑士和贴身护卫。艾利斯特的长子也是著名骑士,但在比武会中身亡,艾利斯特的次子加雷斯书生气浓厚,从未当上骑士,而是出任王家总管——此人就是今日提利尔家族的直系祖先。

加雷斯·提利尔及其子里奥如此尽职能干,以致园丁家族让他们世袭大总管。若干世纪里的许多提利尔大总管中,有的是国王的亲信和顾问,有的在战时担任高庭的代理城主,至少有一位曾以摄政王的身份统治河湾地——那是在加兰德六世国王少年时期。盖尔斯·园丁三世宣布提利尔家族是"我最忠实的仆人",孟恩六世极宠信提利尔家族,甚至让小女儿嫁给劳勃·提利尔爵士(提利尔家族的子孙因此

上图｜提利尔家族(正中)和河湾地过去现在一些重要家族的纹章(自顶端顺时针起):卡斯威家族、佛罗伦家族、佛索威家族、园丁家族、海塔尔家族、玛瑞魏斯家族、穆伦道尔家族、奥克赫特家族、雷德温家族、罗宛家族、塔利家族和岑佛德家族

可宣称拥有"青手"加尔斯的血脉）。这是园丁家族和提利尔家族之间第一次结合，随后数世纪还发生了九次。

但最后的园丁国王孟恩九世连同其所有子嗣死于"怒火燎原"之役后，伊耿·坦格利安并非因提利尔家的王族血脉才任命其为高庭公爵、南境守护和河湾地至高统领。这份荣誉的得来是因哈兰·提利尔审时度势，在伊耿到来时打开高庭城门，带领全家宣誓效忠坦格利安家族。

事后，众多河湾地世家因成为"区区管家"的封臣而愤愤不平，坚称自家血脉远比提利尔家族高贵。不可否认，古橡城的奥克赫特家族、亮水城的佛罗伦家族、金树城的罗宛家族、星梭城的培克家族和青亭岛的雷德温家族的谱系的确比提利尔家族更古老尊贵，与园丁家族的联系也更紧密，但抗议毫无结果……或许部分原因是他们都曾起兵在"怒火燎原"之役对抗伊耿及其姐妹，提利尔则未曾参与。

伊耿·坦格利安的处置最终被证明是明智的，哈兰公爵很好地处理了河湾地的善后任务，但其统治只到征服五年，当年他在伊耿的第一次多恩战争中率军失踪于多恩沙漠。

可以想见，哈兰之子席奥·提利尔不想再参与征服多恩的战争，但当冲突蔓延到赤红山脉以北，他也只能被迫卷入。坦格利安家族最终和多恩领达成和平后，席奥公爵得以把注意力转移到巩固家族权力上，他安排修士和学士组成参事会，审查并盖棺定论地否定了某些家族对高庭统治权喋喋不休的索求。

"区区管家"的后代以高庭公爵和南境守护的身份跃居全国最有权势的诸侯之列，多次应坦格利安家族的召唤勤王，但不是所有场合——例如他们明智地回避了"血龙狂舞"，当时的提利尔公爵尚为襁褓中的婴儿，其母亲和代理城主明哲保身，不让高庭参与同室操戈的血腥混战。

后来，戴伦·坦格利安一世国王（"少龙王"）进军多恩时，提利尔家族率主力进攻亲王隘口，表现英勇。"少龙王"凯旋返回君临之际，委派尽职尽责——也许过于莽撞——的莱昂诺·提利尔公爵处理多恩领善后事宜。公爵的举措在短期内收到成效，到头来却惨死在那张臭名昭著的蝎子床上，他的死点燃了多恩全境的反抗之火，最终导致"少龙王"十八岁便英年早逝。

继不幸的莱昂诺统治高庭的列代提利尔公爵中，最有名望的是里奥·提利尔，作为比武会上的常胜将军，他至今被铭记为"长刺"里奥，许多人认为他是古往今来最厉害的长枪比武冠军。此外，里奥公爵在第一次黑火叛乱中也表现突出，于河湾地多次击败戴蒙·黑火的拥护者，可惜没来得及集结部队赶赴红草原决战。

当今高庭公爵梅斯·提利尔曾在劳勃起义中为坦格利安家族忠诚效命，于岑树滩一战打败劳勃·拜拉席恩，后于风息堡围困劳勃的弟弟史坦尼斯大半年。雷加王太子和"疯王"伊里斯二世相继殒命后，梅斯公爵放下武器，至今仍是南境守护及拜拉席恩王朝和铁王座的忠实仆人。

右图｜高庭

— 310 —

# 高庭

伟大的高庭城堡乃提利尔公爵和列代园丁先王的古老家堡，坐落于一座俯瞰宽广宁静的曼德河的青葱山丘上。从远观之，城堡"就像大地的一部分，似乎并非人类兴建，而是本来就在那里"。许多人认为高庭是七大王国最美丽的城堡，似乎只有谷地人不同意（他们偏爱鹰巢城）。

高庭所在的山丘既不陡峭亦非多石，它极

其宽敞、形状匀称、坡度和缓。站在城墙和塔楼上，四方景色尽收眼底：果园、草场和遍野鲜花——包括提利尔家族世代传承的纹章上的金玫瑰。

高庭由三道呈同心圆修筑的雉墙保护，每道墙均由上好的美丽白石砌成，筑有少女般优雅纤细的塔楼。随着地势爬升，三道墙逐渐增高、加厚。山丘底部的最外一道墙和中间一道墙之间是高庭著名的荆棘迷宫——由荆棘和篱笆隔开的错综复杂的通道，若干世纪以来一直作为游乐场所供居民和客人玩耍……但也兼具防御价值，不熟悉迷宫走向的入侵者很容易迷失方向、陷入死路，难以到达城门。

城内郁郁葱葱，堡垒被花园、凉亭、池塘、喷泉、庭院和人造瀑布环绕，常春藤爬满古建筑，藤蔓和月季倚生在雕塑、城墙和塔楼上，鲜花到处绽放。主堡本身亦是难得一见的恢宏宫殿，布满雕塑、柱廊和喷泉。高庭最高的那些塔浑圆纤细，高耸于周围阴沉古老（最古老的能追溯到英雄纪元）的方塔之上。除开塔楼，城堡其余部分大都是后来兴建："灰胡"加尔斯统治时期高庭被多恩人占领破坏，之后孟恩六世国王大举重建。

新旧诸神在高庭均得荣耀。华美的城堡圣堂有一排排描绘七神和无所不在的"青手"加尔斯的彩窗，只有君临的贝勒大圣堂和旧镇的群星圣堂能与之媲美；高庭繁茂葱绿的神木林也几乎同样著名，因林中不只一棵心树，而是有三棵高大、优雅、古老的鱼梁木，它们的枝条在无数个世纪里彼此交缠环抱，看起来就像有三根树干的一棵树，俯瞰着波澜不惊的池水。这三棵古树在河湾地被称为"三歌手"，传说是由"青手"加尔斯亲手栽种。

遍数七国，没有哪座城堡像高庭那样被歌手传扬，这不足为奇，因提利尔家族及之前的园丁家族都有意在宫中扶持文化、音乐和艺术。征服前的岁月，高庭的国王和王后会主持爱与美的竞技，河湾地最伟大的骑士在会上为赢得最美貌的少女的芳心而竞争，但比试的不只是武艺，还包括诗词歌赋以及对德行、虔诚与奉献的展示。伟大的冠军不仅武艺高强，同时也是纯洁、高尚、富于荣誉感的人，他们将有幸得到加入绿手骑士团的荣誉。

尽管高贵的绿手骑士团在"怒火燎原"一役中尽数牺牲（除开在白港，曼德勒家族的骑士们仍自称该骑士团成员），河湾地却不忘传统，提利尔家族也尽力维护骑士制度和骑士精神。"人瑞王"杰赫里斯一世朝代举办的玫瑰原比武大会被公认是整整一代人时间里最伟大的比武会，广受传扬，河湾地在近代也举办了其他许多伟大比武会。

# 风暴地

# 风暴地

**狭**海的风暴不但令七国人民心惊胆战，九大自由贸易城邦也敬而远之。虽然它可能在任何时节肆虐，但船员说每到秋季的风暴最可怕——它会在石阶列岛以南温暖的夏日之海上酝酿，再咆哮着向北穿过多石荒芜的岛群。据学城地窖里的资料记叙，风暴经石阶列岛后多往北偏西北方向行进，横扫风怒角和雨林，在破船湾囤积力量（和水汽）后砸向杜伦角上的风息堡。

风暴地正得名于这些风暴。

风息堡则是这个古老王国的心脏，为英雄纪元中的英雄国王"神见愁"杜伦最后亦是最伟大的建筑。它伫立在杜伦角的高耸绝壁上，巍峨而不可侵，向南越过破船湾的狂暴洋面和险恶岩礁，与风怒角隔海相望。风怒角的三分之二被潮湿、纠缠、绿油油的雨林覆盖，森林以南是开阔、和缓的平原，直到更南方的多恩海，海边点缀着许多小渔村——更有一个繁荣的港口市集哭泣镇（英勇的戴伦·坦格利安一世国王被多恩人谋害后，遗体归国时在此登陆，故而得名），本地区的贸易多经此地。

破船湾外的大岛塔斯岛以瀑布、湖泊和巍峨山峰而闻名，它也被认为是风暴地的一部分，风暴地还包括伊斯蒙岛及风怒角和哭泣镇周围数不清的小岛。

风怒角以西是层峦叠嶂、直逼云霄的群山，一路绵延直至接入分割风暴地和多恩领的赤红山脉。赤红山脉多为干涸深邃的峡谷与巨大的砂岩峭壁，日落时分在云层映衬下，山峰有时真的会闪耀着深浅不一的红色……但也有人说，山脉名称并非源于石头的颜色，而是土地中浸染的鲜血。

越过赤红山脉深入内陆，是为边疆地——大片草原、荒野和风蚀平原朝西方和北方绵延数百里格。边疆地诸侯的雄伟城堡遥遥可见赤红山脉，它们保卫着风暴地不受南方的多恩人入侵和西方河湾王的铁甲封臣们滋扰。实力最雄厚的边疆地领主是石盔城的史文家族、黑港城的唐德利恩家族、丰收厅的赛尔弥家族及夜歌城的卡伦家族，其中夜歌城的歌唱塔通常标志着风暴王国的西界。自难以追溯的古代起，这些家族便服从风息堡的统治。

但风暴王国的北界随若干世纪中风暴诸王的强弱消长、大小战争的胜负盈亏而剧烈变化着。今日拜拉席恩公爵的辖区起自文德河南岸和御林南端，沿嶙峋的狭海海岸达到马赛岬根部……但在伊耿征服前，乃至安达尔人到来前，杜伦登家族的战士国王们开拓的疆土要广大得多。

马赛岬及黑水河以南的整个御林都曾属于风暴王国，风暴王的疆域在某些时代甚至越过黑水河，遥远的暮谷镇和女泉镇都向他们输诚效忠。而在可畏的战士国王阿兰·杜伦登三世治下，风暴地人甚至掌管全部河间地，此后更维持了三个多世纪。

但与河湾地、河间地和西境相比，杜伦登家族及其继承者统治的风暴地即便在全盛期也显得人丁稀薄，这大大限制了风息堡的实力。可以说，选择在风暴地定居的人——无论是在多石嶙峋的狭海海岸、潮湿苍翠的雨林抑或一望无际的边疆地——怀有特别的个性。常言道，风暴地人跟当地的天气一样变幻莫测、气势汹汹而喜怒无常。

# 先民的到来

风暴地的历史可追溯至黎明纪元。在先民到来以前很久，维斯特洛全境已被上古种族占据，包括森林之子和巨人（有人说还包括异鬼——"长夜"里的可怕"白鬼"）。

自风怒角而至铁群岛北方的海怪角，过去都是森林之子安居的广袤的原始森林（这片大森林如今只剩下御林和雨林这区区两块），巨人则住在赤红山脉下的丘陵及马赛岬乱石丛生的山脊上。和后来的安达尔人渡海来到维斯特洛不同，先民是从厄斯索斯大陆经由今日被称为多恩断臂角的巨大陆桥过来的，多恩领及其北部的风暴地因之成为维斯特洛大陆最早有人类踏足的地方。

传说森林之子钟爱潮湿荒蛮的雨林，巨人也喜欢赤红山脉的阴影下杂乱延伸的丘陵及后被称为马赛岬的沟壑纵横、山岩嶙峋的半岛。据记载，虽然巨人十分怕生，对人类也总抱有敌意，但森林之子起初很欢迎这些维斯特洛的新来者，相信辽阔的大地足够与之分享。

可是森林改变了先民。他们在古老的橡树，参天的红木、哨兵树和士卒松下安家，溪流沿岸形成原始村落，领主允许人们狩猎和安置陷阱。风暴地的毛皮固然有名，但雨林真正的财富是木材和稀有硬木，对之的渴求使得先民与森林之子很快发生冲突，开始延续千百年的战争，直到先民接受森林之子的旧神，在浩瀚的神眼湖中的千面屿上签订"盟誓"，分割大地。

"盟誓"在维斯特洛历史上出现得仍旧太晚，到它签订时，巨人（他们并未参与）已几乎绝迹风暴地，森林之子也大大减少。

下图｜风息堡

# 杜伦登家族

维斯特洛的早期历史大都被历史的迷雾笼罩，时间越早，越难区分真相与传说。这在先民相对稀少、上古种族较为强势的风暴地尤为严重。七大王国其他地区依然留有凿刻在穴壁、立石和要塞废墟上的符文，传下当时的故事，但风暴地先民多把记载成败得失的文字刻在树干上，时间一久便腐烂了。

此外，古时的风暴王有将长子继承人依家族始祖"神见愁"杜伦命名的习惯，这更为历史学家增添了麻烦。数不清的杜伦国王让人摸不着头脑。旧镇学城的学士给这些君王编号，以便区分，但作为我们了解上古情况的主要渠道的歌手（他们从来就不可靠）可不会这么做。

我们所知关于杜伦登家族创立者"神见愁"

杜伦的事迹皆是通过歌手。歌谣中，杜伦赢得海神和风之女神的女儿依妮的芳心。依妮爱上凡人，注定要如凡人一般死去。她的神灵双亲将此归咎于她心甘情愿结缘的丈夫，盛怒的海神和风之女神遂用狂风暴雨击毁杜伦建立的每座城堡。但最终，杜伦在一个小男孩的帮助下筑起一座风雨难侵、坚固精巧的城堡。那男孩长大成为"筑城者"布兰登，杜伦则成为第一位风暴王。根据传说，他与依妮一起生活并统治风息堡一千年（如此长久的寿命哪怕对一位迎娶神之女的英雄来说也太过夸张。出生在风暴地的格莱夫博士设想这位"千年之王"或是若干前后继承而名字相同的国王的集合。其观点似为可取，但缺乏证据）。

不论"神见愁"杜伦究竟是一个人还是五十个人，可以确知在他的时代，风息堡经过数世纪扩张后统治区域已远超城堡及周边地区。邻国接连被吞并：有的通过条约，有的通过联姻，更多的通过征服——杜伦的后代延续了这一进程。

"神见愁"是头一位征服当时尚属森林之子的潮湿荒蛮的雨林的风暴王，但其子"虔诚的"杜伦将父亲攫取的大部分森林归还森林之子。一世纪后，"铜斧"杜伦出兵一劳永逸地夺回了森林。歌谣里说，"严厉的"杜伦在弯河之战中击杀巨人王"最后的"伦旺，学者们至今仍在争论他是杜伦五世还是杜伦六世。

在外号"鸦友"的杜伦国王治下，马尔登·马赛建立石舞城，确立对马赛岬的统治，但这位杜伦国王的在位时期和排位顺序存在争议。人称"小屠夫"的小杜伦在血池之战中击退尤伦·伊伦伍德和韦尔城的处女战士薇拉，多恩人的尸体堵塞了史莱恩河……但他是不是那位晚年迷恋侄女，结果死于弟弟"弑亲者"埃里希之手的国王呢？这个问题和其他许多类似问题一样，恐怕永远没有答案。

所幸时间越往近代，史料来源越可靠。我们确知大岛塔斯上的王国是"美男"杜伦迎娶其国王"暮之星"艾德温之女后从属杜伦登家族的，而两人的孙子"扬帆者"埃里希（很可能是埃里希三世）是第一位夺取伊斯蒙岛及更南方一些小岛的风暴王。另一位杜伦（大多数学者认同为杜伦十世）向北扩张至黑水河，其子蒙佛利一世（"强大的"）在风暴诸王中首度渡过大河，并在一系列战争中击败达克林家族和慕顿家族的小国王们，夺取繁荣的港口市镇暮谷镇和女泉镇。

蒙佛利打下的基业被其子杜伦十一世（"笨蛋"）和其孙巴伦朗（"美人"）丢失——他们丢掉的甚至比蒙佛利征服的更多。在杜沃德一世（"胖子"）漫长的统治期，马赛家族脱幅而去，塔斯岛三度叛乱，连风怒角也崛起了一名被称作"绿女王"的森林女巫，在近一代人的时间里掌控雨林对抗风息堡。据说杜沃德的谕令所及范围一度只有站在风息堡城墙上朝外撒尿那

右图 | 安达尔人在风暴地海岸登陆

么远。

　　莫登二世任命同父异母的私生兄弟罗南德出任代理城主，终于扭转了颓势。罗南德是个可怕的战士，他成为风暴地的实际统治者，并迎娶莫登国王之妹。不出五年，连王冠也落入他囊中，且是由莫登的王后亲手戴到罗南德头上——若歌谣属实，她还让他上了她的床。他们认为莫登不足为惧，只将之关进塔楼上的监房。

　　私生子罗南德占据篡夺来的王位近三十年，在一场又一场战争中粉碎各路反叛封臣和周边小国王。他从不满足于一个女人，而是要每个臣服于他的对手都献出一个女儿。据说他去世时膝下有九十九个儿子，大多是私生子（但歌谣又说罗南德有过二十三个妻子），他们分不到父亲的遗产，只能自寻出路。由于这个原因，几千年后，风暴地的许多平头百姓——哪怕最低微卑贱者——都自称拥有王族血脉。

# 风暴地的安达尔人

安达尔人的长船开始横渡狭海时，风暴地由埃里希·杜伦登七世统治，史称"无准备的"埃里希，因其自信满满，发表著名言论说对"远方土地上陌生人之间的争吵"毫无兴趣。彼时风暴王有自己的战争要打，不仅要从声名狼藉的海盗王"奶眼"朱斯丁手中夺回马赛岬，还要抵御多恩王奥利法·伊伦伍德的进犯。埃里希没能目睹自己的疏忽造成的后果，在他余生中，安达尔人都忙于征服谷地。

埃里希之孙科尔顿二世国王是首位迎战安达尔人的风暴王。经过前后四代人的奋战，科尔顿二世——自诩为"征服者"科尔顿——终于夺回马赛岬，他用长达一年的围困拿下石舞城，杀死马赛家族的最后一位国王"软矛"约书亚。

但风暴王享受胜利成果不到两年。一位名为托格利昂·巴尔艾蒙（"可怖的"托格利昂）的安达尔头目在黑水河以北建立了自己的小王国，但一直承受着暮谷镇的达克林国王的巨大压力。托格利昂察觉到南方的虚弱，转而迎娶"软矛"约书亚之女，率全部人马渡过黑水湾，以期在马赛岬开辟新天地。他在海岬末端的尖角建立城堡，驱逐了石舞城的风暴地人，派妻子的兄弟出任傀儡城主。

"征服者"科尔顿很快遭遇远比失去马赛岬更棘手的麻烦——安达尔人盯上了维斯特洛南部，长船开始在风暴王国各处登陆，满载盾牌、胸口和前额绘有七芒星的饥渴战士，个个跃跃欲试，梦想建立自己的王国。科尔顿余下的统治期及其儿子和孙子（科尔顿三世和蒙佛利五世）都疲于奔命地应付连绵战火。

虽然风暴王赢得六场大战——尤其是铜门城之战，蒙佛利·杜伦登五世在此役中战胜七位安达尔小国王和头目组成的联盟"神圣兄弟会"，并为此献身——

但没能阻止长船前仆后继地登陆。据说，每有一个安达尔人在战场上倒下，就会有五人登岸。塔斯岛最先沦陷，紧接着是伊斯蒙岛。

安达尔人在风怒角也建立了根据地，若非他们对窝里斗的兴趣高于攻打先民的王国，恐怕整个雨林都将不保。对先民来说幸运的是，巴尔德瑞克·杜伦登一世国王（"狡猾的"）长于挑拨离间，杜伦二十一世更另辟蹊径，找到躲避在洞穴和空山幽谷中的森林之子，联手对抗海外的不速之客。由此建立的"鱼梁木同盟"在黑沼之战、雾林之战和嚎山之战（可惜此役确切地点已难考证）中给予安达尔人迎头痛击，一度延缓风暴王国的衰败。近一代人时间后，克莱奥顿一世国王甚至与三位多恩国王结成更奇特的联盟，在石盔城旁的史莱恩河对阵"造尸人"朵拉克斯，取得更辉煌的胜利。

但我们不能据此断言风暴王阻止了入侵。尽管他们频传捷报，尽管若干安达尔国王和头目落得人头被枪插在风息堡城门上的下场，但汹涌而来的安达尔浪潮从未罢休。不过反之亦然，安达尔人也没能吃掉杜伦登家族。史载他们曾七次包围或强攻坚固的风息堡，七次失败——这就像是诸神的旨意，于是安达尔人停止了对风息堡的进犯。

双方最终得以融合。马尔登四世国王娶了一位安达尔少女，其子杜伦二十四世（"半血"杜伦）效法父亲。安达尔头目们就这样成了风暴地的领主和小国王，他们纷纷与风暴地的先民诸侯联姻，宣誓效忠风暴王，承诺履行封臣的职责。在蒙德三世国王夫妇的领导下，风暴地人放弃旧神，接受安达尔人的七神教会。又过了数世纪，两个民族彻底融为一体……而被遗忘的森林之子自雨林和风暴地绝迹。

接下来是杜伦登家族的鼎盛时期。"百国争雄"时代，阿兰一世国王（"复仇者"）扫清一切障碍，将疆域扩张到黑水河和曼德河源头。其曾孙阿兰三世国王更越过黑水河和三叉戟河，将河间地全境收归己有，甚至一度把宝冠雄鹿旗插到落日之海畔。

然而阿兰三世驾崩后，杜伦登家族不可避免地陷入衰败，因风暴地的力量无法维持如此庞大的王国。于是叛乱四起，小国王如雨后春笋般冒出，城堡和堡垒接连陷落……最终，铁民在铁群岛之王"强手"哈尔文带领下大举进犯，正如前文所述。风暴地人在北方不敌铁民，在南方受到多恩人冲出骨路的压迫，河湾王也伺机自高庭派出骑士，收复失地。

国王更迭，战争频起，风暴王国的疆域日益萎缩。强悍的战士王子亚尔吉拉（"骄傲的"）加冕雄鹿王冠后暂时遏止颓势，然而强横如他亦只能稳定局面，终究无法力挽狂澜。身为最后的风暴王和最后的杜伦登，亚尔吉拉一直很好地履行职责……直到晚年也许出于昏聩，竟愚蠢地想利用龙石岛的坦格利安家族作为屏障，抵御实力膨胀的铁民和强横的铁民国王。古谚云：龙尾抓不得，"骄傲的"亚尔吉拉正犯此大忌，结果拱手让伊耿·坦格利安及其姐妹染指西方。

伊耿及其姐妹在黑水河河口登陆、开始对七大王国的征服时，同行有一位黑眼黑发的私生子——奥里斯·拜拉席恩。

左图 | 刻在石头上的七角星

# 拜拉席恩家族

拜拉席恩家族诞生于雨水和泥巴中展开的大战，史称"最后的风暴"。奥里斯·拜拉席恩在战斗中三次击退风息堡骑士的冲锋，并一对一决斗杀死风暴王"骄傲的"亚尔吉拉。一直被认为无法攻克的风息堡，不流血地落入奥里斯手中（显然比赫伦堡聪明）。随后奥里斯迎娶亚尔吉拉国王之女，并沿袭杜伦登家族的家徽和箴言，以纪念亚尔吉拉的英勇。

"征服者"伊耿对奥里斯·拜拉席恩的喜爱使得许多人相信后者为伊耿的私生兄弟。尽管这只是没有证据的传闻，但如今已得到广泛认同，但也有人认为奥里斯平步青云仅凭武艺高超及对坦格利安家族的绝对忠诚。他在"大征服"前就是伊耿的代理骑士和贴身护卫，打败亚尔吉拉国王不过是锦上添花。当伊耿国王将风息堡永久赠与拜拉席恩家族、任命奥里斯公爵为风暴地总督和国王之手时，没人敢说他配不上这份荣耀。然而在征服四年伊耿对多恩的讨伐中，奥里斯公爵率军强袭骨路被俘。人称"寡妇癖好者"的韦尔城的韦尔俘虏他，砍了他的持剑手。

所有资料都说奥里斯公爵事后变得暴躁、阴郁。他辞任国王之手，专注于多恩，一心渴

上图｜拜拉席恩家族（正中）和其部分封臣的纹章（自顶端顺时针起）：布克勒家族、卡伦家族、克林顿家族、唐德利恩家族、伊斯蒙家族、庞洛斯家族、席渥斯家族、赛尔弥家族、史戴蒙家族、史文家族和塔斯家族

## 摘自葛尔丹博士的手稿

奥里斯·拜拉席恩——今称"独手"奥里斯——最后一次率军离开风息堡，在石盔城下粉碎多恩人。负伤的沃尔特·韦尔被带到他面前，奥里斯公爵说："你父亲取走我的手。父债子偿。"说着便砍下沃尔特伯爵的持剑手，又砍下对方另一只手，然后是双脚，充作"利息"。拜拉席恩公爵返回风息堡途中离奇地战伤发作而死，其子戴佛斯总说父亲死得安详，看着像串洋葱般挂在帐篷上的腐烂手脚含笑而去。

望复仇，最终在伊尼斯一世国王统治时期得到机会，大败"秃鹰王"的一支部队，"寡妇癖好者"之子沃尔特·韦尔伯爵落入其手。

拜拉席恩家族积极参与伊耿的继承者时代连绵不断的政局纠纷，与坦格利安家族休戚与共。奥里斯·拜拉席恩之孙罗加公爵是首位公开支持杰赫里斯王子对抗叔叔"残酷的"梅葛的大诸侯。为嘉奖其忠诚和勇气，待梅葛在铁王座上离奇暴毙后，罗拔公爵被任命为全境守护者和国王之手。由于杰赫里斯国王尚未成年，罗拔公爵遂与国王生母阿莱莎太后共治天下，半年后正式成婚。

两人的结合生下乔斯琳小姐和后继为风息堡公爵的博蒙德·拜拉席恩。乔斯琳小姐嫁给"人瑞王"的长子，生下雷妮丝公主——油嘴滑舌的弄臣"蘑菇"称其为"无冕女王"。征服一百零一年大议会中，博蒙德公爵应杰赫里斯国王征召前来抉择王位继承人，他公开支持外甥女雷妮丝公主及其子瓦列利安家族的兰尼诺，却无力主宰大势。

风息堡的实力及其与君临和铁王座的紧密关系使得拜拉席恩家族成为韦赛里斯·坦格利安一世死后，雷妮拉公主和伊耿二世国王双方首先争取的大诸侯。然而博蒙德公爵时已过世，其子博洛斯继位，他与父亲完全不同。

博洛斯公爵改变了父亲博蒙德始终如一坚定支持雷妮拉的前夫兰尼诺王子的态度，他见风使舵，在雷妮拉与兰尼诺的次子路斯里斯·瓦列利安前来争取风息堡的支持时保持沉默。当时路斯里斯骑龙赶到，却发现被叔叔伊蒙德·坦格利安王子抢先一步，后者正忙着安排与博洛斯的女儿的联姻。

博洛斯对路斯里斯带来的信件很不满——雷妮拉公主将风息堡的支持视为理所当然，在信中表现出不适当的傲慢——路斯里斯王子本人又拒绝迎娶博洛斯公爵四个女儿中的一个（王子已经订婚）。于是恼怒的博洛斯将年轻的瓦列利安请出大厅，也没阻止接下来伊蒙德王子为早年被路斯里斯夺去一只眼睛而展开的复仇，只申明不能在风息堡内动手。

## 关于博洛斯公爵，尤斯塔斯修士有如下记载

博蒙德公爵像石头，坚固、强硬、沉稳如山；
博洛斯公爵则像风，狂暴、凶猛、变化无常。

路斯里斯王子骑幼龙阿拉克斯逃跑，伊蒙德骑巨龙瓦格哈尔紧追不舍。若非破船湾正有风暴肆虐，或许路斯里斯能够逃脱，可惜历史不能假设——男孩和他的龙在风息堡的视线范围内、在瓦格哈尔胜利的咆哮声中葬身大海。这是"血龙狂舞"夺去的第一位王族成员，但仅仅是开始。

战争前期，博洛斯公爵不愿面对巨龙，等到内战接近尾声，他才率风暴地人趁"三王之月"占领君临，恢复都城的秩序。得到长女将成为丧偶的伊耿二世国王的新王后的保证后，博洛斯统领最后一支国王军大胆迎击节节进逼的河间地人——他们由年轻的克米特·徒利公爵、更年轻的班吉寇·布莱伍德及班吉寇的姨妈亚莉珊（外号"黑亚莉"）率领。风息堡公爵得知敌军首脑是女人和小孩，自觉胜券在握，但班·布莱伍德（此役后得到外号"血腥的"）粉碎其侧翼，黑亚莉·布莱伍德率弓箭手射倒风息堡的骑士。博洛斯公爵血战到底，据记载他杀了十二名骑士以及戴瑞伯爵和梅利斯特伯爵，最后死在克米特·徒利手上。

公爵的死和风暴地军队的溃败标志着"血龙狂舞"大局已定。拜拉席恩家族孤注一掷地支持伊耿二世，结果一无所获，只换来伊耿三世国王（"龙祸"）及摄政团的敌视。

世易时移，铁王座上国王更迭，旧日恩怨抛诸脑后，拜拉席恩家族再次对君王献出耿耿忠心……直到坦格利安家族的作为让这份忠诚受到考验。此事发生在伊耿·坦格利安五世（人称"不该成王的王"）统治时期，时任风息堡公爵为身材魁梧、器宇轩昂的莱昂诺·拜拉席恩，外号"狂笑风暴"，是当时最强大的战士之一。

莱昂诺公爵一直是伊耿国王最忠实的支持者，他们的友谊十分牢靠，以至陛下

右图｜御林铁卫"高个"邓肯爵士与莱昂诺·拜拉席恩公爵的决斗

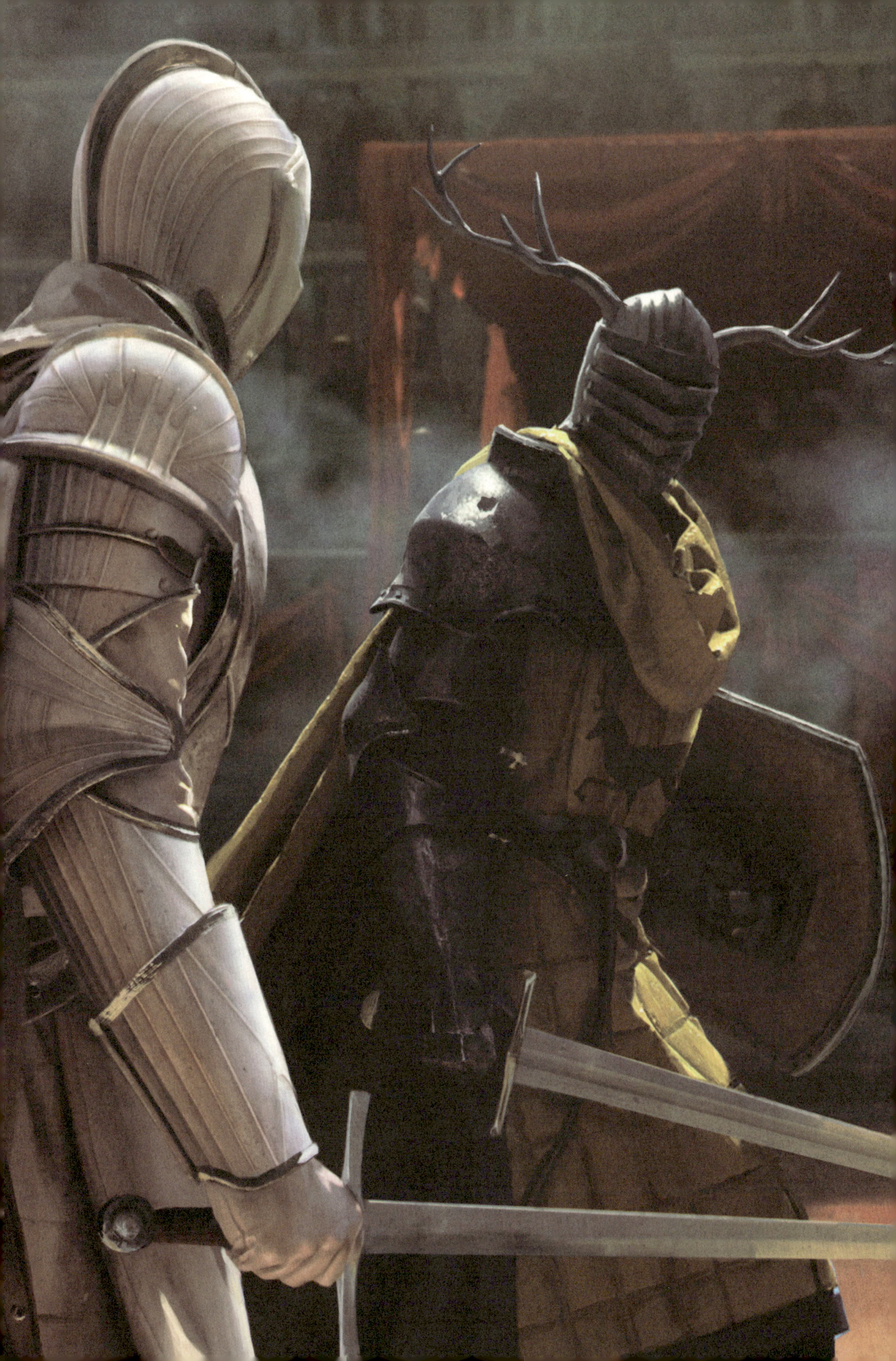

许多拜拉席恩家族的成员以历代风暴王及"独手"奥里斯为榜样赢得功名。身为家中幼子的雷蒙特·拜拉席恩爵士在伊尼斯一世被迫与教会开战时期担任御林铁卫，阻止了穷人集会刺杀就寝的国王；蒙德·拜拉席恩公爵忠君爱国，在"九铜板王之战"中为坦格利安家族奋战而死；"破风者"和"狂笑风暴"这样的伟大骑士亦为家族增光添彩。

乐意把长子继承人许婚给莱昂诺公爵之女。这一切安排本来天衣无缝，不料邓肯王子路遇并迷上神秘女郎荒石城的珍妮（有人说她是个女巫），乃至违背父亲的意愿娶她为妻。

荒石城的珍妮（"发迹有无数鲜花"）和龙芙莱亲王邓肯的爱情至今仍是歌手、说书人和少女们的最爱，却带给莱昂诺之女深深的伤痛，也让拜拉席恩家族蒙羞。"狂笑风暴"在盛怒中立下复仇血誓，与铁王座一刀两断，加冕为新的风暴王。直至御林铁卫"高个"邓肯爵士与莱昂诺公爵一对一决斗获胜，邓肯王子宣布放弃一切继承权，而伊耿五世国王同意把小女儿雷蕾公主嫁给莱昂诺公爵的继承人，叛乱才得以平息。

冥冥中一定有七神的睿智安排，伊耿五世国王为安抚"狂笑风暴"而答应的联姻，最终却带来坦格利安王朝的克星。征服二百四十五年，雷蕾公主实现父亲的承诺，嫁给年轻的风息堡公爵蒙德·拜拉席恩，次年产下一子，名为史蒂芬。史蒂芬后被送往君临担任侍从和侍酒，成为杰赫里斯二世国王的长子继承人伊里斯王子的密友。

伊里斯二世国王派遣史蒂芬公爵前往瓦兰提斯为雷加王太子寻找配偶，遗憾的是，公爵返程时在破船湾遭遇海难……其长子劳勃继位风息堡公爵，并成长为七大王国最优秀的骑士之一——他的强壮和无畏让人们认为是"狂笑风暴"再世。

后来伊里斯二世的疯狂达到顶点，王国诸侯纷纷倒向劳勃公爵。征服二百八十三年，劳勃·拜拉席恩在三叉戟河的浅滩上击杀龙石岛亲王雷加·坦格利安，粉碎对手的大军，决定性地撼动了龙王家族近三百年的统治。他不久后登上铁王座，成为劳勃·拜拉席恩一世，开创光荣的新王朝。

下图 | 龙石岛上的拜拉席恩战士

# 风暴地人

正如劳勃国王在三叉戟河上展现的——以及他之前的公爵和国王们展现的——风暴地人在七大王国中最是强壮凶猛、能征善战。

风暴地同样盛产伟大的水手和海员。风息堡位于杜伦角的大峭壁上，俯瞰破船湾危险的巉岩，不适合战船和商船停泊，但风暴诸王用马赛岬、伊斯蒙岛及多恩海沿岸的市镇和渔村维护舰队，后期的君主还乐于让舰队泊在塔斯岛西岸，利用那个大岛的群山来抵挡狭海上经常肆虐的风暴。塔斯岛又称"蓝宝石之岛"，由暮临厅的塔斯家族统治——这是个古老的安达尔家族，且与杜伦登家族、拜拉席恩家族乃至晚近的坦格利安家族都有姻亲关系。塔斯岛主曾自立为王，现今仍沿用着号称可追溯至黎明纪元的头衔"暮之星"。

边疆地人无疑是全风暴地、乃至全维斯特

> 许多塔斯岛人——无论地位高低——都自称发源于一位传奇英雄：摩恩的加勒敦爵士，据说其人持有七神赠予的宝剑"正义少女"。休伯特学士在《雄鹿的亲族》中提出，考虑到"正义少女"在加勒敦爵士的传说中的地位，摩恩的加勒敦或许并非是千年后被歌手塑造成骑士的英雄纪元时的草莽英雄，而是真实存在的中古人物。根据休伯特的研究，摩恩在降服于风暴王以前乃是塔斯岛上小王国的主城，位于岛屿东岸，遗迹表明它是安达尔人而非先民的建筑。

洛最凶悍的战士。据说他们有使剑天赋，常自夸打架比走路学得快。边疆地的长弓更为著名，歌谣中和历史上的许多著名射手都来自这里（譬如御林兄弟会里声名狼藉的匪徒"造箭者"迪克就生于边疆地石盔城旁的村落，许多人认为他是有史以来最好的弓箭手）。边疆地人肩负着保卫风暴王国不受西方、尤其是南方的宿敌侵袭的责任。

多恩边疆地城堡的坚固程度位列王国城堡之首，因很少有一代人时间内不被攻打。边疆地诸侯以身为风暴王国的顶梁支柱、长期抵御多恩人和河湾王的历史为傲，众多歌谣和故事记述了他们的英勇事迹。

边疆地诸城中最坚固者当数史文家族古老的石盔城，该城建于史莱恩河的湍激水流与深池飞瀑之上，内有黑石白石搭建的瞭望塔；唐德利恩家族的黑港城有巍峨的黑色玄武岩城墙，干涸的护城壕深不见底，险峻难犯；以歌唱塔闻名的夜歌城是历史悠久的卡伦家族的家堡。卡伦家族自称边疆地总帅，但对周边其他领主没有统治权，仅表示自己是边疆地最古老的家族（史文家族对此有异议），且总是统辖保卫风暴王国的战争。

边疆地因坚固的城堡和流行的歌谣闻名，雨林则因雨水充沛，幽深静谧，盛产毛皮、木

左图｜塔斯岛的幕临厅

卡伦家族出现了许多著名的战士和歌手，其丰富多彩的家族史可追溯至英雄纪元。卡伦家族喜欢夸耀他们的夜莺纹章出现在一千场战役中，历史记载也显示夜歌城在最近一千年里被包围过不下三十七次。

材与琥珀闻名。据说树木才是雨林真正的统治者，这里的城堡看起来都像是长出来的而非人类所建。雨林的骑士、领主仿如庇护他们的树木一样拥有深藏的根系，在战场上总是顽强拼搏、不屈不挠、坚定不移。

# 风息堡

风息堡的确古老，但与先民的环堡废墟乃至临冬城的首堡（据一位曾在史塔克家族服务的学士考证，它曾重建多次，无法知准确年代）相比，其巨型塔楼和严丝合缝的石墙在技术上领先了数千年。绝境长城的确是世界奇观，但要做到连风都找不到缺口，却不能单凭努力，更需要高超技巧。威伦博士在《成功与失败》一书中推测，传说中最后竣工的风息堡是第七座城堡，这显然受到安达尔人影响——假如传说是真的，城堡很可能在安达尔人征服时期才最终完成。或许如今的风息堡是在以前城堡的旧址上重建，是"神见愁"杜伦和美丽的依妮过世很久以后的事。

我们只能通过歌谣和故事来了解风息堡的建立——它是两位神祇的女儿、美丽的依妮与"鬼见愁"杜伦爱情的结果。传说中，风息堡是杜伦在同一地点建起的第七座城堡（该数字极可能出于教会的编造）。

曾在此服务的学士们证实，城堡的确极为坚固，建筑精妙。无论"筑城者"布兰登参与设计与否，在它赫赫有名的外墙上，巨石严丝合缝，密不透风，巨大的主堡直冲天际，俯瞰破船湾。

史书上从无风息堡被攻破或因围城沦陷的记载，其坚固程度可见一斑。

劳勃起义中，高庭的提利尔公爵曾围困风息堡一年。其实城内只要补给充足，大抵可以无限期坚守下去，但战争爆发突然，仓廪只为半满。风息堡守军由劳勃公爵之弟史坦尼斯领导，快撑到一年时粮食和物资已严重匮乏，只是靠一位走私者趁夜偷溜过雷德温伯爵的封锁线，将一船洋葱和咸鱼运进城堡，才得以坚守到劳勃在三叉戟河上大败雷加，艾德·史塔克公爵前来解围。

相传每隔七十七年，风息堡便要遭受一次异常强大的风暴袭击，那是海洋与天空的旧神企图再次将杜伦的城堡吹入大海。这是个美丽的故事……但只是故事。据在风息堡服务的学士记载，那里几乎年年都有强烈的风暴，秋季尤甚，就算有时更为猛烈，也没有记录证明异常强大的风暴会以七十七年的循环发生。现在人们记忆中最大的一次风暴发生于征服二百二十一年，也即伊里斯一世统治的最后一年，而之前最大的一次风暴发生于征服一百六十六年，早其五十五年。

# 多恩

**风暴地**

## 图例
- 中心城堡
- 城堡
- 市镇
- 废墟
- 橄榄产区
- 水源
- 道路

### 地名

- 盛夏厅
- 黑港
- 石盒城
- 雾林城
- 夜歌城
- 韦尔城
- 鹰穴堡
- 极乐塔
- 王家城
- 布莱蒙城
- 天叉城
- 灰恸堡
- 魂丘
- 托尔城
- 流水花园
- 阳戟城
- 高隐城
- 伊伦伍德城
- 神恩城
- 板条镇
- 柠檬林
- 星坠城
- 狱门堡
- 万斯河
- 绿血河
- 沙石城
- 万斯城
- 盐海岸
- 哭泣镇

### 其他
- 红山脉
- 赤滩地
- 河湾地
- 多恩海
- 狭海
- 夏日之海

---

332

# 多恩

据说，只有多恩人才真正了解多恩。它位于七大王国最南端、最不适合人类居住……在河湾地、西境和君临的人民眼中，无疑也是最奇怪的地方，怪异之处不胜枚举。

广袤的红沙地与白沙地；难以翻越的高山，其中更有狡诈守卫把守的险峻隘口；令人窒息的闷热；沙尘暴；蝎子；辛辣食物；毒药；泥巴城堡；海枣、无花果和血橙——构成了七国百姓对多恩领的认知。这些东西当然存在，但这个历史可追溯到黎明纪元的古老封国的内涵远不止如此。

西、北两面的赤红山脉——以及辽阔的沙漠——将多恩领与王国其他地区隔绝。高耸的山脉背后，四分之三以上的区域是干涸的荒漠。多恩领南部漫长的海岸线环境也极为恶劣，那里布满崎岖纠结的礁石，甚少有遮蔽风浪的港湾，有意或无意停靠的船只更无从寻找补给——沿岸没有森林可供采集木材、进行修补，猎物稀少，农场和村庄寥寥无几，甚至连淡水都很难找到，况且南部海域漩流密布，鲨鱼海怪在此肆虐。

多恩没有城市。紧紧攀附阳戟城的所谓影子城，不过达到市镇规模（且是泥巴和稻草搭建）。绿血河口的板条镇面积更大、人口更多，也许是多恩全境最接近城市的地方，只是木板代替了街道，被麻绳连在一起、随波荡漾的撑篙船、驳船和商船组成了民居、厅堂和商铺。

布鲁达博士出生并成长于阳戟城龟裂的城墙下杂乱的影子城，他有一则著名评论，说多恩领跟相隔遥远的北境之间的共同点，比跟两者间的其他地方都要多。"一冷一热，一雪一沙，两大古国的历史、文化和习俗迥异于维斯特洛其余地区。和两者间的区域相比，南北两个国度皆人烟稀少、墨守成规，且从未真正被龙征服。北境之王和平地接受伊耿·坦格利安为其封君，多恩则顽强抵抗强大的坦格利安家族近两百年，终于通过联姻与铁王座结合。在其他五个'文明'王国中的无知者看来，多恩人和北境人都是可笑的蛮子，但在与之交过手的人们眼中，两者的英勇都值得钦佩。"

多恩人自诩维斯特洛最古老的人类，某种程度上来说这是事实。先民与后来乘长船走海路来维斯特洛的安达尔人不同，他们经由厄斯索斯大陆延伸出的陆桥到来——雄伟的陆桥如今只剩石阶列岛和多恩断臂角——多恩的东海岸理所当然成为骑马或步行的先民最先踏足的维斯特洛土地。

但他们甚少驻足于此。这片土地太过险恶，

上图 | 三种多恩人——"石人"、"沙人"和"盐人"

**多**恩的绝大多数河流只在罕见（且危险）的暴风雨后才会涨满，其余时间不过是干涸的沟壑。放眼全境，只有三条河四季不绝、昼夜流淌、从不枯萎：其一为湍流河，发源于西部群山高地，一路激湍、飞瀑、穿谷过罅，啸如巨兽，最终汇入浩瀚大海。湍流河源于山泉，河水纯净甘甜，却难于涉渡，舟楫不兴，唯有借助桥梁通过；硫磺河较之平和得多，但浑黄的河水散发着硫黄的臭味，两岸生长的植物矮小畸形（至于两岸生活的人，还是不提为妙）；绿血河稍显浑浊，却适宜动植物生长，农场和果园在河畔绵延数百里格。绿血河及其支流万斯河与祸江几可驾船直溯源头（虽然某些地方易因沙洲而搁浅），因而成为贸易动脉。

---

被森林之子恰如其分地称为"空地"，其东半部多被光秃秃的灌木覆盖，干涸多石的土壤即便经过灌溉，产量依然低下；万斯河以西是一望无际的连绵沙丘，酷日当空，凶猛的沙暴不时卷起，曝于其中短短数分钟便可让骨肉分离。按河湾地的传说，连"青手"加尔斯都没法让鲜花在这严酷无情的地方绽开（多恩的本土传说则从未提及加尔斯），只能带人民翻山越岭，前往山后丰饶的河湾地。在他之后抵达的先民也大多只看了一眼多恩的面貌，便随其而去。

但也有少数人欣赏这片严酷、炙热、荒蛮的土地，选择在此安家落户。他们大多定居在被他们命名为绿血河的河流沿岸，这条河虽无法与曼德河、三叉戟河和黑水河相提并论，却堪称多恩的命脉。

在绿血河畔定居的先民最多，他们挖掘运河和沟渠引来生命之水，灌溉林木和作物；另一些人住在狭海岸边，由于多恩的东海岸比南海岸条件要好，捕食鱼蟹维生的村庄很快在此林立而起；更冒进的先民向内陆推进，在赤红山脉南麓的山脚定居，向北挺进的风暴会在这里留下水汽，形成一道丰饶的绿带，甚至有走得远的人以高山为屏障，藏身隐秘的峡谷和芳草鲜美的山间牧场；最勇敢亦是最疯狂者深入一望无际的沙漠，他们中的少数人找到沙丘间的水源，依靠绿洲建起庄园和城堡，若干世纪后，其后代成为"水井之主"。但在多恩的骄阳下，毫无疑问历尽艰辛找到水源的不过是百中挑一，余人都被渴死了。

根据不同起源，如今的多恩人被分成三大不同类型，这便是"少龙王"戴伦·坦格利安一世在《多恩征服记》中命名的"石人""沙人"和"盐人"："石人"居于山间，肤白发美，多是先民和安达尔人的后代；"沙人"居于沙漠和河谷中，皮肤被多恩的烈日炙烤成棕色；"盐人"居于海边，黑发，身体柔软，有橄榄色的光滑皮肤，他们和洛伊拿人混血最严重，风俗最特殊（虽然娜梅莉亚公主登陆多恩后烧毁了所有船只，但大多数跟从她的洛伊拿人还是情愿留在海边，因大海在多年流浪中已成为他们的家）。

# 多恩之臂的断裂

这是多恩历史上的头等大事，很可能也是维斯特洛历史上的头等大事，但非常遗憾，我们对此知之甚少。

我们对多恩之臂的断裂的了解几乎全是通过歌谣和传奇故事。所有故事都认同，先民是在黎明纪元以徒步或骑乘的方式通过遍布山丘和森林的巨大陆桥，从厄斯索斯大陆到达维斯特洛大陆的。他们最先踏足的是多恩，但如前文所述，驻足者寥寥无几，更多人继续向北翻越群山，可能还要穿过盐泽——现在的多恩海。数个世纪中，先民的人数日益增长，乃至占领风暴地、河湾地和河间地，后来甚至到达谷地和北境。他们驱逐上古种族，就地杀戮巨人，用青铜斧砍伐鱼梁木，与森林之子展开血战。

森林之子全力反击，无奈先民人多势众，更兼体格强健。他们不但有马，还有青铜盔甲和青铜武器，面对使用骨器、木器和龙晶武器的森林之子占据绝对优势。矮小的上古种族最终在绝望中求助于巫术，恳请绿先知阻断汹涌而至的入侵浪潮。

他们的愿望得以实现。数百位绿先知聚在一起（有人说是在千面屿），用歌唱、祈祷和残忍的献祭向旧神呼吁（某个版本的故事说森林之子用一千名人类俘虏喂养鱼梁木，另一个版本则声称他们献出自己孩子的血），由是上达天听，地底的巨人被唤醒，全维斯特洛震颤不已。大地裂开巨缝，山峦倾颓、继而塌陷，澎湃的海水倒灌粉碎了多恩之臂，只余零星的光秃岩岛屹立在波涛之上。夏日之海与狭海相交，厄斯索斯和维斯特洛则永远分离。

至少传说如此。

绝大多数学者认同厄斯索斯和维斯特洛曾经相通，要知道，上千则故事和符文记载描述了先民的到来，而今却海洋横亘，显然多恩人口中的"多恩之臂的断裂"确有其事。但过程真如歌谣传唱，是在一日之内实现的吗？真的是森林之子和绿先知的巫术的作为吗？这些便很难说了。卡山德博士在《海洋之歌：大陆的割裂》中提出异议，认为分割维斯特洛和厄斯索斯的并非绿先知的歌，而是"海洋之歌"——持续若干世纪（绝非一日）的海平面缓慢上升，成因是接连不断的漫长炎热的夏天和短暂温暖的冬天导致颤抖海以北的冰川融化。

许多学者认同并接受了卡山德的观点。但无论多恩之臂的断裂是一夜之间还是历经几百年，它的的确确发生过，石阶列岛和多恩断臂角便是无言而确凿的证据。还有很多人推测多恩海曾是淡水内湖，由山泉汇聚而成，规模不大，直到狭海冲破海岸，淹没分隔南北的盐泽，才变成如今模样。

可是，就算我们接受旧神用海水之锤击碎多恩之臂的传说，绿先知的歌也唱得太晚了。

多恩之臂断裂后，确实不再有人类继续前来维斯特洛，毕竟先民不事航海……但大陆分割前，来到对岸的先民已几近上古种族的三倍，且双方人数差异在随后几世纪更加明显，因上古种族逐渐萎缩，而先民生儿育女的频率远高于他们。于是森林之子和巨人销声匿迹，人类则踏遍各地，不断繁衍，不断侵占田野和森林，建起村庄、堡垒和王国。

# 先民诸王国

从最古老的记录开始，多恩的地方分裂性就显现出来。各小聚落间的遥远距离及难以逾越的炙热沙地和崎岖山峦让它们很难互通音信，最终造就了许多地方豪强，一半以上自立为王。当然，维斯特洛到处都有小国王，但少有像先民统治的多恩那般数量众多又格局狭小。

我们不可能面面俱到地描述这些小王国，绝大多数"王国"领土促狭，统治短暂，不值一提。值得注意的只是其中最强大者，那些源远流长、延续数千年的家族。

戴恩家族的家堡位于湍流河口的小岛，咆哮的湍急河水在此汇于大海。传说戴恩家族的创立者随一颗坠落的星星来到这里，发现了一块有魔力的奇石。随后若干世纪中，其后代以"湍流河之王"和星坠城主的身份统治西部群山。

佛勒家族的家堡位于星坠城东北方群山间的巨大隘口内侧，建在多石的山坡上，扼住隘口——那是连接多恩领和河湾地最便捷的通道——因极高的位置和险峻的石塔而得名天及城。天及城看守的通道当时被称为"大山口"（如今我们称为"亲王隘口"），佛勒家族自冠天及城主、"大路之主"和"峭壁与苍天之王"的头衔。

沿山脉向东，山势渐落，直至接入多恩海，而伊伦伍德家族占据了高山峡谷以及峰峦下的绿色丘陵，控制着出入多恩两条主要通道中的第二条——"石路"（与西边的"大路"相比，"石路"远为险峻陡峭、狭窄危险）。他们的领地拥有天然屏障，土壤相对丰饶，丛林茂盛，还出产铁、锡、银等珍稀金属，因此伊伦伍德家族成为多恩诸王中最富强的，自封为"血之贵胄"、"石路之主"、"绿丘之主"及多恩至高王。该家族极盛时期统治了多恩北半部，从群山间韦尔家族的领地到绿血河源头……但他们吞并其他多恩王国的努力大都归于失败。

在先民时代，尚有与伊伦伍德竞争的多恩至高王存在，其都城位于绿血河南岸、河流注入夏日之海的柠檬林附近，乃是一座宏大的木寨城堡。这里的王权十分奇特，每当国王驾崩，继位者将由在河流沿岸和东海岸定居的十几个贵族家族选举产生。涉水家族、贝壳家族、小林家族、小河家族、船壳家族、湖泊家族、棕丘家族和荆棘家族都曾被推为王，在柠檬林的大厅里发号施令。但这奇怪的体系在一轮激烈的选举后破裂了，王族互相开战，经过一代人的战乱，三个古老家族彻底消亡，而曾经辉煌的河流王国分裂成十数个纷争不断的小王国。

在多恩人迹罕至的沙漠深处和高山山巅，在盐海岸、外海岛屿和多恩断臂角上还存在其他小王国，但难与星坠城的戴恩家族、天极城和"大路"的佛勒家族以及伊伦伍德城的伊伦伍德家族相比。

# 安达尔人的到来

安达尔人踏遍了颈泽以南的维斯特洛大陆，包括多恩，但绝大多数历史学家认同，他们对多恩领的影响比对其他南方王国小得多。安达尔人和先民不同，他们是出色的水手，锐意进取的船长们十分了解多恩的海岸，知道那里只有蛇蝎和黄沙。与之相对，富饶、青葱的土地正位于安达斯对岸，触手可及，难怪驶往南方多恩的入侵者相对较少。

但总有人不走寻常路，到世界的荒凉角落寻找机会，因此安达尔人还是来到了多恩。他们中有的与先民争夺已被开发的土地——绿血河沿岸、海岸和群山间——也有的在无人涉足之地定居。

后者包括乌勒家族和科格尔家族：乌勒家族在富含硫黄的黄色河流畔建起臭气熏天、阴森恐怖的城堡；科格尔家族在沙漠深处的沙丘间找到方圆五十里格内唯一一口水井，并严加看守。再往东，万斯家族在丘陵地中两条小河的汇合处建了一座苍白高大的城堡，汇合后的河流因此也被称为万斯河。艾利昂家族、乔戴恩家族和桑塔加家族在多恩领的其他地方开辟天地。

在多恩断臂角和绿血河之间的东海岸，名为莫甘·马泰尔的冒险者率领族人在虚弱的涉水家族和贝壳家族的统治区域登陆，打败两者，攫取其村庄，烧毁其城堡，最终统治了一片五十里格长、十里格宽的岩石海岸。

其后若干世纪，马泰尔家族逐渐强大……但上升势头缓慢，因无论今昔，该家族都以谨慎闻名。娜梅莉亚到来前，多恩人甚至不将其视为领内的大诸侯。尽管四周国王林立，马泰尔家族却从未称王，查阅信史，你会发现他们曾在不同的历史时期欣然臣服于托尔城的乔戴恩国王、神恩城虔诚的艾利昂诸王、绿血河周边的众多小国王或强大的伊伦伍德城的伊伦伍德家族。

# 拂晓神剑

星坠城的戴恩家族是七大王国最古老的贵族家族之一，其名望主要来自祖传宝剑"黎明"及历代持剑人。"黎明"的起源已失落在传说中，戴恩家族很可能持有它数千年之久。有幸见识过它的人都说，其外表并不像人们所知的瓦雷利亚钢，剑身苍白好似乳白琉璃，但其他方面皆与瓦雷利亚武器相近，异常锋利坚韧。

许多家族都有祖传宝剑，通常由领主代代相传，偶有如科布瑞家族般借给儿子或兄弟使用，但使用者逝世后宝物仍得物归原主。戴恩家族并非如此，"黎明"的持有者将获得"拂晓神剑"的称号，而此人只能是族内被认为合适的骑士。

正因如此，"拂晓神剑"的名号响彻七大王国，许多男孩暗自梦想生在星坠城、有望获得传奇的宝剑和头衔。最著名的"拂晓神剑"是亚瑟·戴恩爵士，伊里斯二世国王的御林铁卫中的佼佼者，他曾击败御林兄弟会，并在所参加的每一场比武大会和团体混战中赢得荣誉。亚瑟爵士在劳勃起义的最后关头与誓言兄弟们并肩奋战，据说和艾德·史塔克公爵单打独斗，英勇战死。后来史塔克公爵将"黎明"送还星坠城，送到亚瑟爵士的至亲手中，以表敬意。

左图 | 持有"黎明"的"拂晓神剑"

# 洛伊拿人的到来

当娜梅莉亚公主和她的"一万艘船"在今日阳戟城和影子城所在地附近的多恩海岸登陆时,马泰尔家族已统治这个小封国数百年了。

娜梅莉亚怎样决定以莫尔斯·马泰尔为夫,怎样烧毁船只,怎样让洛伊拿人与马泰尔家族血脉相连、荣辱与共已另章说明,在此无须赘述。篇幅所限,我们也无暇转述多恩统一战争的进程、联盟的聚散等等大家熟悉的古老篇章。

我们可以肯定地说,洛伊拿人带到维斯特洛的财富与知识加上莫尔斯伯爵的野心及娜梅莉亚不屈不挠的坚强意志,使得马泰尔家族迅速壮大,击败一个又一个领主和小国王,乃至最终推翻伊伦伍德家族,一统多恩……但多恩并未形成王国,却成了亲王领国,因莫尔斯和娜梅莉亚没有自封为国王和王后,更是按覆灭的洛伊拿城邦的传统冠以亲王和公主的头衔。其后代延续传统至今,他们打败了许多对手,并与风暴王和河湾王分庭抗礼。

歌谣里说娜梅莉亚既是女巫又是战士,其实两者皆言过其实。娜梅莉亚并不冲锋陷阵,但许多战役仰仗其领导才华和机敏聪慧。当年岁渐长、精力不济后,她明智地将指挥权交给继承者们。虽然没人比得上将六位被俘的国王戴上黄金镣铐送往长城的娜梅莉亚,但这些继承者成功避免了多恩被群山以北的国王侵略,也保证了领

上图丨马泰尔家族(正中)及其部分封臣的纹章(自顶端顺时针起):戴恩家族、佛勒家族、乔戴恩家族、科格尔家族、托兰家族、乌勒家族、万斯家族、韦尔家族、伊伦伍德家族、艾利昂家族和布莱蒙家族

## 历史记载被娜梅莉亚送往长城的六位国王

**·伊伦伍德家族的约瑞科·**

"血之贵胄",在马泰尔家族击败的多恩国王中最为富强。

**·戴恩家族的多里安·**

"薄暮神剑",被誉为多恩最伟大的骑士。

**·佛勒家族的加里森·**

"瞎王",年老目盲,但其狡诈仍令人敬畏。

**·旱地家族的路西法·**

该家族最后的族长,"硫磺河之王",狱门厅之主。

**·布莱蒙家族的贝尼狄克·**

崇敬一个黑暗神祇,据说能变身为巨大的秃鹫。

**·曼伍笛家族的阿尔宾·**

控制赤红山脉的疯子,十分棘手。

上图 | 娜梅莉亚公主和莫尔斯·马泰尔亲王在阳戟城共同执政

内群山和沙漠中凶狠暴躁的领主们团结一致。伊耿征服前，马泰尔家族统治多恩逾七百年。他们在阳戟城筑起高塔，让影子城和板条镇欣欣向荣，打败了所有挑战者。

## 南方的怪异习俗

多恩长期与世隔绝——又在一千年前和洛伊拿人融合——因此自有一段荣耀而混乱的历史和与众不同的习俗。

多恩的"石人"最像群山以北的居民，受洛伊拿习俗的影响也最少，但并未因此和边疆地诸侯或河湾地领主结成紧密联盟——正相反，据说这些山间领主曾和谷地的高山部落一样野蛮，在数千年间与河湾地及风暴地为敌，内部也争斗不休。歌谣中提到英勇的边疆地诸侯对抗残酷的多恩人，后者多半来自布莱蒙城、王家城、韦尔城或天及城，也可能来自伊伦伍德城。身为"石路守护"，伊伦伍德家族是马泰尔家族的封臣中最骄傲、强大的一支，两者的关系始终很紧张。

多恩的"沙人"更洛伊拿化一些，他们在沙漠中习惯了艰苦生活。尽管比起曼德河或三叉戟河，多恩的河流不值一提，但足够灌溉土地、供养村庄与市镇。不在村镇生活的人习俗稍有不同，他们会在沙漠绿洲间不断迁徙，凭借对水井的记忆穿越沙漠，并抚养后代，繁衍山羊和马匹。被认为是七大王国最俊美坐骑的沙地战马主要便是由"沙人"培育，这种马由于骨骼轻盈而不适合载负重甲骑士，但本身动作迅捷、不知疲倦，能连续奔跑一日一夜，中间只需饮几口水。多恩人对沙地战马的爱护不亚于对自己的孩子，戴伦国王在《多恩征服记》中写到，斑木林的骑士把沙地战马养在大厅里。

多恩的"盐人"是洛伊拿人的后代，数世纪来其母语虽已失传，但使用通用语时仍带口音——拉长某些音节、吞掉另一些音节或在奇怪的地方顿挫。有人觉得多恩口音十分迷人，也有人（主要是持偏见的边疆地人）认为很费解。洛伊拿人带来的不只语言，还包括习俗和律法，这些又被马泰尔家族推广到多恩全境。因此，七大王国中只有多恩领实行彻底的长幼继承制——男女均可继承，不限最年长的男孩——

娜梅莉亚到来前，伊伦伍德诸王是多恩最强大的势力——远远强过当时的马泰尔家族，统治着多恩的半壁江山——而他们至今没有遗忘这件事。马泰尔家族崛起并一统多恩后的几个世纪，伊伦伍德家族最为不服，一直蠢蠢欲动，且数次付诸行动。即便马伦·马泰尔亲王将多恩领与铁王座联合后，该家族仍不甘心，五次黑火叛乱中，他们不下三次起兵为黑龙而战。

伟大的夫人和著名的公主在这里层出不穷，以她们为主题的掌故歌谣也不亚于歌颂骑士和亲王们的。

多恩人还有其他与众不同的习俗。他们不大在意孩子是否婚生，与情妇肆意留下后代。许多领主——乃至伯爵夫人——都有情妇情夫，这是爱情和欲望的选择，而非传宗与联姻的义务。同样出于爱情，男人和男人上床、女人和女人同房也不足为奇；修士们总想将多恩人引上正途，但收效甚微。多恩人的衣食住行也很有特点，气候使得这里的人们喜爱宽松的多层长袍，食物则十分辛辣，火龙椒混合几滴蛇毒的调料让食客嘴里仿佛着了火。

"绿血河孤儿"和其余多恩人（"盐人"、"沙人"和"石人"）不同，他们在娜梅莉亚烧毁船只时流下眼泪，用残骸打造撑篙船，游荡在绿血河上，梦想有朝一日返回洛恩母亲河的怀抱。他们拥有最纯粹的洛伊拿血统，据说仍使用自己的语言——只是在娜梅莉亚之孙莫尔斯·马泰尔二世亲王身后连续三位统治者均予禁止后，转为私下使用。

这三位统治者被称为"红亲王"（其实有两位是公主），其统治期交织着对内对外的战争。他们将撑篙船和渡船连接，打造出聚居点板条镇。板条镇规模渐起后，越来越多的自由贸易城邦船只前来这里，以图便利，为加强防护，亲王们又在旁边建起城堡。

右图｜"龙之怒"期间伊耿一世释放出贝勒里恩的烈火

关于受洛伊拿风俗影响的多恩人在律法和行事方面的特异之处，一个典型事例发生在"血龙狂舞"末期，葛尔丹博士对"淡发"盖蒙的短暂统治有如下记载：

这个幼儿国王将甜吻之屋当作王宫，一道接一道谕令从中传出，一道比一道荒唐。盖蒙宣布男女拥有同等继承权；饥荒时要供给穷人面包和啤酒；凡战争中伤残者，伤残发生时统御其人的领主战后需负责其衣食住行；无论是否有正当理由，殴打妻子的丈夫都要挨打。若弄臣"蘑菇"所言非虚，这些谕令几乎都是国王生母埃西的情妇——一名为沙维妮亚·沙德的多恩妓女——的杰作。

# 多恩对抗巨龙

## 摘自葛尔丹博士的手稿"阳戟城抛出事件"

阳戟城代理城主和"沙漠守护"罗斯比伯爵较多数人幸运。当多恩人涌出影子城,夺回城堡后,他被捆住手脚,拽到长矛塔顶,由年事已高的梅瑞拉公主亲手抛出窗外。

多恩人面对过的最大危机便是"征服者"伊耿及其姐妹带来的威胁。多恩人战斗得如此英勇,但自由的代价也如此高昂,使他们承受了巨大悲痛。放眼七大王国,只有多恩领没有屈服于坦格利安家族,伊耿及其姐妹和继承者们一次又一次想要征服多恩,但都归于失败。

多恩人不在野外和坦格利安大军决战,也不在巨龙到来时死守城堡。伊耿征服时期的多恩公主梅瑞拉·马泰尔从"最后的风暴""怒火燎原"和赫伦堡的结局中汲取教训,当伊耿在征服四年盯上多恩时,多恩人直接从巨龙眼前消失了。

打头阵的是雷妮丝王后,她雷厉风行,在进逼阳戟城途中拿下若干多恩城堡,并驱使米拉西斯火烧板条镇。与此同时,伊耿和提利尔公爵在亲王隘口对付山地诸侯。多恩守军不断伏击、骚扰坦格利安部队,但一见龙飞过便立刻躲藏起来。提利尔公爵的大批手下在进军狱门堡时死于曝晒干渴,活着抵达的却只见一座空城,乌勒家族已举家遁逃。

伊耿较提利尔公爵取得了更多进展,但最大成就也不过是在短暂围城后拿下伊伦伍德城,但城内只有一些老幼妇孺把守,抵抗微弱。连佛勒家族宏伟的家堡天及城也被放弃。托兰家族的魂丘城位于俯瞰多恩

右图 | 米拉西斯之死

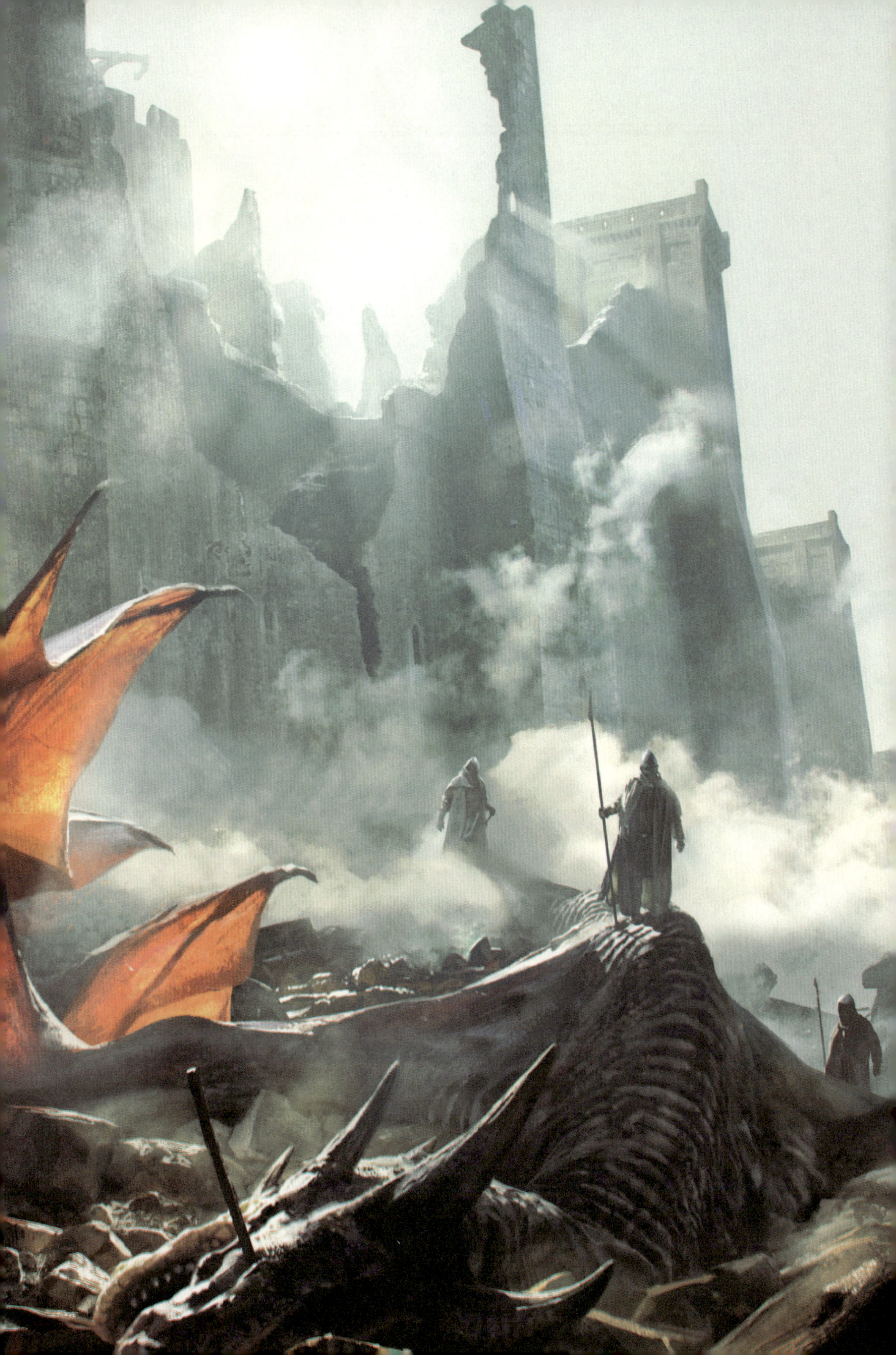

## 摘自葛尔丹博士的手稿

**雷**妮丝·坦格利安在她的龙死后是否还活着始终存在争议。有人说她从鞍上摔下去摔死了，也有人说米拉西斯撞入城堡庭院时将她压在身下。少数资料宣称王后死里逃生，却被关进乌勒家族的地牢，缓缓折磨致死。事情真相也许永远无从得知，但在正式记载中，雷妮丝·坦格利安，伊耿一世国王的妹妹和妻子，于伊耿征服后第十年阵亡于多恩领的狱门堡。

---

海的白垩峭壁上，伊耿看到托兰家族的鬼魂旗在城上飘扬，收到消息说托兰伯爵会派代理骑士来迎战他。伊耿手持"黑火"击毙对手，却发现那不过是托兰伯爵的疯弄臣，伯爵本人趁机带着家人随从撤离了城堡。后来，托兰家族更换家徽：金底上的咬尾绿龙，正是那位勇敢弄臣的服色。

奥里斯·拜拉席恩公爵对骨路的进犯则完全是场灾难。狡猾的多恩人从高处用石块、箭矢和长矛打击敌人，并趁机发动夜袭，最终将骨路前后堵塞。奥里斯公爵及其麾下众多封臣、骑士一道被韦尔伯爵俘获，关押了好多年，直到征服七年才得以用体重相当的黄金赎回。饶是如此，每人却都被砍掉持剑手，再也没法拿起武器与多恩为敌。

除开骨路之战，多恩人都是直接弃城，领主们既不抵抗，亦不屈膝。坦格利安大军最终抵达阳戟城时也是这番景象，梅瑞拉公主（被敌人嘲为"多恩的黄蛤蟆"，但多恩人至今视为英雄）消失在茫茫大漠之中。雷妮丝王后和伊耿国王召集多恩宫中剩下的廷臣和官员，宣告胜利，将多恩领收归铁王座统治。他们留下罗斯比伯爵镇守阳戟城，指派提利尔公爵率机动部队敉平叛乱，自骑巨龙返回君临。但两位坦格利安刚踏入都城，多恩境内就发生叛乱，且规模迅速扩大。各地守军纷纷被屠，负有守土之责的骑士们遭到拷打——这甚至成了多恩诸侯间的游戏，看哪个骑士在千刀万剐中活得更久。

哈兰·提利尔公爵率军从狱门堡出发，意图征服万斯城，夺回阳戟城，但全军消失在沙漠中，杳无音信。经过那片区域的旅人报告说沙丘偶尔会被风卷起，露出骸骨和盔甲残片，但游弋在沙漠深处的"沙人"告诉我们，那片沙漠是数千年来无数战斗留下的坟场，其中的骸骨可能来自任何时代。

征服多恩的战争在"独手"奥里斯及其他断手领主获释后进入野蛮的新阶段。此时的伊耿国王一心渴望复仇，坦格利安家族放出魔龙，烧毁一座又一座拒不臣服的城堡。多恩人以牙还牙，征服八年出师风怒角烧掉半个雨林，洗劫六七个市镇和村庄，冲突随之升级。征服九年，更多的多恩城堡葬身龙焰。征服十年，多恩领展开报复，佛勒伯爵率军夺取并焚毁了边疆地重镇夜歌城，将城主和城中人员劫为人质；乔佛里·戴恩爵士率军来到旧镇城下，大肆蹂蹦城外的田野和村庄。

　　于是坦格利安家族又派出巨龙，将怒火喷向星坠城、天及城和狱门堡。不料在狱门堡，多恩人赢得了对抗巨龙的战争中最辉煌的胜利：米拉西斯的眼睛被弩炮箭矢射穿，它和背上的王后一道从天坠落。巨龙临死前痛苦的挣扎掀翻了城中最高的塔楼和部分外墙。雷妮丝王后的遗体从未送归君临。

　　随后的两年被称为"龙之怒"。伊耿国王和维桑尼亚王后承受着失去挚亲手足的巨大痛苦，多恩领的每座城堡、堡垒和庄园都至少被他们焚烧过一次……除开阳戟城和影子城，个中原因后世只能推测。多恩流传的说法是坦格利安家族惧怕梅瑞拉公主从里斯购买的屠龙秘器，但提蒙特博士在《猜想集》中的设想更可靠，他认为坦格利安家族希望借此挑拨被毁灭的广大地区与几乎未受损失的马泰尔家族的关系。若真如此，这也能解释从边疆地送往多恩各家

上图｜"征服者"伊耿阅读多恩亲王的来信

科　奥伦亲王的女儿与众不同。亚历姗卓拉公主青年登基，自认是娜梅莉亚再世，性情凶悍，鼓励领主和骑士们去边疆地劫掠，以赢得她的青睐；但另一方面，当埃林·瓦列利安在第一次伟大航海中停泊阳戟城、后自落日之海返航再度造访时，公主殿下又为之着迷。

族的那些书信，信中规劝众人投降，声称马泰尔家族已将多恩其他地区出卖给坦格利安家族，以保全自身。

第一次多恩战争进入最后也是最可鄙的阶段。坦格利安王朝为所有多恩领主的人头定下赏格，至少六位领主因此被暗杀——但只有两名暗杀者活到了领赏。多恩人以牙还牙，痛下杀手，连君临城中也不得安宁。费尔伯爵被闷死在妓院，伊耿国王三度遇刺，维桑尼亚王后及其卫队遭到袭击，王后用"暗黑姐妹"杀尽暗杀者之前损失了两名护卫。韦尔城的韦尔做出过更残忍的事，我们在此不想复述；那些事将遗臭万年，幼鹿屯和古橡城更是对此刻骨铭心。

彼时的多恩化为焦土，但多恩人继续躲藏在阴影中，伺机待发，拒不投降，连老百姓都不肯屈服，伤亡不计其数。征服十三年，梅瑞拉公主终告驾崩，大位归于她年老体衰的儿子尼莫尔亲王。受够战争的亲王派女儿戴蕊拉公主率代表团前往君临，献出米拉西斯的头骨作为给国王的礼物。很多人无法接受——包括维桑尼亚王后和奥里斯·拜拉席恩——奥克赫特伯爵建议将戴蕊拉打入最下等的妓院，供所有男人享用，但伊耿·坦格利安国王并未听从，反而倾听了戴蕊拉的请求。

戴蕊拉倾诉了多恩对和平的渴望——但这是两个国家间、并非封君与封臣间的和平。众人力促陛下不从，伊耿堡的大厅里"不降不休"的呼声此起彼伏，大家认为国王若是首肯等同示弱，且将引发受害最深的河湾地和风暴地诸侯的怒火。

据说伊耿国王被众人打动，决心一口回绝，这时戴蕊拉公主将父亲尼莫尔亲笔手书的信件呈给国王。伊耿在铁王座上读完信，人们说他起身时拿信的手紧捏得鲜血直流。他烧毁信件，立刻骑着贝勒里恩回到龙石岛，次日清晨返回君临后同意了和谈，并签署合约。

至今没人知道信上写了什么，众说纷纭，莫衷一是。难道尼莫尔告诉伊耿雷妮丝尚在人世，饱受折磨和摧残，只要伊耿终止战争就能终结她的痛苦？难道信上被施了魔法？或是尼莫尔威胁倾尽多恩财力，雇用无面者来刺杀伊耿年幼的长子继承人伊尼斯？这些问题似乎永远没有答案。

于是和平降临并维持下来，尽管伴随着"秃鹰王"等一系列麻烦。坦格利安王朝还会发动多恩战争，而多恩的掠袭者哪怕在和平时期仍会冲下赤红山脉，劫掠北方和西方更为富饶青翠的土地。

"三城同盟会"与戴蒙·坦格利安王子和"海蛇"在石阶列岛交手期间，科奥伦·马泰尔亲王率多恩人援助"三城同盟会"。"血龙狂舞"中，双方都在拉拢多恩，但科奥伦亲王不愿参与。"多恩曾与龙共舞，"据说他在回复奥托·海塔尔爵士的信中写道，"我宁愿与蝎同眠。"

戴伦一世国王登基后，永久和平条约彻底成为一纸空文，代价有目共睹。"少龙王"征服多恩称得上丰功伟绩，也配得上歌谣与故事的称颂，但只持续不到一个夏天，付出了数万条人命，包括英勇的少年国王自己。重塑和平的使命落在"少龙王"的弟弟兼继承者"受神祝福的"贝勒身上，个中艰辛不言而喻。

后来人称"庸王"的伊耿四世派自己设计的"神龙"进攻多恩则完全不值一提，这自始至终是一桩疯狂蠢行，最后不免沦为笑柄。伊耿之子"贤王"戴伦二世终于把多恩纳入大一统的王国……但并非靠铁与火，而是温声软语，笑脸相迎，两桩精心安排的联姻，加上一份保证多恩领亲王的头衔和特权、尊重多恩当地法律和习俗的庄严条约的结果。

多恩领此后保持与坦格利安家族的紧密联合，马泰尔家族在黑火叛乱时支持王室，并在石阶列岛的"九铜板王之战"中派兵援助。他们的忠心耿耿得到回报，龙石岛亲王、铁王座继承人雷加·坦格利安迎娶阳戟城的伊莉亚·马泰尔公主，与之育有一子一女。若非雷加之父伊里斯二世疯癫日笃，一位拥有多恩血统的王子坐上铁王座是板上钉钉的事，惜哉劳勃起义骤发，雷加王子及其妻儿尽皆葬身。

## 阳戟城

阳戟城有奇特的历史，在马泰尔家族统治早期，其前身是名为沙船堡的矮小丑陋的堡垒，后来周围建起充满洛伊拿风格的华丽高塔——洛伊拿的太阳下嫁马泰尔的长枪，故称阳戟城——太阳塔和长矛塔相继落成，前者拥有巨大的镀金拱顶；后者细长高挑，傲视其他建筑，无论走海路还是陆路，它必定最先映入眼帘。

城堡矗立在小半岛上，三面环海……西面则是影子城。这座多恩人口中的"城"不过是个小镇，且灰尘遍布、丑怪粗鄙。多恩人先依靠阳戟城城墙搭起房屋，后来者又依靠这些房屋再建新的房屋，如此这般，直到影子城达到现在的规模。这里可谓是窄巷和市集组成的特大杂院，充斥着多恩和东方的香料的味道，而多恩人的泥砖房屋在烈日炙烤下依然凉爽。

曲墙的历史在七百年上下，它环绕阳戟城，于影子城中迤逦而过，这三道防御墙足以让最具冒险精神的敌人迷路——只有通过三重曲墙中开出的三重主门才能直达城堡，而三重门必要时均有重兵把守。

上图｜多恩沙漠中的马泰尔家族女士
右图｜阳戟城

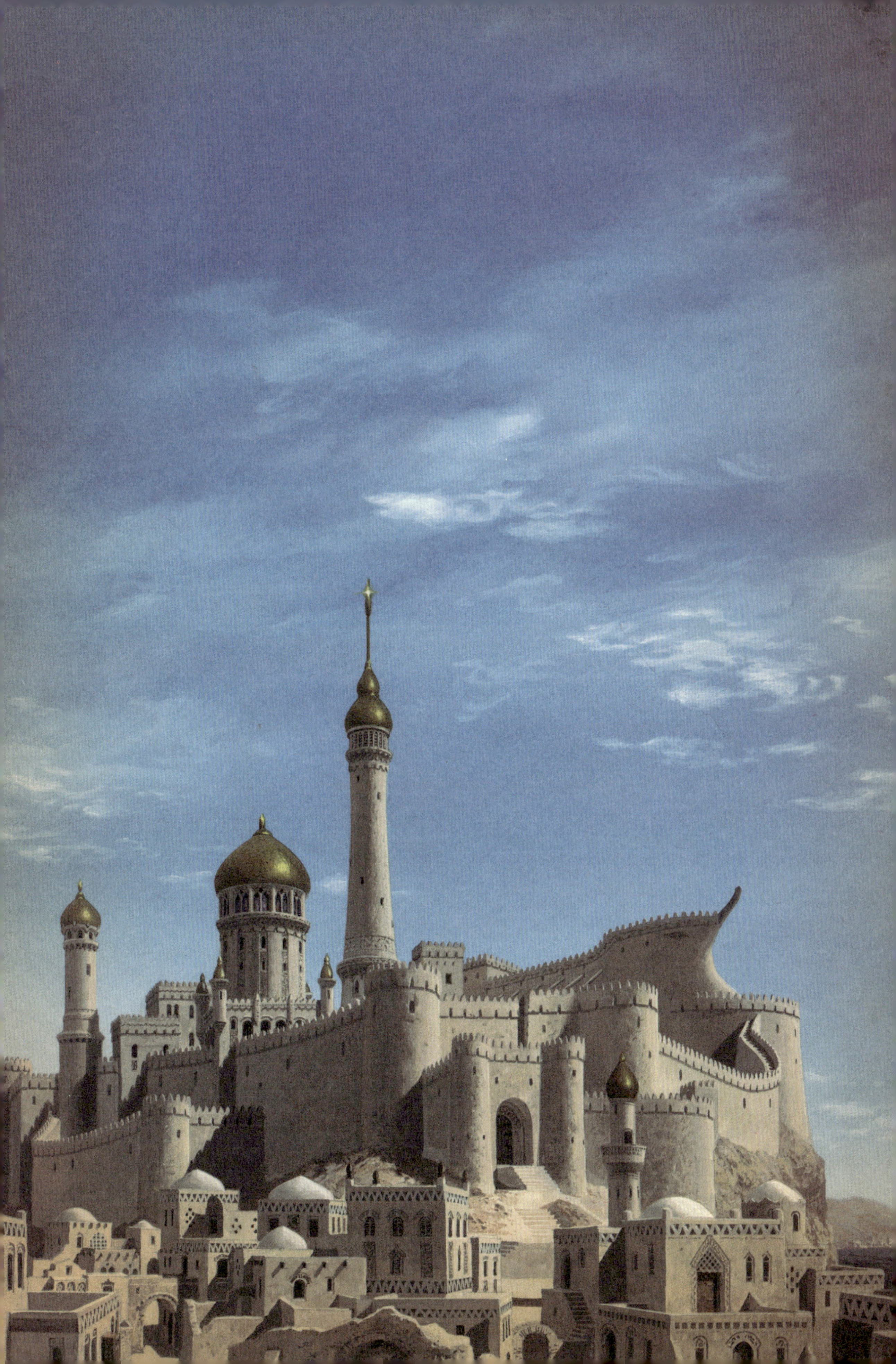

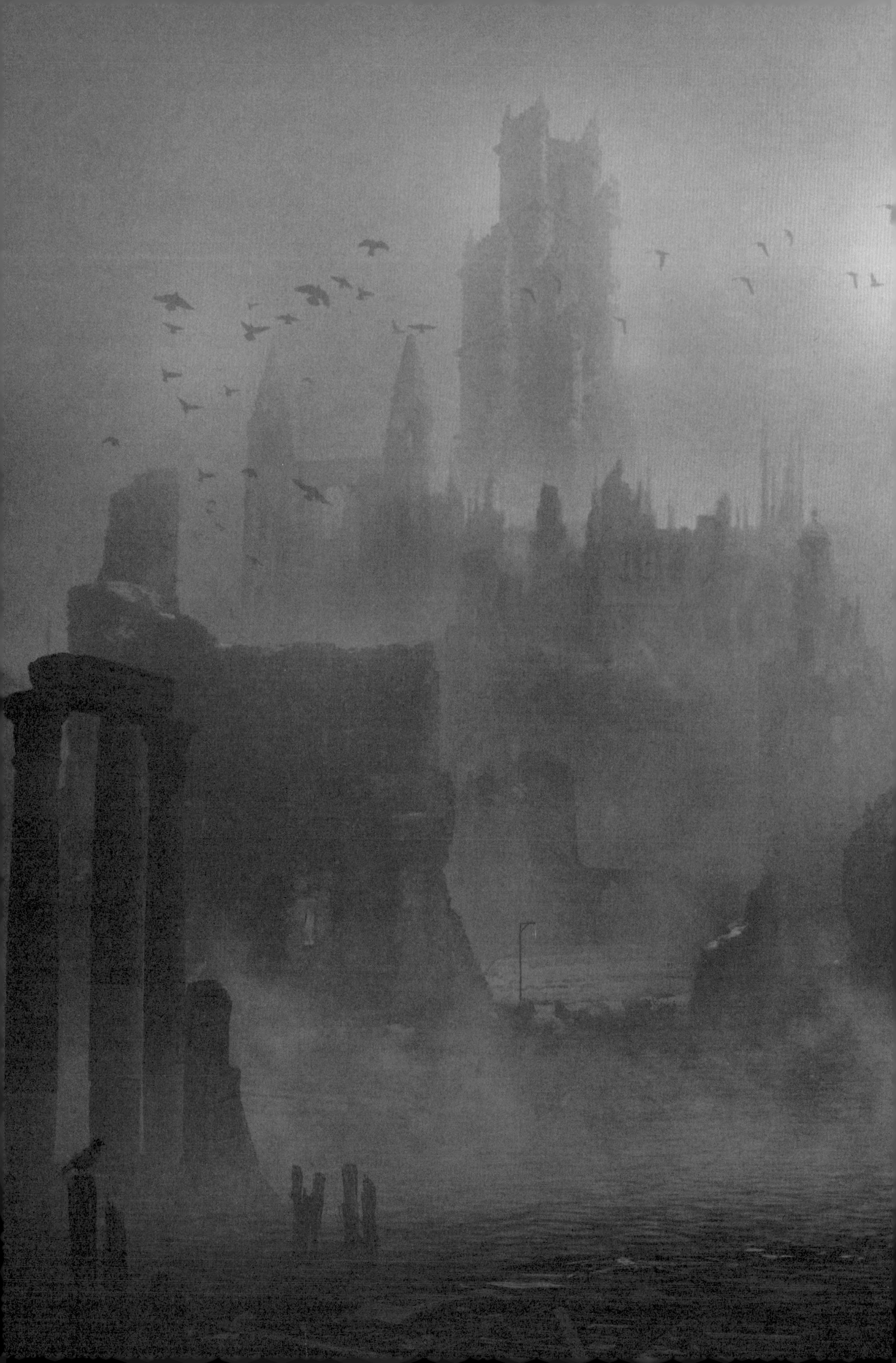

Beyond the Sunset Kingdom

# 日落国度
# 以外

# 其他大陆

维斯特洛不过是世界一隅，无论往东南西北各个方向，都有许多连最睿智者亦不得而知的地点。尽管本书旨在记录七国历史，但忽略海外未免失于严谨——我们至少应该提纲挈领地介绍海外各邦各自与众不同的特点，好让读者理解它们是如何为被称作"已知世界"的织锦贡献纷繁的色彩与纹路的。

但很遗憾，离这片被东方人称为日落国度的大陆越远，学城的知识储备就越少。厄斯索斯大陆某些遥远的区域与我们交往甚少，索斯罗斯大陆的南部和乌尔特斯大陆的远端我们更所知有限，至于孤灯岛和落日之海对面的世界，我们一无所知。

同样尴尬的是，时间同距离一样影响深远。就连维斯特洛本身，越是古老的文明，就越是难于考证。因此，我要完全略过已然消失的瓦雷利亚文明和老吉斯文明，以及如今这两大文明的子遗——有关它们的最重要的事迹，我已在书中其他部分提及。至于神秘的魁尔斯，除了玉海周边陆地的最重要著作柯洛阔·弗塔的《玉海概述》外再无更好的资料来源，因此也基本略过不表。

异国他乡亦有些许消息可供分享……但务必注意，这些消息大多来自旅人的掌故、传说等，读者应以恰当的眼光看待。

让我们从身边最熟悉的邻居——自由贸易城邦——开始。自古以来，诸城邦的学者和总督们记录下自己的历史，乃至可一直上溯到它们作为自由堡垒的建立之时。也正是通过这些记录，今人得以一窥瓦雷利亚人到来前的历史。

前页 | 迷雾笼罩的洛伊拿"节庆都市"查约恩的废墟

研究古代记录，为难的是不同文化对日、季、年的不同记载。瓦格拉姆博士在名著《时间测算》中深入探讨了这个问题，但对于如何将古代记录的日期转换为当前的计算标准，仍旧莫衷一是。

上图｜自由贸易城邦的钱币：（首行从左至右）布拉佛斯、潘托斯、里斯、密尔、泰洛西；（次行从左至右）瓦兰提斯（正反面）、诺佛斯、科霍尔、罗拉斯

# 自由贸易城邦

狭海对岸辽阔的厄斯索斯大陆，孕育了无数奇妙、独特而古老的文明。其中有的延续至今，顽强生存；有的早已消逝，化为传说。这些文明大多太过遥远，与七国人民几无联系——或许除了前往陌生海域博取财富与功名的莽撞水手。

九大自由贸易城邦却是我们的亲密邻居兼主要贸易伙伴，其历史也与我们密切相连。若干世纪中，狭海上商船往返，带来上等的织锦、清澈的透镜、精美的蕾丝、异域的水果、奇特的香料等无数珍贵货物，换取金子、羊毛及其他产品。无论在旧镇、君临、兰尼斯港，乃至从东海望到板条镇的每个港口，均可见自由贸易城邦的水手、银行家和商人在买进卖出，讲述海外的故事。

九大自由贸易城邦各有其历史和特质，语言也不尽相同——尽管都是从原本纯粹的高等瓦雷利亚语中变生出来，但"末日浩劫"毁灭自由堡垒后，随时间流逝差别日益明显。

九大自由贸易城邦有八个是瓦雷利亚骄傲的女儿，仍由数百乃至数千年前最初建城的殖民者的后代统治，依旧十分推崇瓦雷利亚血统。但第九个城市例外，"百岛"上的布拉佛斯是由自瓦雷利亚主人手中逃脱的奴隶建立，据说首批居民来自阳光下的所有土地。时光流转，布拉佛斯人不计种族、信仰、语言地互相通婚，终于形成全新的混血人种。

我们提到"九大"自由贸易城邦，其实在厄斯索斯大陆还有许多瓦雷利亚市镇、居民点及前哨站，其中有些比海鸥镇、白港乃至兰尼斯港都大。让这九座城市脱颖而出的并非大小，而是起源。在"末日浩劫"前瓦雷利亚人的鼎盛时期，其他城市，如玛塔里斯、维隆瑟斯、奥罗斯、特利亚、丹科尼斯、埃利亚、弥莎菲尔、洛约斯和阿奎达赫都堪称恢宏、壮丽且富饶，但无论多么不可一世、实力多么雄厚，它们却没有自治地位，由瓦雷利亚派来的男女官员以自由堡垒的名义统治。

以瓦兰提斯为首的自由贸易城邦并非如此。尽管它们脱胎于瓦雷利亚，但从一开始就保持与母城的独立。除布拉佛斯外，诸城皆是忠顺的女儿，既未对瓦雷利亚开战，亦不会在任何大事上违逆龙王们。它们与母城保持忠实同盟和贸易伙伴的关系，危急时刻还会寻求长夏之地的领导，但可自行决断日常事务，由自己的祭司、亲王、大君或执政官施政。

# 罗拉斯

自由贸易城邦罗拉斯位于厄斯索斯大陆以北、临近罗拉斯湾口的一群低矮石岛中最大岛的最西端。该城邦的势力范围包括由三个主岛、二十多个小岛和礁岛（几乎都无人居住，唯有海豹和海鸟在上面安家）组成的岛群及其以南森林茂密的半岛。罗拉斯还宣称享有罗拉斯湾的水域，但布拉佛斯的渔船队、伊班岛的捕鲸船和捕海豹船常常进入海湾，罗拉斯人却没有实力来阻止。

罗拉斯的势力曾远达东方的斧头半岛，但千百年间山河日下，如今只能掌控罗拉斯湾的南岸和东岸，西岸已被布拉佛斯控制。

罗拉斯在九大自由贸易城邦中最小、最穷、人口最少，不算布拉佛斯的话，还是最靠北的。由于远离贸易航线，它也在瓦雷利亚的女儿中最为孤立。尽管罗拉斯控制的岛屿荒芜贫瘠，但周边水域有大片浅滩，聚集了大量到湾内繁殖的鳕鱼、鲸鱼和灰海兽，而那些礁岛和海岩柱也成为海象和海豹的栖息地。腌鳕鱼、海象牙、海豹皮及鲸油是这座城市主要的贸易出产。

古时，这片岛屿居住着一个被称为"迷宫建筑者"的神秘种族，但其早在真正的历史开端以前就消失了，仅余骸骨和所建的迷宫。

"迷宫建筑者"消失后的若干世纪，尚有其他种族生活在罗拉斯。某段时期，岛上栖息着一个瘦小、黝黑、多毛的人种，乃是伊班人

---

"**迷**宫建筑者"的建筑由石块雕凿搭建，占地极广，结构复杂，且散布于罗拉斯诸岛各处——甚至有一座迷宫在罗拉斯以南、厄斯索斯大陆的半岛上被人发现，它业已被杂草淹没、沉陷下去。罗拉松是诸岛中第二大岛，岛上四分之三的地表被巨大迷宫覆盖，地下还有四层，某些通道可达五百尺深处。

对于迷宫的修建目的，学者们争论不休。它们是防御工事、庙宇、市镇？还是有其他更古怪的目的？"迷宫建筑者"没留下文字，我们无从知晓。骸骨显示他们比人类高大强壮，但比不上巨人，有人推测"迷宫建筑者"是人类男性和女巨人杂交所生。我们不清楚其消失的缘由，尽管罗拉斯传说中提到他们被来自海洋的敌人毁灭：某些版本的故事说是人鱼所为，另一些故事归咎于海豹人和海象人。

的近亲。这些渔人沿岸居住，避开古人留下的巨大迷宫，后来被从安达斯向北徙往罗拉斯湾沿岸、又乘长船横渡海湾的安达尔人取代。披挂锁甲、手持长剑战斧的安达尔人横扫诸岛，以七面一体神的名义屠杀岛上的多毛人种，奴役其女人和孩童。

很快，每座岛屿都有了自己的国王，最大的岛上甚至有四位。安达尔人是个好战民族，他们在接下来一千年里内斗不休，最终一位自称"伟人"科尔龙的战士一统诸岛。关于那段时期的粗略记载中说，他在罗拉松岛上广阔阴森的迷宫中心建了一座巨大的木堡垒，并用亲手所杀之敌的头颅装饰大厅。

科尔龙梦想成为所有安达尔人的王，于是一次又一次地向安达斯的小国王们开战。经过二十年征讨，"伟人"科尔龙的国度大为扩张，西至如今布拉佛斯所在的礁湖，东至斧头半岛，南达上洛恩河和娜恩河的源头。

但他向南的扩张不仅引发与其他安达尔国王的冲突，还与娜恩河边的自由贸易城邦诺佛斯陷入缠斗。诺佛斯人封锁河流来对抗他，于是科尔龙离开迷宫中的厅堂，亲自领军进攻，并在山丘间的两次激战中奏凯。可惜他被两场胜利冲昏了头脑，继续进军诺佛斯城。诺佛斯

人向瓦雷利亚求援，尽管隔着安达尔人和洛伊拿人的领地，自由堡垒依然前来保护最遥远的女儿。

对力量如日中天的龙王们来说，距离完全不是问题。据《自由堡垒之火》记载，一百头魔龙飞上天空，沿大河向北，突袭围困诺佛斯的安达尔人。"伟人"科尔龙和他的军队一起葬身火海，龙王们随后继续北上，将血与火带到罗拉斯诸岛。科尔龙的宏伟堡垒被付之一炬，岸边的市镇和渔村也难逃劫难，连巨大的石头迷宫都被席卷岛屿的火风暴烤得焦黑。据说在"罗拉斯的毁灭"中，灼热的火焰夺去了所有男女老少的性命，无人幸免。

随后的一个多世纪，罗拉斯诸岛无人居住，海豹和海象大量繁殖，螃蟹在烧焦的寂静迷宫中爬进爬出。伊班港驶出的捕鲸船会在此抛锚，修补船体或寻找淡水，却不敢探索内陆，因传言岛上闹鬼，而伊班人也认为远离大海声音者必遭诅咒。

最终返回岛上生活的却是瓦雷利亚人。"末日浩劫"发生的一千三百二十二年前，一个宗教异见教派离开自由堡垒，在罗拉斯诸岛的主岛上建起庙宇。

新罗拉斯人信仰盲神博阿西。博阿西信徒供奉唯一的神，不吃肉喝酒，赤脚踏遍天涯，仅穿粗毛衬衣和兽皮。他们的祭司受过阉割，头戴遮眼兜帽，以表对神祇的尊从——他们相信唯有在黑暗中才会睁开第三只眼睛，得以窥见隐藏在世界的表象背后造物的"至高真理"。博阿西信徒认为生命均是神圣且永恒的：不仅男女平等，而且领主和庶民、富翁和穷人、奴隶和主人、人类和野兽都一样，具有同等价值，

都是神的造物。

他们教义的核心点之一是绝对的自我克制：人若想具有神性，则必须放弃人的虚妄。博阿西信徒为此甚至改变称呼，不自称"我"或"我的"，而称"某人"或"某女"。尽管盲神教派早在一千多年前就已萎缩消亡，但罗拉斯人至今这么说话，那里的贵族男女认为直呼自己十分粗鄙。

盲神及其信徒把上古时代的罗拉斯居民留下的古老迷宫改造成市镇、庙宇和坟墓，统治诸岛七十余年。但随着时间流逝，不同信仰的人也渡过海湾，猎捕海豹和海象，打捞鳕鱼，其中一些选择留下，于是小屋和茅舍在海边滋生，并形成村庄。伊班、安达斯或其他陌生土地的人来到这里，自瓦雷利亚及其骄傲的女儿们怀中逃出的自由民和奴隶也把罗拉斯诸岛当作避难所，因盲神的祭司宣扬众生平等的道理。在诸岛中最大岛的最西端，有三个村庄人丁兴旺、繁荣昌盛，于是合并为镇子，又过了些年月，石头房子取代抹灰的篱笆陋屋，市镇演变成城市。

这批崭新的罗拉斯人起初唯先来此地的博阿西信徒马首是瞻，若干年里，罗拉斯诸岛一直由盲神的祭司治理。但一段时间后，新来者愈多而信徒渐少，对博阿西的供奉日益衰微，剩下的祭司变得越来越世俗和腐化，他们不再穿着粗毛衬衣和遮眼兜帽，舍弃了信仰，并因对普罗大众课以重税而发财致富、赘肉横生。终于，渔民、农夫及其他百姓揭竿而起，打破博阿西的桎梏，盲神残余的侍僧皆被屠戮——只有极少数祭司逃到罗拉松岛的巨大迷宫庙宇中得以幸免，他们在里面生活了近一个世纪，直到最后一人死去。

推翻盲神祭司后，罗拉斯依瓦雷利亚制度成为自由堡垒，由三位亲王组成的议政团执政。丰收亲王由诸岛拥有地产者选出，渔民亲王由所有船主选出，街道亲王由罗拉斯城中所有自由民选出。亲王一旦当选，终身任职。

三位亲王的职位延续至今，但已成为纯粹的名誉头衔，实权则操于贵族、牧师和商人组成的总督议会之手。罗拉斯的偏僻孤立使它避开了"流血世纪"的纷争，除开少数人前往布拉佛斯和诺佛斯去当佣兵。

如今，人们普遍认为罗拉斯在九大自由贸易城邦中最不值得关注，因它最贫穷、最孤立也最落后。该城邦尽管拥有大批渔船，但战舰屈指可数，武装力量不值一提。罗拉斯人甚少离开本土，到过维斯特洛的更少之又少，他们更愿意同邻居诺佛斯、布拉佛斯和伊班贸易。

前页 | 罗拉斯迷宫中的盲神祭司

# 诺佛斯

　　自由贸易城邦诺佛斯位于洛恩河最大支流之一的娜恩河的东岸。其上城位于高耸的石崖上，有坚固石墙环绕；下城铺展在三百尺下泥泞的河滨，由护城河、壕沟和一道覆满青苔的木栅栏保护。诺佛斯古老的贵族阶级住在上城，接受宏伟的要塞神庙中的大胡子僧侣统治；穷人则苟活于河畔林立的码头、妓院和啤酒厅之间。连通城市两大部分的是一段巨型阶梯，名为罪人阶梯。

　　诺佛斯人称自己的城市为"伟大的诺佛斯"，城市周围环绕着层叠的石灰岩山丘及幽深阴暗的森林，森林里生长着橡树、松树和山毛榉，也有熊、野猪、狼等野兽及各种猎物。该城邦的势力范围东至暗流河西岸，西至上洛恩河，其河上划桨战舰控制了娜·萨星的废墟——那是娜恩河与洛恩河的交汇处——以北的整条娜恩河。"伟大的诺佛斯"甚至对颤抖海边的斧头半岛宣示主权，虽然经常为此与伊班人发生流血冲突。

　　诺佛斯人在城市周边的梯田上耕种，而在离诺佛斯城较远的地方，人们居住在坚固的木栅栏围起的庄园或高墙环绕的村庄里。这里的小河湍急多石，绵延不断的山丘内部有蜂巢般的洞穴，其中许多住着北方十分常见的棕熊，也有一些生活着红狼或灰狼的族群。某些洞中能见到巨人的骨头和若干纪元前的居民留下的

---

**某**些学者指出，或许龙王乃是狂妄的无神论者，认为自己的力量强过一应男女诸神。他们可能将祭司和神庙当作原始社会的遗留，好在可兹利用，通过许诺美好的来生来有效慰藉"奴隶、蛮子和贱民"，而众多神祇足以让下等人产生意见分歧，减少联合在一面大旗下推翻强者的可能性。故此宗教宽容对他们来说，也许不过是保证长夏之地和平的手段而已。

诺佛斯只有僧侣可留全须，自由民无论高贵低贱，都喜留不加修饰的八字长胡，而奴隶和女人必须剃光胡须。诺佛斯女人甚至会剃光全身毛发，但贵族女士会戴假发，尤其在和异国他乡的男人接触时。

壁画。诺佛斯城西北方上百里格远有一处洞府极大极深，乃是传说中地下世界的入口——"长腿"洛马斯造访过那里，并在《奇迹》中将其列为世界七大自然奇迹之一。

尽管如今"伟大的诺佛斯"把控着洛恩河源头，但诺佛斯人并非古时统御这条大河的洛伊拿人的后代。和其他自由贸易城邦一样，诺佛斯是瓦雷利亚的女儿。但在瓦雷利亚人到来前，另一个民族生活在如今诺佛斯伫立的娜恩河畔，并建起简陋村庄。

这些先人是谁？有人认为他们和罗拉斯的"迷宫建筑者"同宗，但可信度不高，因他们用木材建筑，而非石头，亦未留下神秘迷宫；还有人说他们是伊班人的分支。但更多人相信他们就是安达尔人。

不管最初的诺佛斯人系出何源，其居民点已荡然无存。传说他们遭到东方来的长毛人攻击——这应是伊班人的近亲——被迫离开娜恩河。后来入侵者被传奇的娜·萨星亲王灰加利斯撵走，但洛伊拿人并未在此逗留，他们喜欢洛恩河下游的温和气候，厌恶丘陵地的阴沉天空和凄冷山风。

我们今日所知的自由贸易城邦诺佛斯，跟它的姐妹城市罗拉斯与科霍尔一样，最初由来

自瓦雷利亚的宗教异见教派建立。自由堡垒全盛时建有百种神庙，其中有的信徒成千上万，有的信徒寥寥，但瓦雷利亚不禁止任何信仰，也不让某种信仰高于其他。

许多瓦雷利亚人信仰不止一个神，按需选择不同神祇，而据说更多人根本不信神。绝大多数瓦雷利亚人认为信仰自由是先进文明的真正标准，但也有少数人觉得胡乱供奉神灵是世间悲剧的根源。"尊荣所有神等于一个神都不敬"，光之王、红神拉赫洛的先知发表过这句著名言论。正因如此，自由堡垒全盛时也容纳了许多崇拜唯一的男神或女神，认为他人信者皆是虚伪偶像、骗子或恶魔的狂信徒。

这样的教派在瓦雷利亚有数十个，有时彼此吵得不可开交。于是不可避免地，某些教派无法容忍自由堡垒的宽容，渴望外走荒野，建立自己的城市，以便在那些"圣城"中实践"真正的信仰"。我们已提到盲神博阿西的信徒建立了罗拉斯及其后的作为；科雷尔由被直呼为"黑山羊"的残酷神祇的信徒建立，下文即将涉及；建立诺佛斯的教派则十分古怪，可谓比前两者更离奇、更隐秘，连神的名字都只告知入会者。但这无疑是位严苛的神，侍僧们只穿粗毛衬衣和未经处理的兽皮，并将鞭打作为修行的一部分，且一旦入会，就不可剃须剪发。

始建至今，"伟大的诺佛斯"始终奉行神权统治，由大胡子僧侣主导，僧侣们又执行着神的指令。神从要塞神庙的深处发出指示，而只有真正的信徒能进入并生活在那里。尽管城市有总督议会，但其成员乃是神授意僧侣选出的。为保人民恭顺，维持城市和平，大胡子僧侣豢养着一支神圣的奴隶卫队，卫兵们作战勇

---

佩雷斯坦博士注意到诺佛斯人赋予斧子的重要含义，视其为权力、力量和意志的象征，他认为这可作为诺佛斯最早的定居者便是安达尔人的证据。或许大胡子僧侣建立"伟大的诺佛斯"时从废墟发掘中看到了这个标志。佩雷斯坦博士进一步指出，在征服七大王国的圣战士们青睐的符号中，双刃斧仅次于七芒星。

哈慕恩博士在《石刻》一书中收集了谷地的此类雕刻。从五指半岛到明月山脉，乃至巨人之枪下的艾林谷，到处都发现了七芒星和斧子的标记。哈慕恩推测，随时间推移，安达尔人对七芒星的崇拜更加狂热，而同为信仰象征的斧子渐渐没落。

值得一提的是，并非所有人都认为这些雕刻代表斧子。依夫林学士反驳说，哈慕恩称为是斧子的标记实际是锤子，代表铁匠。至于这些"锤子"的形象参差不一，他则解释为安达尔人是战士而非工匠。

---

左图 | 荣耀诺佛斯人尊奉之神的游行队伍

猛，胸前烙下双刃斧标，并举行仪式迎娶用于战斗的长斧。

在旅行者的描述中，诺佛斯上城是个阴冷灰暗的地方，夏日闷热，冬日苦寒，凄风阵阵，祷告不断；讨河人的陋屋、妓院和酒馆林立的下城更有活力，在此远离僧侣和贵族们的视线的诺佛斯下等人可大啖牛羊肉和河鱼，并用劲道的黑啤酒和发酵羊奶冲下肚，一边观看狗熊跳可笑的舞蹈，或在点着火把的地窖里（根据流言）欣赏女奴与狼交媾。

介绍"伟大的诺佛斯"不能不提到城市的三口洪钟，钟声约束着城市生活的方方面面：何时起床，何时入睡，何时工作，何时歇息，何时拿起武器，何时祈祷（这很频繁），甚至何时允许肉体交合（若传说属实，次数非常少）。每口钟都有独属的"嗓音"，并为土生土长的诺佛斯人熟知。三口钟分别叫做努姆、那拉和尼尔；"长腿"洛马斯对它们特别着迷，甚至将其列入九大人造奇迹。

# 科霍尔

诺佛斯和罗拉斯的姐妹城邦科霍尔比它们更为神秘和险恶。自由贸易城邦科霍尔在瓦雷利亚诸女儿中最靠东,建于琴恩河畔,位于广袤、幽暗的原始森林西端,这片全厄斯索斯最大的森林正得名于该城。

民间传说——远至维斯特洛亦如此传说——有时将科霍尔称作"法师之城"。很多人相信这里至今盛行黑暗伎俩,他们悄悄谈论这里的占卜术、血魔法和死灵术,尽管甚少有证据支持。有一点毋庸置疑:科霍尔尊奉的被称为"黑山羊"的黑暗神祇每日都要活物供奉,小牛、阉牛和马最常放上"黑山羊"的祭坛,但在神圣的日子,也会有已被定罪的犯人死在蒙头祭司的小刀下,而据记载,在危急时刻或紧要关头,城市的高等贵族甚至会献上自己的孩子来取悦神祇,让他保卫城市。

科霍尔的财富主要来自周边森林。城市的历史记载揭示,最早的居民点是一个伐木营地——时至今日,科霍尔最出名的也是猎人和木工——洛恩河下游光鲜的城市和不断扩张的镇子亟需木材,而其自有的森林早已萎缩,乃至伐尽后开垦成田地和农场。于是每天都有大驳船满载木材,离开科霍尔的码头,沿漫长航线南下,经琴恩河至匕首湖,再前往赛荷鲁镇、瓦利萨镇、维隆瑟斯镇和古瓦兰提斯各地的市场。

科霍尔森林也出产各类皮毛,其中许多世上罕见,精美贵重,此外还有银、锡和琥珀。根据学城的地图和卷轴,广袤的森林从未被完全探索,其深处很可能隐藏着更多秘密和奇迹。和许多北方森林相似,科霍尔森林有众多麋鹿和鹿,还有狼、树猫、庞大无比的野猪、斑点熊,甚至有一种狐猴——狐猴生活在盛夏群岛和索斯罗斯,往北方极罕见,据说科霍尔森林的狐猴有银白皮毛和紫眼,有时被称为"小瓦雷利亚人"。

科霍尔匠人亦声名远播。这里的织锦主要由城中女人和孩子编织,几乎和密尔织锦一样

---

**关**于科霍尔森林的狐猴,学城有一具经过填充、风干、装裱好的标本,但许多有幸欣赏到它的人为求好运加以抚摸,导致其上皮毛早已掉光。

**勃**尔学士旅居自由贸易城邦的若干年中写下关于科霍尔铸造术的论文，记述了那些秘密保守得多么严格：由于打探太过频繁，他三次遭受公开鞭刑，并被驱逐出城，最后一次还以偷盗瓦雷利亚钢武器的罪名砍掉一只手。据勃尔说，他最后被逐的真正原因是发现科霍尔铁匠用血祭——甚至杀死婴儿奴隶——来打造匹敌自由堡垒武器的产品。

上图｜"黑山羊"的祭台

精美，却较为便宜。这里的市场上有过于精致（乃至让人害怕）的木雕，铁匠的手艺则无与伦比——科霍尔的长剑、匕首和盔甲比维斯特洛城堡中铸造的最好作品还优秀，当地人精通如何将颜色浸入金属的手艺，使得盔甲和武器拥有持久的美。全世界只有科霍尔还保留着重铸瓦雷利亚钢武器的技术，个中秘密绝不外传。

科霍尔还因身为通往东方的门户而闻名。前去维斯·多斯拉克乃至骸骨山脉彼端的传奇之地的商旅，在进入幽深的森林、萨洛尔王国的遗址和广袤的多斯拉克草原前，都要在科霍尔休整补给。同样，自东方返回的商旅也要先经科霍尔，洗去一路风尘，并贩售所获。垄断东西方过境贸易使得科霍尔成为最富有的自由贸易城邦之一，且是其中最具异域风情的（不过据说在萨洛尔王国覆灭前，该城邦的财富十倍于今）。

坚实的石城墙保护着科霍尔，但其市民并不好战，他们是商人而非战士。除一支小型守备队，城防都托付给奴隶——人称无垢者的太监步兵军团，由奴隶湾沿岸的吉斯卡利古城阿斯塔波培育训练。瓦雷利亚"末日浩劫"后的"流血世纪"中，瓦兰提斯人妄图将所有城邦踏在铁蹄之下，于是科霍尔和诺佛斯联手抗敌。自那时起，这两座城邦结盟多于敌对，尽管众所周知，诺佛斯的大胡子僧侣认为科霍尔的"黑山羊"是恶魔，本质尤为奸邪。

四百年前，一位名叫特莫的多斯拉克卡奥率五万野蛮的骑手从东方袭来，三千无垢者在科霍尔的大门前抵御了至少十八次冲锋，最终杀死特莫卡奥，其继承者命部众割下发辫，扔到幸存的无垢者脚下。从那时起，科霍尔就依靠无垢者来保卫城市（危急时也会请来佣兵团，并赠送礼物给多斯拉克卡奥，以打发对方）。

# 不睦的女儿们：密尔、里斯和泰洛西

东部的自由贸易城邦——罗拉斯、诺佛斯和科霍尔——和维斯特洛甚少贸易，其余城邦则不然。布拉佛斯、潘托斯和瓦兰提斯均是拥有良港的港都，以贸易为生命，船只航往世界各地，从远东的夷地、雷岛、阴影之地旁的亚夏到维斯特洛的兰尼斯港和旧镇。这些城市各有其习俗和历史，乃至有自己的神祇——尽管拉赫洛的红袍祭司在各地均有影响力，有时甚至能左右局势。数世纪来，它们不断竞争，争执和战争也可谓——事实的确如此——不胜枚举。

密尔、里斯和泰洛西亦是如此，这三个不睦的女儿为争夺霸权进行的永无休止的拼斗，甚至经常将维斯特洛的国王和骑士们卷入。这三座城市分布在辽阔丰饶的厄斯索斯之"踵"周围，那海角分割夏日之海与狭海，曾是与维斯特洛大陆连接的陆桥的一部分。要塞城市泰洛西位于石阶列岛东北端，该岛链是多恩之臂沉没的残余；密尔在大陆上，古代的瓦雷利亚巨龙大道在这里与被称作密尔海的广袤宁静的海湾相遇；里斯在南方夏日之海中一个小群岛上。这三座城市都宣称对它们中间的土地拥有部分（或全部）主权——这片土地如今称为争议之地，因密尔、里斯和泰洛西之间的划界尝试统统归于失败，三者为争夺领土爆发过难以计数的战争。

所有自由贸易城邦中，这三座城市在历史、文化、习俗、语言和宗教上最相似。它们都是由高墙和雇佣军守卫的商业城市，看重财富多于血统，经商比从军光荣。里斯和密尔由总督议会统治，总督从城内最富有高贵的人中选出；泰洛西由一位大君执政，但大君亦是选自相似的总督议会成员。三者皆为奴隶制城邦，奴隶人数为自由民的三倍；三城也皆为港口，大盐海是它们赖以生存的血液。这三个女儿和母城瓦雷利亚一样没有固定信仰，形形色色的神庙和神龛林立在街道和水滨。

长久的竞争致使它们彼此敌意深种，数世纪来分多合少，战争不断——这点无疑对维斯特洛的领主和国王十分有利：这三座强大富有的城市倘若联手，将成为危险可怕的邻居。

里斯是最漂亮的自由贸易城邦，拥有可能是整个已知世界最宜人的气候。它所在的岛屿凉风习习，暖日融融，土地丰饶，棕榈树和果树枝繁叶茂，四周荡漾的碧波下更有丰富鱼群。"可爱的里斯"是古瓦雷利亚龙王们打造的休假地，用来在世外桃源放松身心，享受醇香美酒、可人美女及轻松音乐，然后再回到自由堡垒的火山下。今日里斯仍是"肉体的盛宴，灵魂的良药"，其青楼闻名世界，落日的景色据说更是绚烂无匹。里斯人自身也很漂亮，因他们血管中流淌的古瓦雷利亚血液比已知世界任何地方都要浓厚。

上图 | 窑尔女商人

泰洛西总体而言更为刚硬，因其源于军事前哨站——内城墙为熔化的龙晶可兹证明。瓦雷利亚的记录说明最初建立这座堡垒是为控制途经石阶列岛的航线，然而要塞在嶙峋荒凉的石岛上落成没多久，周边水域就发现了独特的海蜗牛。这些蜗牛能分泌一种物质，处理得当便成为深红近黑的染料，该染料很快在瓦雷利亚贵族中流行起来。由于这种蜗牛别处难寻，于是商人大量涌入泰洛西，只一代人时间，前哨站就成长为大城市。泰洛西染工很快学会了改变蜗牛的饮食来制造绯红、深红及深蓝色的染料，接下来几个世纪，他们还发明了其他上百种色相和深浅各异的染料，有些通过自然方法，有些通过炼金术。鲜艳的衣物赢得了全世界领主和王子们的青睐，而制造它们的染料统统来自泰洛西。该城邦因此变得富有而格调浮夸，乐于装扮华丽外表，男女都爱把发须染成夸张而不自然的颜色。

密尔的起源则较为隐秘。一些学士认为密尔人与洛伊拿人同宗，因许多当地人有与河民相同的橄榄色皮肤和黑发，但这种推测十分牵强。另有确切线索表明今日密尔伫立之地在黎明纪元和"长夜"时期有另一座城市，由业已消失的古老民族建立，不过如今我们所知的密

下图 |"三城同盟会"会议

在"边陲之战"中打败瓦兰提斯后,密尔、里斯和泰洛西曾短暂结盟,三城联合的真正实力得以展现。征服九十六年,三座城市共同承诺永久友好关系,缔结"三城同盟会",在维斯特洛,该同盟通常被称为"三女儿的王国"。"三城同盟会"的建立旨在肃清石阶列岛的匪徒海盗,最初得到七大王国和其他地区的一致欢迎,因海盗滋生严重影响贸易。"三女儿的王国"很快打击了海盗,但其控制石阶列岛及其中水道后却向往来船只收取越来越高的通行税,贪婪程度甚至迅速超越被赶走的海盗——尤其是当里斯人要求用俊男美女作过路费时。

"三城同盟会"一度不敌科利斯·瓦列利安和戴蒙·坦格利安的联盟,失去泰半石阶列岛,但维斯特洛人很快陷入内斗,于是"三女儿的王国"卷土重来——直到里斯的海军上将被共同追求著名交际花"黑天鹅"(她是史文伯爵的侄女,后成为里斯的实际统治者)的情敌谋杀后,引发一系列内讧导致同盟崩溃。三座城市的对手——布拉佛斯、潘托斯和罗拉斯——相互结盟也加速了"三女儿的王国"的终结。

上图丨里斯贵妇

韦塞里斯·坦格利安二世之妻是里斯的拉腊·罗佳尔夫人，他们育有伊耿四世国王（"庸王"）和"龙骑士"伊蒙王子。拉腊是身怀瓦雷利亚血统的大美人，十九岁时嫁给小她七岁的王子，其父立桑卓·罗佳尔领导着这个富有的银行家族，而依靠与坦格利安王朝的联盟，家族事业进一步兴旺发达。立桑卓成为终身第一总督，被捧为"伟大的"立桑卓，其弟德拉泽科是多恩执政的亚历姗卓拉公主的配偶。但兄弟俩在一日之内相继去世，于是罗佳尔家族在里斯和七大王国都开始失势。

　　立桑卓的继承人立桑罗花费巨资追逐权力，陷入与其他总督的争斗，其兄弟姐妹亦卷入争夺铁王座的阴谋。立桑罗·罗佳尔失势后，在贸易神庙前被他得罪过的人鞭打至死，其兄弟姐妹虽受惩罚，但得以保命，其中一位——摩雷多·罗佳尔，持有瓦雷利亚钢剑"真相"的战士——后率军与里斯为敌。

尔是一群瓦雷利亚商人冒险家在一个有围墙保护的安达尔市镇的故址建立的，镇内原住民遭到他们的屠杀或奴役。从一开始，贸易便是密尔的命脉，密尔船在狭海来往穿梭。密尔的匠人——多为奴隶出身——同样闻名遐迩，这里出产的蕾丝和织锦据说价值等重的黄金和香料，密尔透镜更是举世无双。

　　罗拉斯、诺佛斯和科霍尔始建于宗教原因，里斯、泰洛西和密尔则出于商业考量——它们拥有大批商船，商人航遍四海，且与奴隶贸易牵扯颇深。泰洛西的奴隶贩子尤为激进，甚至航往长城以北搜寻野人奴隶，里斯人则引人侧目地到处搜刮标致少男和清纯少女，以充实他们著名的青楼。

　　里斯人同样精于奴隶饲育，他们会让漂亮奴隶媾和，以期生出更妩媚动人的妓女和床奴。瓦雷利亚血脉在里斯依然浓厚，即便平民百姓也往往拥有昔日龙王们的白肤，银金头发和紫色、浅紫色或淡蓝色的眼瞳，而里斯贵族重视血统纯洁高于一切，产出许多著名的（或是声名狼藉的）美人。连旧时的坦格利安王公有时也会来里斯寻找配偶和情妇——既因血统，亦因容貌。由此不难理解，许多里斯人崇拜一位女爱神，并将其充满诱惑的裸体形象雕刻在钱币上。

　　密尔、里斯和泰洛西之间，战争和停战、结盟与背叛轮番上演，令人眼花缭乱。许多冲突是所谓贸易战，完全在海上进行，城邦向参战船只发放劫掠敌人的许可——梅龙国师称为"盖蜡印的海盗证"。贸易战中，只有被卷入的船只面临杀人越货的危险，城市本身不受威胁，陆上也没有战斗。

　　更血腥也更少见的是在争议之地进行的陆战——这片曾经富饶的土地在"流血世纪"中惨遭蹂躏，如今不过是骨骸、灰烬和盐碱覆盖的废土——然而即便在陆战中，密尔、里斯和泰洛西也很少拿市民的生命冒险，多聘佣兵出战。

　　"流血世纪"以降，争议之地成了所谓自

次子团是最古老的自由佣兵团之一，最初由四十名在各自家族排位靠后、受到驱逐和冷落的贵族男子建立，此后成为无地领主、被逐骑士和冒险家们的归宿。许多七大王国的知名人士曾在次子团效力：奥柏伦·马泰尔亲王自立佣兵团前曾跻身其中，"野狼"罗德利克·史塔克也加入过该团，而最著名者乃伊葛·河文爵士——伊耿四世国王的私生子，史称"寒铁"。伊葛爵士流亡海外后在次子团效力多年方才自创黄金团，而此后黄金团一直是最强大、最受欢迎的佣兵团（有人甚至说它最有荣誉感）。

其他著名佣兵团包括亮帜团、暴鸦团、长枪团和猫之团。自由佣兵团中除黄金团外也有由七大王国人建立的，如诞生于"血龙狂舞"后的破风团；由北境浪人（据一些记载还有女人）组建的玫瑰团——托伦·史塔克放弃王冠后他们拒绝屈膝，转而流亡狭海对岸。

由佣兵团的摇篮，在此诞生的佣兵团多于已知世界任何地区。该地区今有约四十个自由佣兵团，佣兵们未受不睦的三女儿雇佣时通常自行劫掠，其中一些还去七大王国寻找雇主，无论是"大征服"之前还是之后。

密尔、里斯和泰洛西之间的战争不仅催生出争议之地的自由佣兵团，也养活了肯为任何金主战斗的海盗舰队和海上佣兵，其巢穴大都位于点缀在多恩断臂角和东方海岸间的石阶列岛。

海盗舰队让任何穿越石阶列岛的航行变得危险。据说盛夏群岛的天鹅船有时会远远避开石阶列岛，情愿冒险航入远海，也不想遭到海盗攻击。航海技术欠佳或不适合远海的船只就别无选择了。当海盗巢穴活动过于频繁、海盗数量太过庞大时，泰洛西的大君、瓦兰提斯的三位执政官乃至布拉佛斯的海王都会派舰队清剿，但除之不尽。

海盗问题过去十分棘手，以致王室从君临和龙石岛派舰队清缴。"橡木拳"大人亲自出马，花了超过一季时间狩猎海盗，成果颇丰；"少龙王"曾打算把妹妹嫁给布拉佛斯的海王，以期联手剿灭干扰七大王国与新近征服的多恩领贸易的海盗。喀斯国师在《四王志》中对此进行了长篇论述，认为戴伦国王意欲同正与潘托斯和里斯交战的布拉佛斯联姻行事不妥，致使其他自由贸易城邦为多恩人叛乱提供了关键援助。

上图 | 泰洛西商人

# 潘托斯

潘托斯是距君临最近的自由贸易城邦，几乎每天都有商船往返两地。它原是瓦雷利亚人的贸易前哨站，但很快吸纳周边，将天鹅绒丘陵和小洛恩河直到海边的土地都据为己有，几乎与安达尔人的故土——整个安达斯——相当。早期潘托斯人是商人、小贩、水手和农夫，少有贵族；或许正因如此，他们才不太在意自己的瓦雷利亚血统，乐于与被统治的原住民通婚，结果是安达尔血统在潘托斯人口中占相当大比例，从血缘上讲，或与我们维斯特洛人最相近。

但除此之外，潘托斯的习俗却与七大王国大不相同，它自认是瓦雷利亚的女儿——那里也确实能找到古老的血统。在古代，城市由一位出身高贵的亲王统治，亲王从所谓"四十家

由于头衔伴随着危险，并非所有潘托斯贵族都渴望戴上城邦的王冠，其中有些人引人瞩目地拒绝了这份古老但致命的荣誉。最近亦是最著名的例子是臭名昭著的佣兵团长"褴衣亲王"：前任亲王由于长期干旱而被处死，征服二百六十二年，潘托斯总督们将年轻的他挑选出来，但他不接受任命，就此逃亡并再未回归故国。他做了佣兵，投身争议之地的战斗，然后在东方创建了一个新兴的自由佣兵团——风吹团。

族"的成年男性中选出，一旦选中便是终身职，直到其驾崩才会再选一位潘托斯亲王，并几乎总是来自不同的家族。

　　然而数世纪来，亲王的权力不断削减，选择亲王的城市总督们却日益强势。如今，实际统治潘托斯的乃是总督们组成的议会，亲王几为名义上的元首，也几乎只有礼节性的职责。他主要负责主持晚宴与舞会，乘坐由大队仪仗队簇拥的华丽轿子来回巡游。每年元旦，他必须给两位分别代表大地和海洋的处女开苞，这项古老的仪式——很可能源于前瓦雷利亚时期不为人知的潘托斯——是为保证潘托斯在陆地和海上都繁荣昌盛。但一旦歉收或战败，亲王就从统治者变作了祭品，总督们会割他的喉咙来平息诸神的怒气，并选出能给城市带来好运的新亲王。

　　潘托斯历史上大部分时间盛行奴隶制，城邦船只积极从事奴隶贸易。但近几个世纪，这种习俗导致它和北方邻居——由逃亡奴隶建立、被称为"瓦雷利亚的私生女"的布拉佛斯——发生冲突。仅最近两百年，两座城市便就此爆发了不下六场战争（值得注意的是，战争亦是为争夺两者间的富饶土地和水域）。

　　六场战争中的四场以布拉佛斯获胜和潘托斯屈服而告终。最后一场战争发生在九十一年前，当时潘托斯人如此狼狈，以致一年内有不下四位亲王被选出又被献祭。最后登上这血腥王位的是内沃·内拉提斯亲王，取得一场珍贵的胜利后——据说他是通过贿赂办到的——他说服总督们求和，而潘托斯在和约中被迫做出巨大妥协，尤其是废除了奴隶制及不再参与奴隶贸易。

　　这些条款至今仍是潘托斯的法律，但有心者观察发现，许多潘托斯船接受盘查时通过在桅杆上升起里斯或密尔的旗帜来规避禁止奴隶贸易的法令，而城中数万"自由仆役"虽无奴隶之名，却行奴隶之实——他们和里斯、密尔及泰洛西的奴隶一样戴项圈、印烙印，遭受野蛮虐待。法律声明他们是自由的男女，有权拒绝服务……前提是没欠雇主债务。然而，由于

左图 | 自由贸易城邦潘托斯

合约工的劳动报酬往往低于雇主提供的衣食住行的花销,因此其债务几乎总是越积越多。

布拉佛斯和潘托斯的和约进一步规定潘托斯的战舰不能超过二十艘,不得雇用佣兵、与自由佣兵团签约或组建城市守备队以外的武装力量。显然,这是导致如今的潘托斯人远不及泰洛西人、密尔人和里斯人好战的原因之一。潘托斯虽有厚实城墙,但通常被视为最脆弱的自由贸易城邦。

正因如此,潘托斯总督无论对待其他自由贸易城邦还是多斯拉克马王,一律采取怀柔态度,多年来他们和许多强大的卡奥保持着脆弱的友谊,向横渡洛恩河的卡拉萨献上厚礼和黄金。

# 瓦兰提斯

九大自由贸易城邦中,最强大富有、最有权势者是布拉佛斯和瓦兰提斯,然而两者关系十分微妙,很多方面相互对立。瓦兰提斯位于厄斯索斯大陆的极南,布拉佛斯位于极北;瓦兰提斯是最古老的自由贸易城邦,布拉佛斯最年轻;瓦兰提斯建在奴隶们的骸骨之上,布拉佛斯由奴隶们建立;瓦兰提斯有强大的陆军,布拉佛斯的力量在海上。但两者势均力敌,并同样与瓦雷利亚自由堡垒渊源深厚。

悠久而光荣的古瓦兰提斯——人们通常如此称呼这座城市——占据浩瀚的洛恩河汇入夏日之海的四个入海口之一。老城区位于河东,

许多瓦兰提斯旧贵族仍崇拜瓦雷利亚的旧神,但其信仰主要停留在黑墙之内,墙外则以红神拉赫洛的信徒居多,尤其在奴隶和自由民间。据说瓦兰提斯的光之王神庙是已知世界里最大的,格雷曼森博士在《龙王们的遗产》中称它足足比贝勒大圣堂大三倍。在这座宏伟神庙中服务的都是奴隶,他们打小就被买下,受训成为祭司、神庙妓女和战士,并在脸庞刺上他们信仰的火神的圣火图案。我们并不清楚那些战士的底细,只知其被称为"圣火之手",永远由一千人组成,一个不多,一个不少。

新城区在河西（虽然瓦兰提斯最新的城区也有若干世纪历史），城市两边由"长桥"连接。

古瓦兰提斯的中心是一座城中城——高大的黑墙呈椭圆状包围了由古老宫殿、庭院、塔楼、庙宇、回廊、桥梁和地窖组成的大迷宫。黑墙是瓦雷利亚自由堡垒青年时代第一波大扩张的作品，足有两百尺高，顶上能容六乘四匹马拉的战车并驾齐驱（每年都会举行这样的比赛，以庆祝建城日）。黑墙无缝，全为熔化的黑色龙晶，比钢铁或钻石还硬，它无言地证明了瓦兰提斯源于军事前哨站。

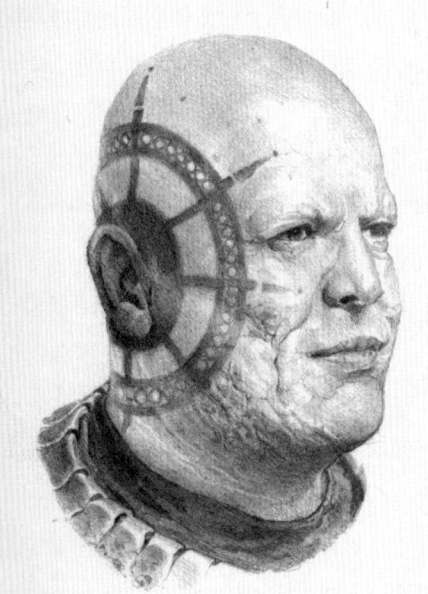

只有血统能追溯到古瓦雷利亚的人能在黑墙内居住，其他一应人等未经墙内旧贵族专门邀请均不得入内。

瓦兰提斯建立的最初一个世纪不过是保卫瓦雷利亚帝国边境的前哨站，除了守军再无居民。龙王们时常在此降落歇息，或接见上游洛

上图 | 瓦兰提斯奴隶的刺青

381

许多瓦兰提斯人自认是古代瓦雷利亚龙王们理所当然的继承者,渴望君临其他自由贸易城邦,乃至全世界。"虎党"主张战争和征服,而"象党"宣扬通过贸易和财富积累。

伊拿城市的使节,随着时间推移,旅馆、妓院、马厩如雨后春笋般在黑墙外兴起,商船也开始造访此处。

依靠辽阔的天然良港和位于洛恩河口的地理优势,瓦兰提斯迅速膨胀。黑墙之外,民居、店铺和酒馆林立于河流东岸及周边山丘,而在洛恩河西岸,外国人、自由民、佣兵、罪犯等血统不那么优秀的人建起自己的影子城,其中充斥着通奸、酗酒和谋杀,太监、海盗、窃贼与死灵法师自由往来。

毫无法纪的西岸影子城成了罪恶滋生的巢穴,执政官们别无选择,只能派奴兵渡过洛恩河恢复秩序,维持表面平静。汹涌的波涛和变化莫测的暗流让渡河十分困难,因此数年后,执政官"慷慨的"瓦何拉索下令在洛恩河上建一座桥梁。

也正因波涛、暗流及河流的宽度,让这项工程成为史诗般的任务,一共花去四十多年和数百万辉币。瓦何拉索执政官没能活着见证成果……但建成的"长桥"除洛伊拿人的节庆都市查约恩中的梦想桥外,再无敌手。它能承受一千头大象踏足(至少如此声称),且至今仍是已知世界最长的桥。"长腿"洛马斯在《人造奇迹》中将其列入九大人造奇迹。

瓦兰提斯的早期历史大都受惠于瓦雷利亚和洛伊拿的贸易,它借此变得越来越繁荣昌盛……而曾掌控贸易的洛伊拿美丽古城萨霍伊则备受打击。两座城市不可避免地发生冲突,随之而来的是一连串战争,这些经过前文已述,结局是洛伊拿人诸城被彻底毁灭和娜梅莉亚万船舰队的迁徙。但尽管瓦雷利亚龙王们得胜,瓦兰提斯才是主要受益方。萨霍伊从此化为荒无人烟、鬼影徘徊的废墟,瓦兰提斯则凭借"长桥"、黑墙及辽阔港口,跻身全世界最伟大城市之列。

黑墙之内,瓦兰提斯的旧贵族们仍临朝于古老宫殿中,由无数奴隶侍奉;墙外有来自上百个国家的异乡人,以及本地自由民和贱民。船员和商人涌入市场和码头,其间夹杂着难以计数的奴隶——据说在瓦兰提斯,奴隶与自由民的数量为五比一,比例相当失衡,只有奴隶湾沿岸的吉斯卡利古城能与之相比。

按瓦兰提斯习俗,奴隶脸上都要刺青——这是宣示身份的终生印记,即便有朝一日重获自由，仍须背负过去。刺青样式繁多，有的极为丑陋。瓦兰提斯奴兵脸上刺着绿色虎纹，以显示军衔；妓女右眼下刺着一滴泪珠；收集马粪、象粪的奴隶刺着苍蝇；小丑和弄臣刺着杂色格子；驾驶瓦兰提斯小象拉的象车的奴隶刺着轮子……以此类推。

瓦兰提斯是自由堡垒，有地产的自由民在政治上均有发言权，他们每年选三位执政官来执行法律，执掌舰队和陆军，并分担城市的日常管理工作。执政官选举会持续十天，其间充斥着喧闹和狂欢。近几世纪，执政官职位为两个对立派系把持，他们在民间被分别称为"虎党"和"象党"。

各位候选人的支持者——同时也分属两党——会大力宣传，号召群众，而所有有产的自由民——哪怕女人——都能投上一票。尽管这个过程在外人看来实在混乱，甚至称得上疯狂，但权力通常得以和平移交。

"末日浩劫"毁灭瓦雷利亚和长夏之地后，瓦兰提斯宣称有权统治全世界所有瓦雷利亚殖民地。"瓦雷利亚的长女"凭借强大实力，在"流血世纪"暂时控制了一些自由贸易城邦。但瓦兰提斯帝国好高骛远，终被仍保有自由的姐妹城市组成的联盟及被征服城市的叛乱拖垮了。

自那时起，"象党"——瓦兰提斯朋党中较和平的一派——把持了每年的选举和执政官职位。但"虎党"主导的扩张期还是为瓦兰提斯留下几个次要城市，其中最著名的是河边大"镇"维隆瑟斯、瓦利萨和赛荷鲁（每个都比维斯特洛的城市规模更大、人口更多）。瓦兰提斯还控制了洛恩河的支流赛荷鲁江以下的江面，势力范围西至橙色海岸。它用奴兵保卫疆土，防范不时前来试探防线的多斯拉克马王和其他想要压过瓦兰提斯的姐妹城市。

尽管瓦兰提斯的选举大多是和平进行，但也有重大意外出现。奈西里斯·科哈罗斯的《日记》中记载了荷罗诺执政官的始末。身为"流血世纪"里的瓦兰提斯英雄，此人连续四十年当选执政官，但在第四十次选举后自封为终身执政。尽管瓦兰提斯人爱戴他，却无法容忍他篡改古老的传统和律法。不久后，他被暴民抓住，剥夺身份和头衔，然后由战象分尸。

下图 | 处决荷罗诺执政官

# 布拉佛斯

在厄斯索斯大陆的西北尽头，颤抖海与狭海相接的角落，自由贸易城邦布拉佛斯坐落在著名的"百岛"上，周围是迷雾笼罩的盐水浅礁湖。

布拉佛斯在九大自由贸易城邦中最年轻却最富有，很可能也最强大。它由逃亡奴隶建立，起源于对自由的谦卑向往。它在其早期历史的大部分时间里，因位置不为人知而超然于外部世界的争斗，后来随着力量不断发展壮大，终以无可匹敌的姿态现世。

统治布拉佛斯的并非亲王或国王，而是海王，由城市的总督和"看匙人"经由一系列复杂晦涩的程序从市民中选出。海王住在临水的巨大宫殿中，麾下有举世无双的舰队和紫壳紫帆、航遍已知世界的商船队。

布拉佛斯是由一支庞大的运奴船队的逃亡奴隶建立，起义发生时那支船队正从瓦雷利亚航往索斯罗斯大陆上一个新殖民地。奴隶们以鲜血的代价夺取了运奴船，随后逃往"世界尽头"以躲避前主人必然的搜捕。他们偏离航线，由向南改为向北，去寻一个远离瓦雷利亚、令其怒火无从触及的避难所。布拉佛斯的历史声称一群来自遥远的鸠格斯奈的女奴预言了庇护之地：为松林覆盖、城墙般的山丘和礁岛背后僻远的礁湖，那里常年环绕的迷雾足以迷惑天上飞过的驭龙者。预言果然成真。这群女人本是被称作月咏者的祭司，而今在布拉佛斯，月咏者神庙也最宏伟。

由于逃亡奴隶来自世界各地、信仰各异，布拉佛斯的创建者决定容纳所有神祇，谕令任何神祇不得凌驾于其余。这里人种多元，有安达尔人、盛夏群岛人、吉斯卡利人、纳斯人、洛伊拿人、伊班人、萨洛尔人，甚至有纯正瓦雷利亚血统的罪犯和债奴。他们中有些曾受训充当守卫和奴兵；有些曾学习做床奴取悦他人；有些服务于家庭生活方方面面：家庭教师、育婴奶娘、厨师、马夫和事务官；有些从事手工业：木匠、铁匠、泥瓦匠和纺织工；此外还有很多渔民、农夫、操桨奴隶及普通工人。被解放的奴隶母语各不相同，于是前主人的语言——瓦雷利亚语——成为通用语。

为捍卫以生命换来的自由，新城邦的国父国母们对天发誓：布拉佛斯的子孙后代、男女老少永不为奴，包括奴隶、奴工或债奴。这是布拉佛斯的第一律法，被镌刻在长渠的石桥拱上。从古至今，布拉佛斯的海王总是反对所有形式的奴隶制，与奴隶主及其盟友打过许多仗。

乍看上去，逃亡者藏身的礁湖是个颓败萧条的地方，充斥着烂泥地、浅水滩和盐沼，但它被外围的岛屿和礁石完全遮蔽，上空时有迷雾笼罩。盐水中有丰富的鱼群和贝类，掩护逃亡者的岛屿则布满浓密的森林，附近大陆还能

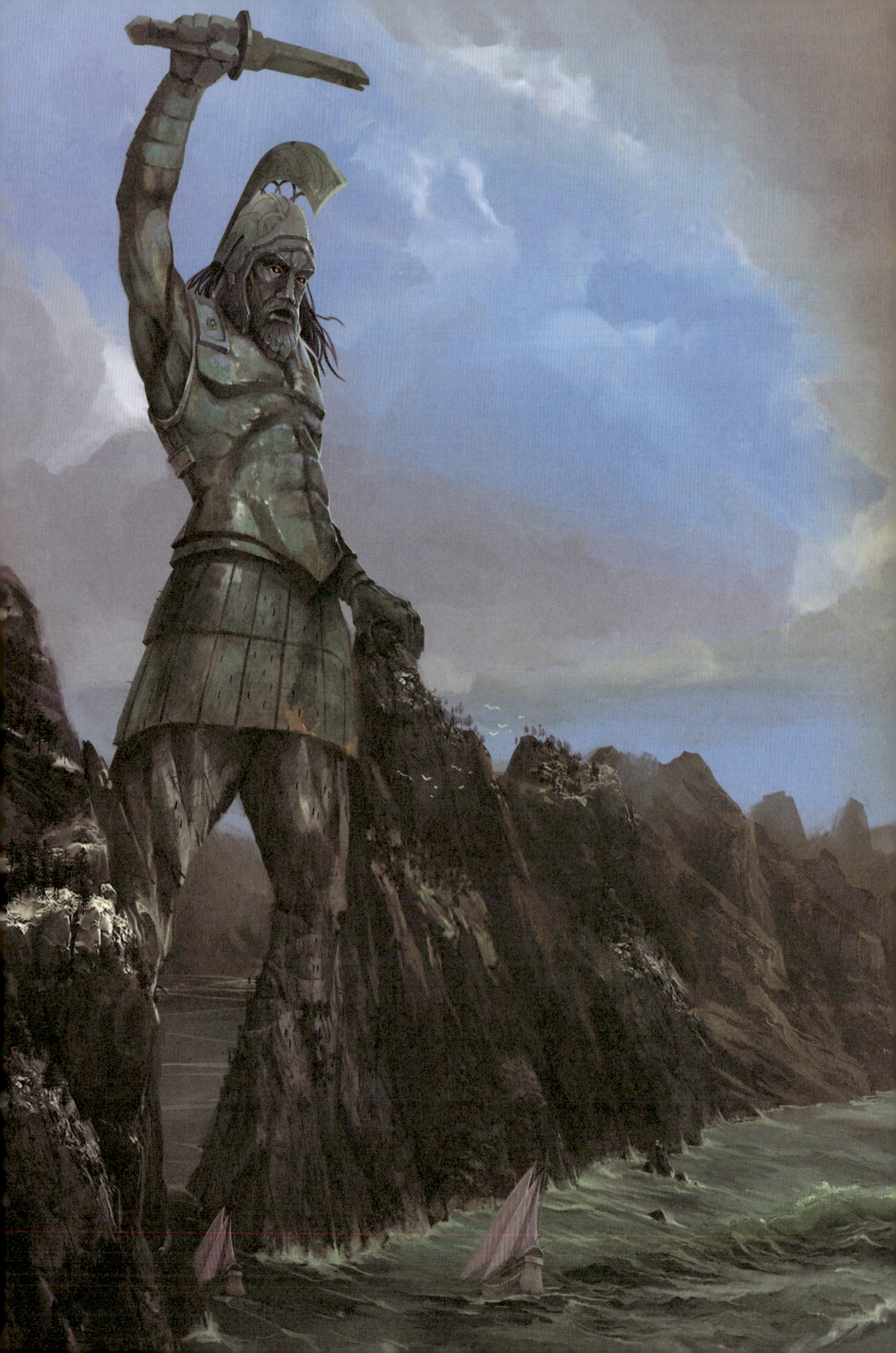

找到铁、锡、铅、板岩和其他实用材料。更关键的是，这里地处偏远、杳无人烟，逃亡奴隶尽管疲于奔命，但大部分人更怕被抓回去。

布拉佛斯悄无声息地发展壮大。农田、屋舍和庙宇在低洼的岛屿上滋生，渔民收获着大礁湖和湖外洋面的丰富水产。布拉佛斯人在贝类中发现了一种海蜗牛，乃是泰洛西的特产——那种让该地染料如此丰富并因而扬名天下的蜗牛——的近亲。布拉佛斯海蜗牛的分泌物是深紫色，为了给偷来的船改头换面，船长们驶出礁湖前会将船帆染成此种颜色。布拉佛斯人在早期尽可能避开瓦雷利亚船只和城市，他们与伊班岛贸易，随后又交游七大王国。相当长一段时间内，布拉佛斯商船配备着错误的海图，被问及母港时则编造精巧的谎言。正因如此，该城在一个多世纪中被称作"秘之城"。

海王乌瑟罗·赞因恩终结了布拉佛斯的隐匿避世，他派船驶往全世界各个角落，宣示布拉佛斯的存在与方位，并邀请各国人民前来庆祝第一百一十一个建城日。彼时最初的逃亡奴隶都已去世，他们的前主人也尽皆亡故，饶是如此，乌瑟罗仍在多年前就派铁金库的使者前往瓦雷利亚，为这次被后世称为"乌瑟罗掀开斗篷"或"乌瑟罗揭开面具"的行动扫清障碍。龙王们对一个世纪前的逃亡奴隶的子孙兴趣缺缺，铁金库又慷慨补偿了当初被布拉佛斯的创建者夺走船只的船主们的后代（但拒绝补偿奴隶的价值）。

布拉佛斯的存在由此得到认可，此后它每年都要庆祝，连续举办十天的丰盛宴席和假面舞会——这庆典在整个已知世界无以伦比，并会在第十日午夜达到高潮，彼时"泰坦"连声咆哮，数以万计的欢宴者和观众同时揭开面具。

尽管起源卑微，布拉佛斯却终于成为最富有的自由贸易城邦，具备最完善的防御措施。瓦兰提斯有黑墙，布拉佛斯却有举世无双的"船墙"。"长腿"洛马斯震惊于布拉佛斯的"泰坦"——用石头和青铜塑造成战士外貌的巨大要塞，横跨于水湾主入口上方——但真正神奇的是这里一天就能造出一艘紫壳划桨战舰的兵工厂。布拉佛斯战舰依照相同的设计，许多部分可提前准备，由熟练船工同时动工，以提升效率。组织如此大规模的建造是前无古人的壮举，只消看一眼旧镇船厂嘈杂无序的流程就会深以为然。

但切莫因此忽视"泰坦"。"泰坦"骄傲的头颅和炙热的双眼笼罩在海面近四百尺上空，它乃是坐落于两座海峰之上、铸成巨人形象的要塞，从古至今独一无二。"泰坦"的腿和下半身为黑色花岗岩，本是两峰间的天然石拱桥，

前页 | 布拉佛斯的"泰坦巨人"
上图 | 布拉佛斯铁金库

前后三代雕刻师和石匠将其打砌成型，再包上青铜百褶战裙；巨人腰部以上用青铜打造，染绿的麻绳充当头发。外人从海上第一眼看到"泰坦巨人"，定会被其震慑：它眼中燃烧着熊熊烽火，为驶回礁湖的船只引领方向；它青铜的身躯中有无数厅堂和房间，布满杀人洞和箭孔，胆敢强闯峡口的船只是自寻死路——不仅很容易被烽火台里的守望者引导撞上礁石，蛮干的话还将迎来落石和燃烧沥青罐的袭击。但这种场面很少出现，因"流血世纪"以来，还没有谁胆大包天地去挑战"泰坦巨人"。

今日布拉佛斯是世上最大的港口之一，欢迎各国商船（除了奴隶船）造访。广阔的礁湖里，布拉佛斯本地船泊在海王殿旁华丽的紫港，其他船只只准使用旧衣贩码头，后者在各方面都逊于前者，但前来布拉佛斯能赚到的大笔利润，

---

梅沙博士《铁金库和布拉佛斯的起源》是目前关于铁金库历史及其所做交易的最详尽记载之一。铁金库以谨慎和注重隐私而闻名，梅沙尽最大可能挖掘了相关信息。据梅沙记载，铁金库共有二十三位创始人——十六位男性和七位女性，每人拥有一把通往地底大储藏库的钥匙。其后人（如今数量上千）称"看匙人"，但他们在正式场合佩戴以彰显荣耀的钥匙已沦为装饰品。某些布拉佛斯创始家族在数世纪中逐渐衰败，更有少数完全破产，但最拮据的家族也留着他们的钥匙和荣耀。

铁金库不只由"看匙人"掌管。今日布拉佛斯最有财有势的家族不乏新贵，其族长拥有铁金库的股份，得以出席秘密会议，对金库领导层的选择施加影响。正如许多外来者发现的那样，在布拉佛斯，金币比铁匙更有分量。铁金库的使者遍布全世界，大多乘坐金库的私有船只，无论富商、领主乃至国王，都要将其平等看待。

---

**上图 | 布拉佛斯的神庙区**

仍让远至魁尔斯或盛夏群岛的船只都乐意来此贸易。

布拉佛斯还拥有世上最强势的银行之一，该银行的建立可追溯到建城时期。一些流亡者将值钱家什藏进一口废弃的铁矿，以防窃贼和海盗。随着城市成长壮大，矿井内部的空间和竖井都被填满，与其让财产无所事事地深埋地底，布拉佛斯的富人阶级觉得不如借贷给不够幸运的同胞。

布拉佛斯铁金库由此诞生，今已享誉（或像某些人说的那样臭名昭著）已知世界每个角落。数不清的国王、亲王、大君、执政官和商人从世界各地赶来，指望铁金库守卫森严的地窖发放贷款。

俗话说："铁金库不容拖欠。"借钱不还者通常会后悔自己的愚行，因铁金库不乏推翻王公贵族的实例，据说还会派刺客暗杀难以撼动的债户（尽管从无确凿证据证明这点）。

布拉佛斯建在泥沙之上，市民与水近在咫尺。有人说城里河比路多，这当然是夸张，但不能否认，城里最快捷的交通方式当属水运，乘坐运河中比比皆是的蛇舟比徒步穿越迷宫般的大街小巷和拱桥方便多了。在布拉佛斯，水池和喷泉随处可见，意在彰显城市与海洋的联系，赞颂保家卫国的"船墙"。环绕"百岛"的礁湖水域是城邦草创期的财源，内有丰富多样的牡蛎、鳗鱼、螃蟹、龙虾、蛤蜊、鳐鱼等水产。

但养育并保护布拉佛斯的水域也在吞噬它，该趋势在过去两个世纪尤为明显：城中某些岛屿被不断叠加的建筑压得沉陷下去，乃至旧衣贩码头北面紧邻的老城区已然沉没，现称"水淹镇"。饶是如此，仍有些穷困潦倒的布拉佛斯人生活在其中半淹入水的塔楼和建筑物上层。

布拉佛斯以建筑精巧闻名于世：庞大的海王殿内的百兽园有来自全世界的珍禽异兽；宏伟壮观的真理宫与月咏者神庙；被布拉佛斯人命名为"甜水河"的引水渠从大陆向城市运送必要的淡水（运河水既咸且浑，居民还往内倾倒垃圾，故不可饮用）；"看匙人"和贵族家庭的塔楼；大型收容所兼医院的红手之院……这些大建筑间是数不尽的店铺、妓院、旅馆、酒屋、公会大厅和钱币兑换处。街道和桥梁边耸立着过去的海王、立法者、水手和战士的雕像，

---

**许**多布拉佛斯交际花得到歌谣和故事的赞颂，少数人更以青铜或大理石雕像的形式永垂不朽。在七大王国流传故事最多、声名最著的交际花是"黑珍珠"。第一任"黑珍珠"是船长和海盗女王贝乐洁·奥瑟里斯，为伊耿·坦格利安四世的九大情妇之一。第二任"黑珍珠"是贝乐洁与伊耿四世的私生女贝罗娜拉，这位著名交际花被当时的歌手捧为全世界最美的女人。贝罗娜拉的后代也相继成为交际花，直到如今，每人都被称为"黑珍珠"，每人体内都流着一点龙血。

> 尼斯港的船长皮尔曼曾向学城提供一份"水舞者"决斗的描述。他告诉我们,"水舞者"看起来几乎没有接触水面,但那是因为他们总在黑夜里决斗,黑暗造成的错觉。不过船长坚称,他从未见过如此优雅而娴熟的功夫。

甚至还有诗人、歌手与交际花。

布拉佛斯的庙宇也享誉盛名,其中有些的确令人难忘。首要的是月咏者神庙,正如前文所述,布拉佛斯人对月咏者特别尊敬;众水之父也备受尊崇,每年他迎娶新娘的日子都要重建他的水上神庙;光之王、红神拉赫洛在布拉佛斯有座大庙,过去一百年其信徒增长迅猛。

由于先祖出自上百个民族,布拉佛斯人信仰着千百种不同神祇,其中影响最大的有独立的庙宇,但即便最不为人知的神祇在城市腹地的列神岛上也有一席之地。外域圣堂及其中的修士修女每日带领从七大王国前来布拉佛斯贸易的船员们礼拜七神。

在布拉佛斯,天各一方的男男女女可以比肩而坐,倾盖如故,同饮同食,谈天说地。俗话说得好,"秘之城"来者不拒。

请别忘记,布拉佛斯还有举世闻名的交际

上图 | 布拉佛斯无面者的钱币(正反面)

花，她们和里斯的情欲园或瓦兰提斯的妓院中那些美女不同，乃是自由身，不仅精通房中术，且冰雪聪明更兼举止优雅，能让最富有的商人、最无畏的船长和最高贵的访客拜倒在石榴裙下。"看匙人"、领主和王子渴求她们的青睐，最著名的交际花会取诗一般的名字，以增添诱惑力和神秘感。歌手争夺她们的庇佑荣宠，刺客则以倾心的交际花之名拔出细剑决斗，至死方休。

在"秘之城"，剑术之于刺客等同于美貌之于交际花。刺客们轻装上阵，所用的细尖剑比七大王国的长剑轻便得多，这些街头战士的打斗方式迅捷而致命。最强大的刺客自称"水舞者"，常在海王殿附近的月池旁决斗——据说真正的"水舞者"可在水池上比武杀人而不落水。

虽然刺客和"水舞者"中不乏高手，但按传统，武功第一的是指挥海王的私人卫队、负责在所有公开场合保护海王的首席剑客。海王当选后是终身职，难免有人企图夺其性命而改变政局。若干世纪来，首席剑客演绎了无数经典决斗，参与了十多场战争，拯救了数十位海王的性命（无论其人良善与否）。

> 讨论布拉佛斯亦不可不提无面者。谜团和谣言笼罩着这个据说比布拉佛斯更古老、起源可追溯到瓦雷利亚全盛时期的神秘暗杀者团体。但关于他们的情报寥寥无几。

# 自由贸易城邦之外

**我**们知晓所有的土地和民族吗？当然不。地图并未描绘出全世界，而哪怕其中最精确者在呈现远东时也会引发诸多疑惑，在我们不了解的区域留下大片空白。但无论如何，它还是能为讨论已知地域提供便利，即便那些地方与七王国的贸易在最繁盛时也比不上自由贸易城邦。

# 盛夏群岛

维斯特洛以南、夏日之海的深蓝色摇篮中，温暖的南国阳光照耀着盛夏群岛。逾五十个岛屿组成这片青翠群岛，其中许多小到步行一小时就能穿越，但最大的扎勒岛从一端至另一端有两百里格。扎勒岛的层峦叠翠下是广阔的森林、雾气蒸腾的雨林、绿沙和黑沙的海滩、大鳄鱼栖身的大河及丰饶的谷地。瓦兰诺岛和奥本卢岛尽管不及扎勒岛一半大，但都比石阶列岛加起来还广阔。超过九成岛民在这三个岛上定居。

---

"长腿"洛马斯在探寻奇迹的旅途中造访过盛夏群岛，他说岛上贤者声称其祖先曾抵达索斯罗斯西岸，并建立城市，后来和那片险恶大陆上的吉斯卡利及瓦雷利亚殖民地一样，被神秘力量摧毁。学城地窖有一些古瓦雷利亚编年史，其中从未提到这些传说中的城市，因此有的学士质疑盛夏群岛人说法的真实性。

---

盛夏群岛千种鲜花齐齐怒放，香气馥郁，异域果实缀满枝头。数不清的色彩缤纷的鸟儿在空中翱翔，岛民用鸟羽做成传奇的羽毛斗篷。比狮子还大的斑点豹和消瘦的红狼族群在雨林的绿色树冠下游荡，大队大队的猴子在树枝上荡来荡去。岛上也有猩猩，如奥本卢岛的"红老人"、扎勒岛群山中的"银皮兽"和瓦兰诺岛的"夜潜者"。

盛夏群岛人是黑色人种，黑发黑眼，皮肤棕如柚木或沉暗似磨过的墨玉。岛民自己的历史记载显示，他们曾长期与世隔绝。最早的地图刻在高树镇著名的"言树"上，图中群岛之外再无陆地，全世界被汪洋大海覆盖。岛民的航海史可追溯到人类的黎明时期，他们一开始乘划桨小圆舟，随后换成更大、更快捷的麻织帆船，但很少敢于驶出海岸的视线……而朝地平线远航的人，许多再没有归来。

盛夏群岛对外交往的最早记录出现在老

加拉多博士的《盛夏之子》是研究盛夏群岛历史的主要参考资料。诸多史实——由于盛夏群岛的原始资料多为高度复杂、规整的诗歌，令人迷惑——在他呕心沥血的努力下得以厘清。尽管尚存争议（莫拉斯博士对加拉多整理的瓦兰诺岛早期诸王子继承顺序的质疑就是一例），但再没有更优秀的著作出现。

*上图 | 盛夏群岛的天鹅船*

吉斯帝国鼎盛时期。一艘吉斯卡利商船被风暴吹离航线，在瓦兰诺岛靠岸，船员一看到土著居民就落荒而逃。吉斯卡利人认为当地人是被地狱之火灼黑皮肤的恶魔。此后，吉斯卡利水手在海图上将瓦兰诺岛标注为恶魔岛，小心保持距离；他们没发现奥本卢岛、扎勒岛及其他小岛。

这次接触对盛夏群岛人同样影响深远，它证明尚有其他民族生活在波涛以外的陆地上。他们的好奇心（抑或贪婪）被唤醒了，群岛诸王子开始建造坚固的大船，足以携带补给横越辽阔大洋，并能抵抗海上最猛烈的风暴。小岛鹿儿岛的王子马斯撒·梭克是最伟大的造船者，号称"驭风者"马斯撒和"制图者"马斯撒，至今被人铭记。

马斯撒及其他王子派遣的大船破浪而去，揭开探索和贸易的新纪元。许多船只没能返航，但更多的得以归来。纳斯岛、蛇蜥群岛、索斯罗斯北岸、维斯特洛和厄斯索斯的南岸都迎来岛民的造访，不到半个世纪，盛夏群岛就和瓦雷利亚自由堡垒发展出兴盛的贸易。群岛缺少铁、锡及其他金属，但盛产宝石（绿宝石、红宝石、蓝宝石及各种珍珠）、香料（肉豆蔻、肉桂、胡椒）和硬木；与之相对，龙王们很快时兴起饲养猴子、猩猩、豹崽和鹦鹉，血木、乌木、桃花心木、紫芯苏木、高樟、瘤木、虎斑木、金心木、象牙木及其他珍稀木材也受到欢迎，再加上棕榈酒、水果和羽毛。

瓦雷利亚人热衷于购买奴隶，而夏日群岛人至今仍是高大英俊、强壮优雅的人种，且擅长学习，这些品质吸引了瓦雷利亚、蛇蜥群岛与老吉斯的海盗和奴隶贩子。强盗们袭击安详的岛民村庄，抢走土著居民，带来无尽的悲伤。群岛诸王子一度还将俘获的对头和敌手卖给奴隶贩子，更助长其气焰。

"言树"上雕刻的"耻辱年代"持续近两世纪，直到名为贾安妲·奇的女战士出现，这位甜莲花谷的公主（本人曾遭奴役）联合群岛，终结了奴隶贸易。

群岛铁矿稀有且昂贵，因而少有盔甲，夏日群岛人传统的戳刺长矛和短矛面对奴隶主的钢铁剑斧又不堪一击。于是贾安妲·奇让水手装备金心木长弓，这种木材只产于扎勒岛和奥本卢岛。金心木长弓的射程远胜奴隶主用角、筋制造的反曲弓，其箭长一码，冲力足够穿透锁甲、熟皮甲乃至精良板甲。

为给弓箭手提供稳固的平台来瞄准和射击，贾安妲·奇造出夏日之海前所未见的大船——这些优雅的大船不靠一颗铆钉拼接而成，多以群岛的珍稀硬

右图｜盛夏群岛爱欲神庙的修行者

木做船壳，魔法加持，令奴隶船的撞锤撞之则自碎、完全奈何不得。贾安妲的船坚固迅捷，高大弯曲的船头常雕成飞禽走兽的形状，船头的"天鹅颈"为其赢得天鹅船的名号。

盛夏群岛人花去近一代人时间，最终在贾安妲公主之女（继位）为王、人称"扎勒之箭"的莎塔娜·奇领导下赢得这场被称为"废奴之战"的战争。尽管群岛联盟在莎塔娜统治期间分裂（"扎勒之箭"的婚嫁很不明智，且治国不若打仗出色），但时至今日，天鹅船依然让奴隶贩子望风而逃，因这些骄傲的船只载有装备金心木弓的夺命弓手。盛夏群岛弓箭手（男女皆有）

向来被尊为天下第一，他们的弓也举世无双，"废奴之战"后群岛诸王子便禁止金心木出口；唯有龙骨弓能凌驾其上，但太罕见了。

渴望见识外部天地的盛夏群岛人大都成为雇佣弓箭手或雇佣水手，另一些加入蛇蜥群岛的海盗——其中恶行昭著者成为船长，臭名远扬至魁尔斯或旧镇，令人胆战心惊。此外，盛夏群岛人在争议之地的自由佣兵团中也颇有地位，他们还会担任自由贸易城邦的商业巨子们的随身护卫，或去奴隶城邦阿斯塔波、渊凯和弥林做斗技士……但纵然个体展现出毋庸置疑的勇气和战技，盛夏群岛人从总体上讲不是个好战民族。

他们从未对外侵略，从未压迫其他国家。他们伟岸的天鹅船比其他任何民族建造的船只都更快捷、航程更远，足以航至世界尽头，但群岛诸王子并未将之改装成战舰。他们喜欢贸易和探索，而非征服。

## 盛夏群岛的其他岛屿

除开占主导地位的扎勒岛、瓦兰诺岛和奥本卢岛，还有很多小岛值得一提：

### 歌唱列岛

位于主岛群西侧，岛上参差的山峰布满空洞与石桥，海风吹过会响起奇怪的乐声。当地人能通过歌声判断风从哪个方向吹来。这让石头唱歌的手段是鬼斧神工还是人力打造，委实难以说清。

### 石首岛

群岛最北端的岛屿，显然出于人工。这块海中巨石的北面雕成一位被遗忘神祇的严厉脸庞，注视着汪洋大海。这雕刻是盛夏群岛人前往北方的维斯特洛时最后回顾的景象。

### 蔻吉岛

"制图者"马斯撒的家园，仍以拥有群岛最好的造船厂著称。盛夏群岛著名的天鹅船有四分之三建造于蔻吉岛，该岛王子的珍珠宫以其中收藏的海图和地图而闻名。

### 阿布鲁岛

瓦兰诺岛东北方的小岛，娜梅莉亚及其追随者曾在此盘桓两年多。群岛诸王子拒绝让她迁往更大的岛屿，担心惹怒瓦雷利亚。娜梅莉亚带来的多为女人，于是阿布鲁岛被称为"女人岛"，并沿用至今。疾病、饥饿和奴隶贩子的反复掠袭让洛伊拿人蒙受了惨重损失，娜梅莉亚最终决定率"万船舰队"重新入海寻找新的安身之所。但有几千人情愿留下，其后代至今生活在"女人岛"上。

漫长的历史中，盛夏群岛由一位统治者统治的次数不过六次，且均不持久。如今，各小岛有自己的君主，其头衔在通用语中为王子或公主；大岛（扎勒岛、奥本卢岛和瓦兰诺岛）通常有许多彼此竞争的王子。

岛民大抵和平共处，即便打仗也很仪式化，犹如比武会中的团体混战。在祭司选择的吉日，战士们在事先选定并经祭献的战场上交手，使用的武器无过于矛、抛石索和木盾，与五千年前的祖先没什么两样；金心木弓和一码长的箭专门对付外敌，从不用在族人身上，这是他们的诸神禁止的。

盛夏群岛的战争通常持续不超过一天，也不会伤及战士以外的人。没有庄稼被毁、没有家园被烧、没有城市被洗劫、没有孩童被伤害、没有女人被强暴（不过通常有女战士在战场上与男人并肩作战）。哪怕战败的王子也不会被处死或受刑，只是必须离开故土和宫殿，在流亡中度过余生。

盛夏群岛最大的岛是扎勒岛，人口最多却数瓦兰诺岛，该岛有大港最后挽歌镇、恬静的莲花角和日影斑驳的高树镇。在高树镇，身着羽毛袍服的女祭司于遮蔽镇子的参天大树的树干上刻下诗歌和故事，从这些"言树"上可读到盛夏群岛的全部历史及当地诸神的戒律，还有将盛夏群岛人约束在特定生活状态下的律法。

盛夏群岛尊崇二十余位大小神灵，尤其敬奉司职爱、美和生产的男神女神。在这些神眼中，男女交合是神圣的；岛民相信，交合就是礼拜，是男女共同尊荣创造者的方式。所以无论贫富、贵贱、性别，盛夏群岛人都希望能在岛上星罗棋布的爱欲神庙中修行，与任何渴望其肉体的人分享肉体。

大部分人侍奉神祇的时间不超过一年，但被认为最美丽、最富有感情和技巧的人会留下来。这种人在布拉佛斯会成为交际花，在君临则是下贱娼妓，但在扎勒岛、瓦兰诺岛、奥本卢岛及其他小岛上，他们是备受尊敬的男女祭司，因此地给予肉体愉悦是和音乐、雕刻、舞蹈一样受人尊敬的技艺。

如今旧镇和君临的盛夏群岛人已十分常见，而天鹅船扬起蓬勃船帆，航遍四海。盛夏群岛的海员如此勇敢，乃至不屑于像其他民族那样沿岸航行，他们无畏地穿越深海，远离陆地视线。有证据表明鹿儿岛的探险者很可能绘制过索斯罗斯西岸直到世界底部的地图，并在极南方发现了陌生的土地和陌生的种族；或许他们还穿越了无尽的落日之海……但这些故事的真实性只有群岛诸王子及为之效命的船长们清楚。

# 纳斯岛

在索斯罗斯西北方，夏日之海环绕着神秘的纳斯岛。古人称该岛为"蝴蝶岛"，岛民美丽温顺，面孔扁圆，肤色黝黑，温柔的琥珀色大眼睛时有金光闪烁。水手说纳斯人是"和平之民"，即使家园和亲人遭难，他们也不会战斗。纳斯人的确不事杀戮，连原野和森林里的动物都不伤害；他们只吃瓜果，不食血肉，将其他民族发动战争的心思转用来钻研音乐。

纳斯的神祇被称为和谐之神，素以大笑巨人的形象出现，满脸胡子，赤身裸体，身边常有一大群生着蝴蝶翅膀的苗条少女。纳斯岛有上百种蝴蝶，纳斯人敬之为保护黎明的神使——这传说或有真实意味：天性温顺的纳斯人似毫无自卫手段，然而入侵者通常难逃厄运。

老吉斯卡利帝国曾三度并吞该岛；瓦雷利亚人在此建过一座要塞，熔铸的龙晶城墙至今可见；一群瓦兰提斯冒险者在这里建设贸易市镇，留下完整的木栅和奴隶围栏；蛇蜥群岛的海盗船登岛次数更是数不胜数。但入侵者纷纷死于非命，纳斯人说没人能撑过一年，因这个美丽岛屿的空气中含有某种邪性成分，逗留的外人难逃魔掌。病疫的先兆是发烧，接着是痛苦痉挛，患者仿佛不受控制般疯狂舞蹈，临终时皮肤渗血，肌肉从骨头上剥落。

纳斯人却似乎不受影响。

安布罗斯博士研究过各种已知病痛，他认为疾病是通过"和平之民"崇拜的蝴蝶来传播的，这种病因而常称为"蝴蝶热"。有人相信热病的载体是某种特定的蝴蝶（安布罗斯怀疑是一种翅膀有人手大小、黑白相间的大蝴蝶），但这只是推测。

不论纳斯岛的蝴蝶是和谐之神的侍女，抑或和七大王国的蝴蝶一样只是普通昆虫，纳斯人将其视为守护者都不无道理。

遗憾的是，在纳斯岛周围徘徊窥伺的海盗们很早以前就意识到，若只登岛数小时，死于"蝴蝶热"的概率很小……趁夜登陆危险更低，因蝴蝶是日间生物，喜欢清晨的露水和午后的阳光。于是蛇蜥群岛的奴隶贩子经常摸黑登上纳斯岛，将一整个村庄奴役。据说"和平之民"通常能卖出好价，因他们温顺又聪明，外貌漂亮，容易学会服从。有报告称里斯的一家青楼以纳斯女孩闻名，她们穿着透明的丝质长裙，戴着色彩华丽的蝴蝶翅膀。

"流血世纪"以降，劫掠频繁，以至"和平之民"几乎放弃海岸，迁往岛内山地和森林，以免被奴隶贩子发现。正因如此，"蝴蝶岛"出产的精美手工品、闪耀的丝绸和可口的香料酒越来越难在七大王国和九大自由贸易城邦的市场上见到了。

# 蛇蜥群岛

**蛇**蜥群岛中有几个特殊岛屿值得单独提及。

爪子岛是眼泪岛以北形似爪子的大岛，岛上布满蜂巢状深穴，大部分有人居住，且经加固。该岛是海盗的奴隶市场，俘虏们被关押于此，直到卖出或（较少见）赎身；"交易滩"也在这里，供海盗互相交易。

蛤蟆岛上有一尊古老雕像，材料是油滑黑石，粗粗雕成一只硕大的丑陋蛤蟆，约四十尺高。有人认为该岛居民便是蛤蟆石像雕刻者的后代，因其脸庞有鱼的特征，令人颇为不适，许多原住民手指脚趾间还生有蹼。若真如此，他们亦是这个被遗忘种族仅有的幸存者。

海盗多保留着砍下人头装点船壳和桅杆的可怕习俗，意在恐吓。人头挂在麻绳上，直至肌肤完全腐烂、脱落，再用新的替换。海盗们不会把骷髅扔进大海，而是送去头骨岛，祭献给某位黑暗神。这个风蚀的无人小岛的海滩上随处可见大堆泛黄头骨。

---

纳斯岛以东的漫长岛链与纳斯岛截然不同，凶猛的蛇蜥曾在此泛滥，故得名蛇蜥群岛。它长期以来一直是夏日之海的毒瘤，居民全为强盗、海盗、奴隶贩子、雇佣兵、杀手和其他异类。据说世界各地的人渣聚到这里，只因在此才能找到臭味相投的同类。

蛇蜥群岛环境极为严苛、残酷，不适生存。这里不仅气候炎热潮湿，还有大群蚊虫、沙蚤和吸血虫，对人畜都十分有害。眼泪岛、蛤蟆岛和斧头岛上的废墟暗示上古文明的存在，但黎明纪元的古人今已消失无踪，留下的线索少

之又少。即便他们在第一批海盗登陆时还活着，也必难逃血光之灾，落得屠戮殆尽的结局……蛤蟆岛除外，后文会简要提到。

蛇蜥群岛最大的岛屿是眼泪岛，那里嶙峋的燧石山丘和扭曲风化的岩石间有陡峭的峡谷和漆黑的沼泽。眼泪岛南岸伫立着一座破败的城市废墟，那城市由老吉斯帝国建立，在近两个世纪时间里被称作高戈尔（也可能是四个世纪，此处存在争议），直到瓦雷利亚龙王在第三次吉斯卡利战争中将之占领，更名高高索斯。

无论怎么称呼，它的确是块恶土。龙王们把最歹毒的罪犯发配到眼泪岛服终身苦役。在高高索斯的地牢，拷问者发明出崭新的酷刑；奴隶坑中施行最黑暗的血魔法，野兽和女奴交合，产下半人半兽的扭曲婴儿。

哪怕"末日浩劫"以后，高高索斯的恶行依然没有停止。这座黑暗之城在"流血世纪"逐渐富强起来，有人称为第十自由贸易城邦，但其财富建立在奴隶和巫术之上，当地奴隶市场变得和奴隶湾旁几个老吉斯卡利城市一样臭名昭著。"末日浩劫"七十七年后，据说其滔天罪恶甚至飘入神灵的鼻孔，于是一场可怕的瘟疫从高高索斯的奴隶围栏中蔓延开来。红死病横扫眼泪岛，蛇蜥群岛的其他岛屿也未幸免，九成人高声尖叫、七窍流血、皮肤像沾水羊皮纸一样裂开着死去。

接下来一个世纪无人造访蛇蜥群岛，直到海盗船开始停泊此处。魁尔斯海盗札达罗·达

上图 | 海盗：蛇蜥群岛的瘟疫

何尔最先在此插上旗帜，于斧头岛的泊地上方用石头建了一座冰冷的黑色堡垒，骸骨兄弟会紧随其后，驻扎在岛链最西端的苍蝇岛。以这些岛屿为根据地，札达罗和兄弟会利用地利袭击那些绕过烟雾缭绕、破碎残缺的瓦雷利亚半岛的商人。不到半世纪，蛇蜥群岛中几乎每个岛屿都成为海盗巢穴。

时至今日，骸骨兄弟会早已被遗忘，札达罗·达何尔也只留下斧头岛上的堡垒，蛇蜥群岛却依然海盗为患。几乎每代人时间里都会有舰队前去群岛清洗这帮海上害虫。瓦兰提斯尤为重视此事，经常联合其他一两个自由贸易城邦行动。有时行动由于海盗事先得报逃走而告失败，但有时在精明的领导下也得以吊死数以百计的匪徒，查封、击沉或烧毁数十艘船。有一次行动适得其反——里斯船长萨索斯·桑恩率舰队前来剿灭海盗要塞，却投身海盗的行列，自立为蛇蜥群岛之王，在位三十年之久。

无论行动收效如何，海盗似乎总能很快恢复，重新从事劫掠。他们的镇子像毒蘑菇一样到处滋生，但往往二三年便被抛弃，任其慢慢腐烂，沉入烂泥潭。最著名的海盗窝点是"掠夺港"，它被许多歌曲和故事传扬，但任何地图都未标明位置……我们有充分理由相信在群岛的不同岛屿上有十多个"掠夺港"，每当一个被毁，另一个就取而代之，然后再被抛弃。"猪圈镇"、"骚妓镇"、"黑布丁镇"等其他海盗巢穴亦是如此，个个声名狼藉，恶贯满盈。

总之，最好远远避开蛇蜥群岛，那不是正派人去的地方。

# 索斯罗斯

人类首度航海时就知晓野蛮而辽阔的南方大陆,因厄斯索斯和维斯特洛的古文明及伟大城邦与索斯罗斯间只隔着夏日之海。吉斯卡利人在老帝国时代曾于其北岸兴建若干前哨站,在夷河河口建立城郭城市夷门塔,在翼龙角建立残酷的流放殖民地戈罗斯;魁尔斯冒险者觊

觊索斯罗斯东岸黄金、宝石及象牙的利益；瓦雷利亚自由堡垒在蛇蜥角三度建立殖民地：第一次被"斑纹人"摧毁，第二次遭瘟疫侵袭，第三次则在龙王们通过第四次吉斯卡利战争获得夷门塔后被主动放弃了。

但我们依然对索斯罗斯知之甚少。大陆腹地被难以穿越的雨林覆盖，流速迟缓的大河旁闹鬼的古城遗址成为无法破解的谜团。从蛇蜥角向南不过数日，连海岸线的形状也未可知（或许盛夏群岛人探索并绘制过海岸线，但他们对海图看得很紧，从不与外人分享）。

这里的殖民地通常不到一代人时间便萎缩消亡，只有夷门塔撑得稍久，但如今连这座曾经辉煌的城市也早已沦为闹鬼废墟，逐渐被雨林吞没。奴隶贩子、商人和宝物猎人在若干世纪中频繁造访索斯罗斯大陆，但其中最胆大的才敢离开海边严密把守的营地，前去探索神秘的内陆——那些深入绿色雨林的人，再也没有回来。

我们甚至不清楚索斯罗斯的真正大小。魁

巴斯学士在《巨龙、龙虫和长翼龙》一书中推测瓦雷利亚血巫用长翼龙来创造巨龙。尽管血巫们被认定使用非自然技艺进行过多种超常规实验，但绝大多数学士仍然认为巴斯的推测过于激进。瓦亚伦学士在《驳非自然史》中举出确凿证据，证明早在人类的黎明时期、瓦雷利亚崛起以前，维斯特洛就有龙存在。

尔斯地图曾将其绘成岛屿，有大莫拉克岛的两倍大，但他们的商船沿索斯罗斯东岸越航越远，从未到头。建立夷门塔和戈罗斯的吉斯卡利人认为索斯罗斯和维斯特洛一样大。杰妮娜拉·贝勒里斯乘她的龙泰雷克斯向南飞，飞得前所未有的远，去寻传说中沸腾的海洋和蒸腾的河流，却只见无穷无尽的雨林、沙漠和山脉。她三年后返回自由堡垒时宣称索斯罗斯和厄斯索斯一样大，是"没有尽头的大陆"。

无论面积究竟几何，南方大陆乃不洁之地，空中充满瘴气和毒气。我们谈到娜梅莉亚让人民定居于索斯罗斯沿岸时发生的状况，而沸血病、绿热病、甜腐症、铜头病、红死病、灰鳞病、棕腿疾、虫骨病、水手之祸、脓眼病、黄龈病……这些只是冰山一角，更有许多病症太过凶猛，足以抹去整个居民点。安布罗斯博士研究了数世纪来的旅行者记录，照他统计，造访索斯罗斯的维斯特洛人染病率高达百分之九十，其中近半数病故。

对探险家而言，疾病并非这片潮湿的葱绿大陆上唯一的危险。夷河水下有巨鳄鱼，它们会掀翻小船，然后游上来吞噬在水中挣扎的乘客；小河则布满成群食肉鱼，它们数分钟内便能将人咬得只剩骨头；此外还有蜇人的飞虫、毒蛇、黄蜂及会产卵在马、猪和人类等大型生物皮下的蠕虫。蛇蜥角的大小蛇蜥数不胜数，有的有狮子的两倍大。在夷林南方的雨林，据说还有让最高大的巨人都相形见绌的猩猩，一拳就能捶死大象。

再往南被称为"绿色地狱"，据说有更恐怖的野兽。若传说属实，那里的洞穴栖息着许多淡白色的吸血蝙蝠，能在几分钟内吸干人血；花纹巨蜥在雨林中徘徊，它们会撞向猎物，再用强有力的后腿上的弧形长爪撕扯；五十尺的蟒蛇在灌木丛中游弋；斑点蜘蛛在参天大树间织网。

最可怕的要属南方天空的暴君——长翼龙。它们有巨大的皮翅膀和凶残的尖喙，永远不知餍足。长翼龙是龙的近亲，不能喷火，暴虐程度却胜于后者，而且除了体型，其他方面均能与之匹敌。

斑纹长翼龙有独特的绿白相间的鳞片，体长可达三十尺；沼泽长翼龙更大一些，但天生动作迟缓，很少远离巢穴；棕腹长翼龙比猴子

前页 | 索斯罗斯的废墟

还小,却比那些大个儿同类更危险,因其会集合百只以上的族群共同捕猎;最致命的是阴影长翼龙,这种夜行恶魔黑鳞黑翼,完全隐匿在夜色中……直到当空扑下,撕开选中的猎物。

由于以上种种危险,与维斯特洛和厄斯索斯相比,索斯罗斯理所当然地人烟稀少。二十多个贸易小市镇伫立在北岸——正如某些人所说,它们是泥与血铸就的镇子,潮气漫天,遍地凄苦,充斥着从自由贸易城邦和七大王国赶来碰运气的冒险家、无赖、流亡者和妓女。

南方大陆的雨林、沼泽和烈日曝晒下的阴郁河流中无疑掩藏着财富,但找到黄金、宝石或贵重香料的少之又少,绝大多数梦想发财的人死于非命。蛇蜥群岛的海盗会劫掠沿岸小镇,把俘虏抓回爪子岛和眼泪岛上的奴隶围栏,然后卖到奴隶湾的人肉市场或里斯的青楼和情欲园中。而原住民离海岸越远,就越野蛮、原始。

索斯罗斯人骨架宽阔、肌肉虬结、双臂颀长、前额倾斜,有巨大的方形牙齿、厚重的下巴和蓬乱黑发。他们宽阔扁平的鼻子好像猪鼻,厚皮肤上棕白相间的纹路让他们看起来更像猪而不是人。索斯罗斯的女人只能跟同族男人交媾,若与厄斯索斯或维斯特洛的男人上床,则只会产下死婴,其中很多奇形怪状。

靠海居住的索斯罗斯人学会了贸易语言,吉斯卡利人认为他们智力太低,不适合做奴隶,却是凶猛的战士;再向南,文明的外衣被撕掉了,"斑纹人"变得残忍、粗暴,他们举行邪恶的仪式来祭祀黑暗的诸神。许多人食人肉,甚至吃尸体——当没有敌人和陌生人可吃时,他们就吃自己人的尸体。

有人说这里有过其他种族——被"斑纹人"消灭、吃掉或驱逐的失落人种。关于蜥蜴人、失落的都市和无眼穴居人的故事都是老生常谈,但没有实证能证明他们存在。

---

学士和其他学者试图破解索斯罗斯最大的谜团——古城夷林。这座废墟传袭自远古洪荒时代,建筑材料是油亮的黑石石块,那种石块恐怕要十几头大象才能拉动。夷林数千年来一直处于荒废状态,周围密密匝匝的雨林却丝毫未侵犯其内("此城邪恶至斯,林木亦不敢探足。"若传说属实,娜梅莉亚看到这座废城时如此评论)。任何企图重建或迁入夷林的行为都导致了可怖后果。

# 大草原

> **相**关传说之丰富，足以让大多数学士相信银海的存在。但由于若干世纪来降水不断减少，它已严重萎缩，今仅剩三个大湖，不复当初波光粼粼、宛如浩瀚大洋的盛景。

越过科霍尔森林，厄斯索斯大陆为一望无际的风蚀原野、和缓起伏的山丘、丰饶的河谷、湛蓝广阔的湖泊及连绵不绝、长草高至马首的草原。从西边的科霍尔森林到东边层峦叠嶂的骸骨山脉，大草原横跨超过七百里格。

人类文明正是在黎明纪元时发源于大草原。一万年抑或更久以前，维斯特洛尚处蛮荒状态，只有巨人和森林之子在此栖息，而在萨恩江及它向北蜿蜒注入颤抖海途中汇入的无数支流岸边，兴起了第一批真正的市镇。

可惜那段时日的历史我们不得而知，因最初的草原王国兴起和灭亡时，人类尚未发明文字，只有传说流传下来。我们得知统治银海——大草原中心广阔的内陆海——周边陆地的是渔人女王，她们的宫殿在湖中漂浮，永无休止地绕着湖岸巡游。

据说渔人女王聪慧仁慈，更受诸神眷顾，国王、领主和智者都前往漂浮宫殿寻求指点。但在渔人女王的领地之外，各民族兴衰更迭，为阳光下的土地争斗厮杀。某些学者认为这里便是先民的发源地，而后才有漫长的西行，最终通过多恩之臂徙至维斯特洛。安达尔人最初也可能来自银海南方的肥沃土地。掌故中还提到长毛人，他们是须发蓬乱的野蛮战士，骑独角兽战斗，比现在的伊班人更高大——很可能就是伊班人的祖先。我们还听说过失落之城莱

> **哈**格多恩博士提出一种理论，即半人马不过是尚未学会驯骑马匹的部落目睹邻近部落的骑马战士后形成的误解。他的观点在学城内部得到基本认同，尽管不时有形状怪诞的所谓"半人马骸骨"被发掘出来。

布，蜘蛛女神和大蟒之神的侍僧在那里进行永恒的血战。这些地界的东面是半人马诸王国，半人马上半身是人、下半身是马。

大草原东南方是骄傲的魁尔斯诸城，北方颤抖海沿岸的森林是"森林行者"的领域——许多学士认为身材矮小的他们是森林之子的同族——在魁尔斯人和"森林行者"之间有西米利亚人的山丘王国，擅使柳条盾、双腿颀长、用石灰硬化头发的吉普斯人，以及乘战车征战、棕肤白发的佐科拉人。

绝大多数上古民族今已消逝，他们的城市被焚毁和埋葬，他们的英雄和供奉的神灵被世人遗忘。魁尔斯诸城只余魁尔斯独自回味往昔辉煌，并贪婪地看守着连接夏日之海和玉海的玉海之门。那些消逝的民族有的彻底沦亡，有的被迫远走他乡，也有的被征服者融合吸收了。

维斯特洛将后来的征服者称为萨诺尔人，因该民族强盛时的国土涵盖萨恩江及其所有支流流经的土地，包括萎缩后的银海形成的三个大湖。他们自称"高人"（在他们的语言里写作坦嘎赞·费恩），四肢修长，棕色皮肤——跟佐科拉人一样——但毛发和眼睛漆黑如夜。他们是战士、法师和学者，自称是被他们称作胡马佐·阿麦（"神奇的"）的英雄国王的后代。这位国王是末代渔人女王之子，后迎娶西米利亚、吉普斯和佐科拉三个民族中最伟大的领主与国王的女儿们为妻，通过这种方式将之全体纳入治下。据说他的佐科拉妻子为他驾驶战车，他的西米利亚妻子为他打造盔甲（其族人很早就精通制作铁器），而他肩披以一位毛人王的皮做的大斗篷。

英雄国王可能存在也可能虚构，但"高人"强盛时的辉煌不容否认。这个骄傲又爱争吵的民族很少统一在一个统治者麾下，其建立的诸王国主宰了大草原西部，从科霍尔森林直至业已消失的银海东岸，甚至延伸到银海之外五十里格以上。他们光彩夺目的城市犹如珍珠洒在绿天鹅绒般的草原上，在日和星的照耀下熠熠生辉。

最宏伟的"高人"城市是"高塔之城"沙那斯，至高王便驻节于城内传奇的"千室之殿"。

沙那斯的东方伫立着"商队之城"卡沙斯；"瀑布之城"沙萨尔位于萨恩江两条支流交汇处；湖畔城市格尔纳西以运河闻名；"学者之城"塞洛西位于银海岸边，拥有宏伟的图书馆和彩绘城墙。萨恩江下游折向北方的河段，洛茨拉、霍莫斯及凯萨等繁荣的河畔城市在深蓝色河域中发展出兴盛的贸易。"士兵之城"莫达许也位于此间，又称"不可征服的"莫达许。萨恩江在江口三角地带分头注入颤抖海，东西分别有港口城市塞利斯和塞阿斯。

在已知世界诸多文明中，萨洛尔王国（这是习惯称呼，尽管其境内同时有四十多个彼此竞争的国王）得以发展到鼎盛，此后更存续了

---

根据法律和习俗，萨洛尔诸王均隶属于至高王，但实际上没有几位至高王拥有实权。

两千多年。但其历史今已失传，只留下残篇碎片，主要是《夏冬年鉴》及魁尔斯、奴隶湾和自由贸易城邦人士的相关记载。萨洛尔商旅远至瓦雷利亚、夷地、亚夏和雷岛；萨洛尔船只通过颤抖海驶往伊班岛、千岛群岛和远摩苏伊；萨洛尔国王与魁尔斯和老吉斯帝国开战，还频频率军深入东部大草原，扫荡游牧马民部落。

萨洛尔骑手穿戴钢甲和蜘蛛丝衣服，骑着乌黑母马，其中最伟大者乘坐由血红宝马队拉的镰刀战车上战场（通常由他们的妻子或女儿驾驶，萨洛尔人有男女并肩作战的习俗）。

即便在七大王国，光辉灿烂的"高塔之城"沙那斯也赫赫有名，"长腿"洛马斯将"千室之殿"列为《人造奇迹》中的九大奇迹。

萨洛尔王国如今几被遗忘，包括学城学士在内的大部分维斯特洛人对其悠久而荣耀的历史知之甚少。萨洛尔人的高塔已尽数坍塌，城池毁灭荒废，曾经的农庄、耕地和市镇长满毒草和长草，曾由他们统治的土地如今人烟稀薄，只有游荡的多斯拉克卡拉萨和经卡奥允许踏上从自由贸易城邦到维斯·多斯拉克和圣母山的漫长旅程的商队会踏足此地。

旅行者称这片土地为"鬼地"，因废城遍布，或因其空旷称"大废土"，但草原最通俗的名称是"多斯拉克海"。然而这种说法是近代才兴起的，多斯拉克人为一年轻民族，"末日浩劫"毁灭瓦雷利亚后卡拉萨们才统治这片土地。他们带着铁与火从东方席卷而来，征服并毁灭了曾在此兴旺发达的古老城邦，将其人民掳走为奴。

伟大的萨洛尔诸王国不出一世纪就纷纷陨落。在"流血世纪"，西方的自由贸易城邦为争夺霸权陷入野蛮缠斗，大草原上的战争也如火如荼。"末日浩劫"后不久，东方草原上此前一直分裂不睦的六十多个部落终于被一位领袖联合起来，他就是多斯拉克卡奥蒙戈。在其母——传说中的巫后多沙——劝谏下，蒙戈卡奥强迫各部落接受其统治，拒绝者都被消灭或奴役。

而后，他在垂暮之年将目光转向西方。

"高人"看不上马王，若干世纪里游牧民族不过是癣疥之疾，因此萨洛尔人素来对东方的威胁视若无睹，哪怕卡拉萨们开始越过王国东部边境进行掠夺。有的萨洛尔国王甚至在战争中利用多斯拉克人，以黄金、奴隶和其他礼物收买他们参战。蒙戈卡奥欣然收下礼物……也收下了被征服的土地。他烧毁田野、农场和城镇，将草原恢复到原始的蛮荒状态（多斯拉克人尊大地为母，用犁、铲子和斧头切割母亲的肉体是罪行）。

直到蒙戈之子摩洛卡奥兵临传奇的"瀑布之城"沙萨尔，"高人"才意识到危险降临。战争以他们的惨败告终，城中男性被统统处决，女人和孩子被掳走为奴，在前往南方吉斯卡利山城哈兹达恩·诺的奴隶市场的艰苦跋涉中，四分之三的俘虏死去。草原上最可爱的城市沙萨尔被焚烧殆尽，化作丘墟。据记载，摩洛卡奥亲自将废墟重新命名为贾利·卡玛伊——"号哭孩童之地"。

即便如此，萨洛尔诸王仍未能联合御敌。沙萨尔被焚时，西方卡沙斯的国王和北方格尔纳西的国王都派来军队，却不是来援助邻邦，而是妄图趁火打劫。卡沙斯和格尔纳西为争夺领土甚至大打出手，在沙萨尔西边距城市仅三日骑程的地方爆发激战，听任东方腾起浓浓黑烟。

篇幅所限，我们无力复述接下来的事件和

战争,只需知道萨洛尔王国的宏伟城市接连粉碎在多斯拉克铁蹄下。相关细节可参阅贝罗《高人的终结》、伊利斯特学士《马上部落:对厄斯索斯东部平原游牧民族的研究》、乔赛斯学士《流血世纪的战役和围攻》中关于东方的章节及附录,还有维戈罗的决定性著作《被摧毁的城市,被偷走的神灵》。

曾经辉煌的萨洛尔城邦今日只剩下塞阿斯,而这座港口城市也气息奄奄,不复昔日荣光,仅靠伊班和罗拉斯(其殖民地摩洛西与之邻近)的支持苟延残喘。唯有塞阿斯人还自称坦嘎赞·费恩,而曾数以百万计的"高人"仅存不到两万人口;唯有塞阿斯还供奉萨洛尔王国的百位神灵,而"高人"用来装饰街道和神庙的青铜与大理石神像,如今歪歪斜斜地立在通往马王们的圣城维斯·多斯拉克的青草大道上,被野草覆盖。

沙萨尔是第一个毁于多斯拉克人之手的草原城市,但绝非最后一个。六年后,摩洛卡奥焚毁卡沙斯。难以置信的是,他在这场战役中得到格尔纳西的支持,格尔纳西王与多斯拉克人结盟,娶摩洛之女为妻。十二年后,格尔纳

---

**史**载老吉斯帝国与崛起的瓦雷利亚自由堡垒有过五次战争。在第二次和第三次吉斯卡利战争中,"高人"拿起武器作为瓦雷利亚的盟军参战。在第四次吉斯卡利战争中,敌对的国王分别加入不同阵营,一派支持吉斯卡利人,另一派支持瓦雷利亚人。根据"长腿"洛马斯的记录,一块坍塌的方尖碑上刻着吉斯人在第四次战争中的盟友们的形象,他还注意到其中最高的战士——戴着高盔从而显得更高——就是萨洛尔人的前身。方尖碑是吉斯人打造的,但雕刻者是瓦雷利亚人,因上面所有的战士都被俘获或奴役了。

---

西成为下一个牺牲品,彼时赫洛卡奥杀死摩洛卡奥,终结了强大的蒙戈卡奥的血统,而格尔纳西王死在自己的多斯拉克妻子手上。据说那女人看不起他的软弱,老鼠还在啃噬前夫的尸体时,她便成了赫洛卡奥的女人。

赫洛是最后一位统领多斯拉克大联盟的伟大卡奥,他在毁灭格尔纳西三年后被对头杀死,庞大的卡拉萨分裂成十二个较小的部落,游牧民族又回到纷争不断的日子。但萨洛尔王国获得的喘息时间并不长,因"高人"已然露怯,而曾追随赫洛的卡奥们很快有样学样,竞相比拼谁能征服更广阔的疆土,谁能摧毁草原城市、奴役其人民,然后将破碎的神像带回到维斯·多斯拉克,证明自己的胜利。

余下的"高人"城市一个接一个倾覆、毁灭,骄傲的高塔矗立之地只留下废墟和灰烬。对研究历史学的师生们而言,银海边塞洛西的陨落是莫大灾难。"学者之城"被焚时,宏伟的图书馆未能幸免,绝大多数关于"高人"及他们之前民族的史籍付之一炬。

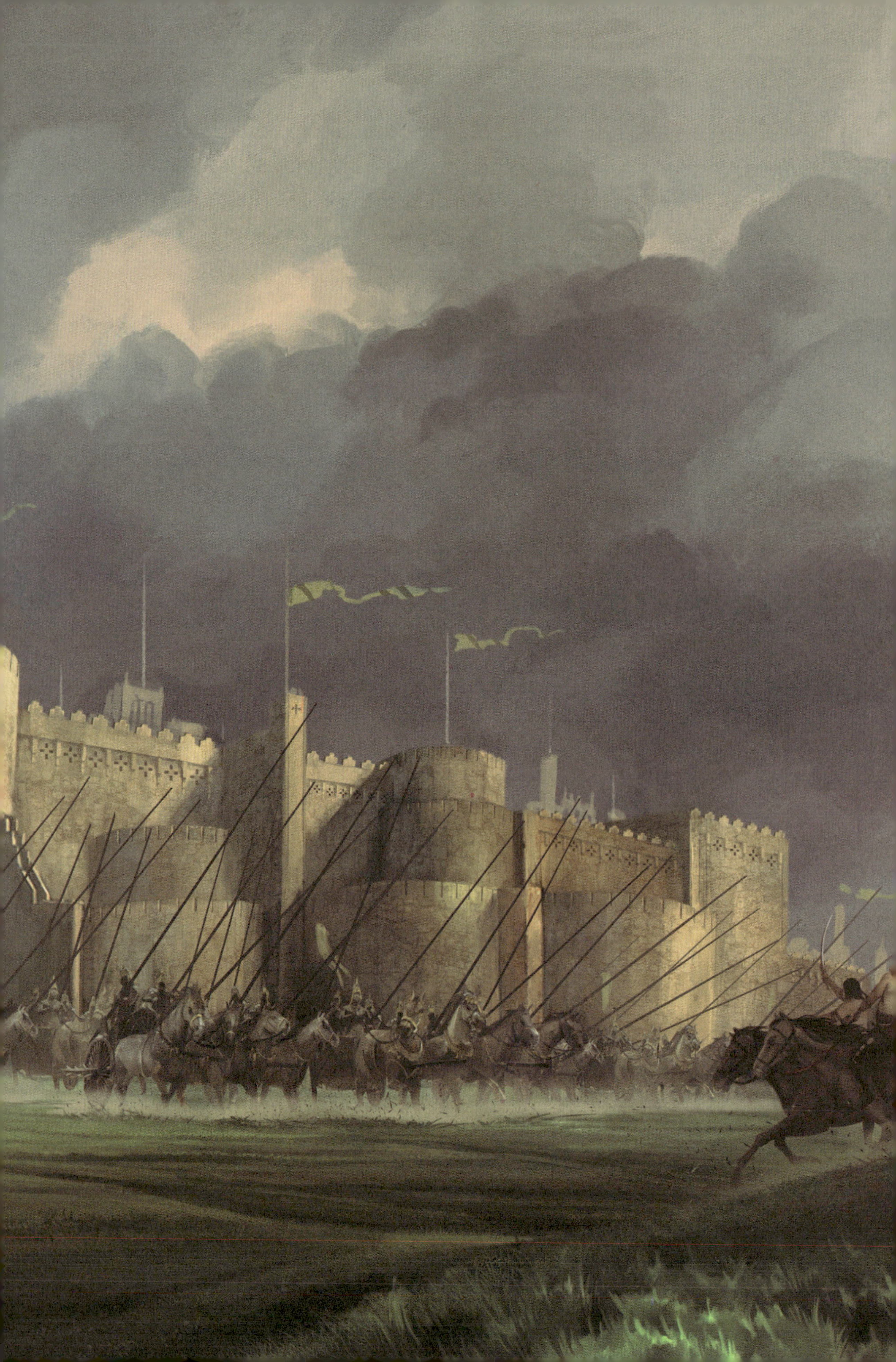

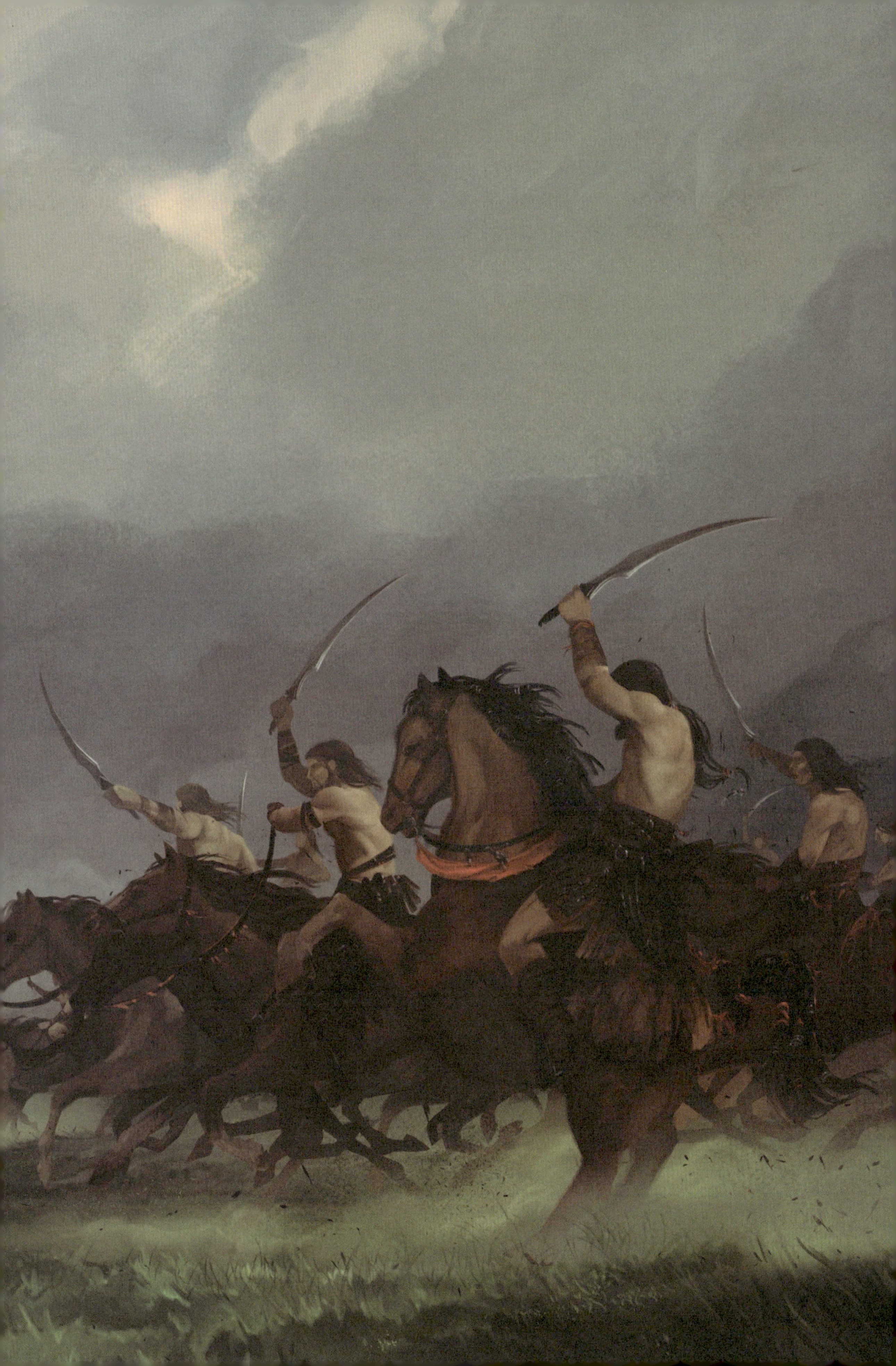

凯萨和洛茨拉随即陷落，它们被两个相互攀比着残忍程度的敌对卡奥攻克。要塞城市"不可征服的"莫达许抵抗马王们的攻击最久，它苦撑近六年，其间隔绝外援，被一个接一个卡拉萨围困。饥饿驱使下，莫达许人开始吃狗和马，然后是各种老鼠及其他污秽生物，最后吃尸体。撑不下去时，城内残存的战士杀了妻子儿女，以免其被卡奥奴役，然后打开城门发起最后的冲锋。城市的保卫者血战至最后一人，多斯拉克人将莫达许的废墟命名为维斯·格卡伊——"血腥冲锋之城"。

莫达许的陨落终于让萨洛尔诸王意识到危机深重，萨恩江上下游的"高人"终于冰释前嫌，同仇敌忾，在沙那斯城下汇成大军，想要一举打垮多斯拉克众卡奥。大军在末代至高王玛佐罗·阿莱休统率下大胆地向东挺进，在沙那斯到废城卡沙斯半途的长草原野中，与四个卡拉萨的联军相遇，后人称这场战役为"鸦原之战"。

据说，哈洛卡奥、魁洛卡奥、拉沙卡奥（"瘸子"）和扎科卡奥麾下共有近八万骑手，而萨洛尔至高王的大军当先为六千辆镰刀战车，其后是一万名披盔戴甲的骑手，两翼还有一万轻

前页 | 沙萨尔城下的战役

魁尔斯人历史悠久，我们却知之甚少——只因该民族仅剩魁尔斯为最后的据点。我们能确认的是魁尔斯人源于草原，并曾在其中建立市镇，与萨洛尔人有接触，时而还发生冲突。他们在战争中通常处于劣势，因此向南迁徙，建立新城邦，其中建立在夏日之海岸边的便是魁尔斯。然而厄斯索斯大陆南部远比魁尔斯人原来的土地恶劣，在其定居期间沙漠化愈加严重。"末日浩劫"降临时，魁尔斯文明业已摇摇欲坠，待多斯拉克人发难，所有试图从夏日之海的混乱中渔利的希望也告破灭，除魁尔斯外的城市均被摧毁。

但某种意义上，多斯拉克浪潮反而造就了魁尔斯的繁荣。统治魁尔斯的"王族"被迫将目光投向海洋，很快建起舰队，控制玉海之门——魁尔斯和大莫拉克岛之间连接夏日之海和玉海的海峡。由于瓦雷利亚的舰队被毁，瓦兰提斯的注意力在西方，魁尔斯得以轻松垄断这条沟通东西的最直接通路，然后依靠贸易和收取通行税发财致富。

下图｜多斯拉克海地图

骑兵(很多是女人),萨洛尔步兵在后方压阵——近十万矛兵和抛石手。所有编年史都说,"高人"占据很大的人数优势。

两军交锋,萨洛尔战车来势汹汹一马当先,惊天动地地碾过多斯拉克部落中央,轮轴上旋转的镰刀割断了多斯拉克战马的腿。哈洛卡奥在战车前倒下,随即被剁成碎片,遭到践踏,他的卡拉萨四散奔逃。战车隆隆地追逐逃跑的骑手,至高王率铁甲骑兵紧随其后,然后是萨洛尔步兵,他们挥舞着长矛,发出胜利的呼号。

但他们没得意太久。溃败只是伪装,将"高人"诱入陷阱后,逃跑的多斯拉克人突然折回,用大弓射出暴风雨般的箭矢。扎科卡奥与魁洛卡奥的卡拉萨南北包抄,"瘸子"拉沙和他的哮吼武士绕到敌军背后攻击,封住萨洛尔人的退路。至高王及其大军被完全包围,溃不成军。据说当日有十万人丧命,包括玛佐罗·阿莱休、六位国王及超过六十位领主和英雄。乌鸦就着"高人"的尸体大快朵颐,而多斯拉克骑手在尸丛中为战利品争吵。

失去防御者的"高塔之城"沙那斯不到半月后被"瘸子"拉沙征服。拉沙卡奥将全城付之一炬,连"千室之殿"也没放过。

随着"流血世纪"接近尾声,草原上剩下的城市一个接一个陨落。萨恩江口的塞利斯是最后沦陷的城市,但多斯拉克人在此没得到多

右图 | 维斯·多斯拉克

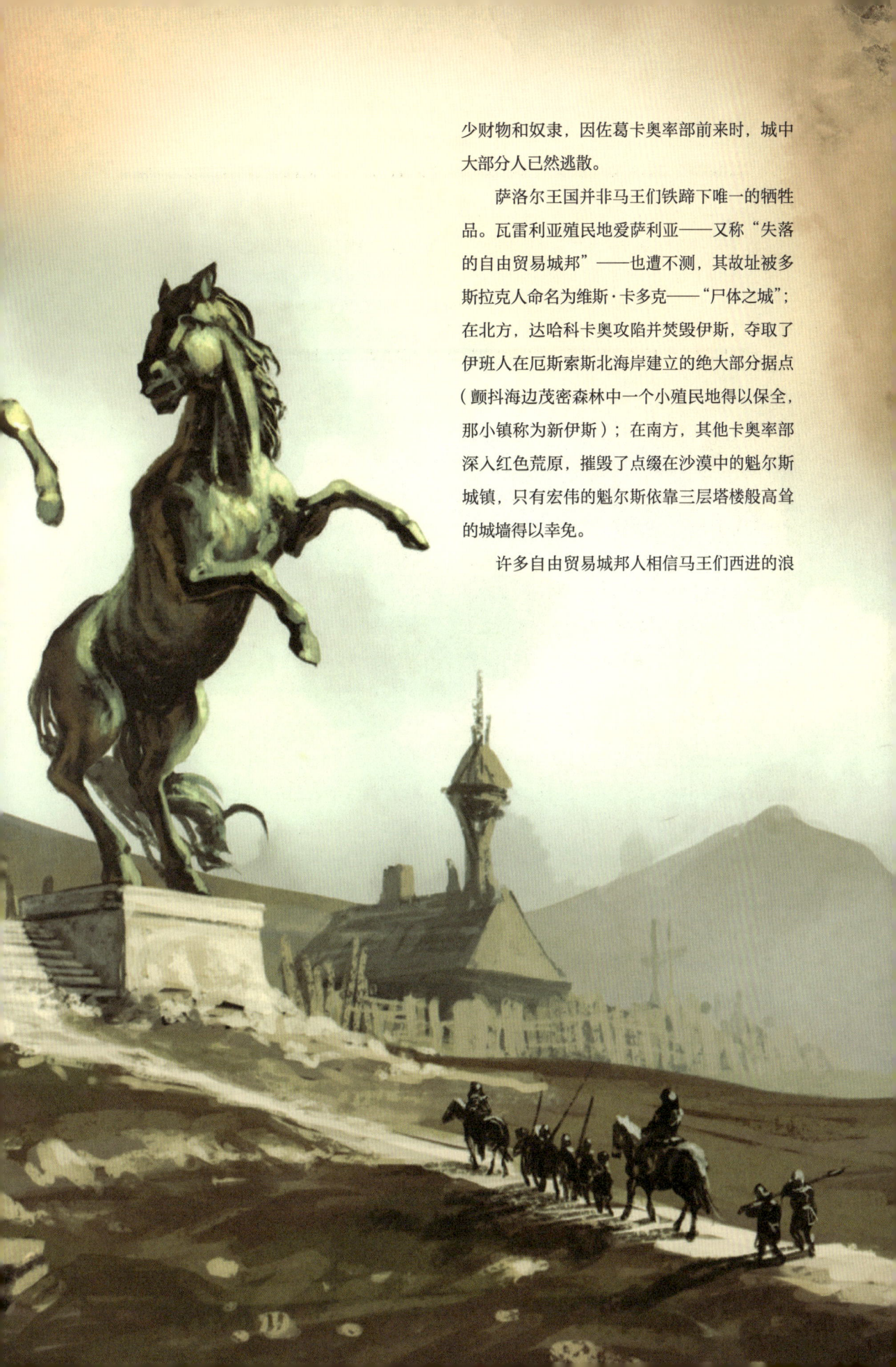

少财物和奴隶，因佐葛卡奥率部前来时，城中大部分人已然逃散。

萨洛尔王国并非马王们铁蹄下唯一的牺牲品。瓦雷利亚殖民地爱萨利亚——又称"失落的自由贸易城邦"——也遭不测，其故址被多斯拉克人命名为维斯·卡多克——"尸体之城"；在北方，达哈科卡奥攻陷并焚毁伊斯，夺取了伊班人在厄斯索斯北海岸建立的绝大部分据点（颤抖海边茂密森林中一个小殖民地得以保全，那小镇称为新伊斯）；在南方，其他卡奥率部深入红色荒原，摧毁了点缀在沙漠中的魁尔斯城镇，只有宏伟的魁尔斯依靠三层塔楼般高耸的城墙得以幸免。

许多自由贸易城邦人相信马王们西进的浪

**据**说要塞城市巴亚撒布哈德、沙米利安纳和卡亚卡亚纳亚由女人守卫，这些女人相信只有赐予生命的人才能取走生命。在《暮谷镇的亚当旅行真迹》中，商人亚当记录下他自称的东厄斯索斯之行，但并未太多涉及上述情况或学者们感兴趣的其他内容，却用很大篇幅提醒读者女战士们袒胸露乳，用红宝石钉和铁环装饰脸颊和乳头。

---

潮是在科霍尔城下被遏制住的，特莫卡奥攻城时遭遇三千英勇的无垢者奴兵顽强抵抗，他们在哮吼武士的十八次冲锋下屹立不动。但若以为三千科霍尔保卫者就此终结了多斯拉克人的征服之梦，那便和马王们首度涌出东方草原时萨洛尔至高王的自满轻敌如出一辙。有识之士深信，众卡拉萨再度联合在一位伟大的卡奥麾下西进不过是时间问题。

多斯拉克人也试图向东扩张，但骸骨山脉成为难以逾越的屏障，荒凉凄冷的山峰犹如一道参天石墙，将马王们与富饶的远东隔开。山脉中只有三个隘口可供军队通行，分别由三座强大的要塞城市巴亚撒布哈德、沙米利安纳和卡亚卡亚纳亚守护，城内有数万名威武的女战士，她们是骸骨山脉以东、今称大沙海的地方曾经繁荣昌盛的海尔科隆后裔国最后的残余。许多卡奥死在三座要塞城市脚下，城墙始终岿然不动。

但骸骨山脉以西，北起颤抖海，南达彩绘山脉和斯卡扎丹河，这片曾是人类文明诞生之地的广阔草原，今已化为狂风呼啸的废土。慑于仍在原野上信马由缰的多斯拉克卡拉萨，没人敢在此耕种居住，卡拉萨还向穿越这片土地的人们索取贡品，并且互相讨伐。

多斯拉克人至今不改游牧习性，这个野蛮残忍的民族喜欢帐篷胜过宫殿。卡奥们很少停歇，而是领着大群马匹和山羊在"多斯拉克海"中游荡，遇见其他部落便开战，偶尔为奴隶和劫掠踏出地盘，或向西方长途行进，以便向九大自由贸易城邦的总督和执政官索要"礼物"。

马王们只有一个永久性居所，便是被他们称为维斯·多斯拉克的"城市"，该城位于孤耸的圣母山阴影下，旁边是深不见底、被多斯拉克人称为世界的子宫湖的大湖——他们认为自己起源于此。维斯·多斯拉克并非真正的城市，既无城墙亦无街道，青草大道旁林立着偷来的神像，宫殿也用草织成。

这座空壳城市由女人统治，这些被称为多希卡林的老妪都是去世卡奥的遗孀。多斯拉克人敬维斯·多斯拉克为至圣之城，禁止发生流血冲突，因骑手们认为此乃和平与力量之地，有朝一日所有卡拉萨会再次齐聚于此，汇集在将要征服世界的伟大卡奥——"骑着世界的骏马"——的旗帜下。

然而对我们来说，维斯·多斯拉克的重要意义在于集市。多斯拉克人不事买卖，觉得那不够磊落，但在他们的圣城中，多希卡林允许骸骨山脉以东和自由贸易城邦的商贩聚在一起，自由交易财货。前来维斯·多斯拉克热闹的城东和城西市集贸易的商旅在"多斯拉克海"中遇见卡奥时会奉上厚礼，因此得到保护。

于是不可思议的，游牧民族空旷的"城市"成为连接东西的门户（从陆路而言）。相隔遥远、几乎不能见面，抑或从未耳闻的民族，在圣母山下奇特的集市里齐聚一堂，安享贸易之利。

# 颤抖海

颤抖海西起维斯特洛，南接厄斯索斯，北面是冰雪堆积、被水手称为"白大荒"的封冻荒原，东面则是未知的土地和海域。

这片辽阔、寒冷、残酷的海洋的真正大小或许永远无法得知，因七大王国人从未航到千岛群岛以东，而冒险向极北探索的人们抵不过呼啸的狂风、冰冻的海洋和能将最结实的船碾碎的冰山。按水手的说法，更可怕的是永不停歇的暴风雪，它吹得冰山在夜间鬼哭狼嚎。

有识之士早已认定世界是圆的，倘真是如此，向北一直航行可以去往世界另一头，发现做梦都不敢想象的土地和海洋。无数世纪以来，许多无畏的水手试图穿越冰山的阻碍，去看后面的风景，可惜要么因此送命，要么憔悴不堪、冻个半死地退回南方。"白大荒"确实会在夏天缩小，在冬天重新扩大，海岸线变化无常，但没人能找到传说中的北方通道，也没人发现白港的赫雷斯顿学士设想的隐于极北冰川之后温暖的夏日之海。

水手天性浮夸迷信，跟歌手一样热衷幻想，他们散播着许多北方苦寒水域的故事，说那里的天上闪着奇怪的光芒，那是雪巨人的恶魔母亲在整晚跳舞，引诱人类向北行驶、自取灭亡；他们低声讲述食人海湾，船只若敢冒险驶入，便会发现身后的海水冻结起来，将其永远困住。

他们还说起海上飘荡的惨悴蓝雾，冰冷异常，乃至被笼罩的船只立刻结冰；水鬼在夜间出没，将活人拽入灰绿色深渊；浑身苍白的美人鱼，尾巴长着黑鳞，比南方的同族歹毒得多。

在所有关于颤抖海的神奇诡异的故事中，最震撼人心的是冰龙。这种巨兽比瓦雷利亚魔龙还要大许多倍，据说是有生命的冰，眼睛为苍蓝色晶体，翼展极宽的透明翅膀掠过天际时会映出星月光辉。与普通龙（如果龙能算作普通的话）吐火不同，冰龙的吐息是寒气，那可怕的寒气瞬间便能将人冻得严严实实。

**传**说有一千艘船困在食人海湾，有些船上至今生活着第一代船员的孙辈、曾孙辈，他们靠吞食新近被冰川吞没的水手维生。

上图｜"白大荒"的冰川

若干世纪以来，至少有五十个国家的水手声称见过这种巨兽，因此故事里或有真实成分。马盖特博士提出，许多北方掌故——冻雾、冰船、食人海湾等——均可解释为冰龙活动造成的后果。这是个有趣的看法，颇具吸引力，但仍旧出自猜测。据说冰龙死后会即刻融化，因此没有留下能证明它存在的确凿证据。

让我们抛开玄妙的话题，回归现实。除开北部的凶险传说，颤抖海的水域生机盎然，数百种鱼类在幽深海水中游弋，包括鲑鱼、狼鱼、玉筋鱼、灰鳐、七鳃鳗及其他鳗鱼、白鲑、红点鲑鱼、鲨鱼、鲱鱼、鲭鱼、鳕鱼等等。海岸上到处都有螃蟹和龙虾（有的大得惊人），而海豹、独角鲸、海象、海狮等将巢穴和繁殖地建在数不清的岩岛和海柱上。

且不论虚无缥缈的冰龙，北方水域的真正王者是鲸鱼。五六种巨大的鲸鱼在颤抖海安家，有灰鲸、白鲸、座头鲸、集群捕猎的凶残的斑点鲸（很多人因此称它们为"海狼"）和力大无穷的海兽——它是世上所有生物中最古老也最庞大的。

颤抖海最西端，自斯卡格斯岛和灰色大峭壁起始的一段是已知世界最丰饶的渔场，尤盛产鳕鱼和鲱鱼。远至三姐妹群岛（西方）和摩洛西（东方）的渔民都会来此捕鱼……但要经自由贸易城邦布拉佛斯允许，布拉佛斯船队在海王的战舰保护下主宰着厄斯索斯西北海域。自建城以来，渔业、银行业和商业便是布拉佛斯的三大"支柱"产业。

向东驶出布拉佛斯水域，便来到自由贸易城邦罗拉斯的领海，不过其控制力较弱。然后会经过斧头半岛，许多民族生息乃至灭绝于此，在几千年间数不尽的战争中灰飞烟灭。斧头半岛以东是幽深靛蓝的苦草湾，伊班和罗拉斯的船只经常为它争斗，萨洛尔王国的最后一支大舰队也在此被布拉佛斯的海王歼灭。伊班人称这里为战争湾，罗拉斯人则命名为血湾。无论叫什么，据说上千艘沉船和五万具溺毙水手的骸骨铺满湾底，成为当地盛产的螃蟹的住所。

越过苦草湾是萨恩江三角洲，雄浑的萨恩江向北注入大海，其众多支流流经厄斯索斯中部的许多地方。这里伫立着白墙环绕的塞阿斯——陨落的萨洛尔王国诸多辉煌都市中最后的残余（许多人认为它是其中最微不足道的城市）。塞阿斯的姐妹城塞利斯位于三角洲另一头，几世纪前被一位多斯拉克卡奥洗劫、摧毁，留下废墟。两座城市间大河的另一个入海口伫立着罗拉斯的采矿和渔业殖民地——摩洛西。

敢于继续向东的人，接下来会到达面积狭小、以牧业维生的奥柏王国，众所周知，这里懦弱的国王和孱弱的亲王们每年向多斯拉克马王献上谷物、宝石和少女，以求自保。奥柏以东是獠牙湾，作为海象繁殖地而闻名。獠牙湾之后便是颤抖海的中心地带，这里的每一波海浪和每一块岩石都归伊班大岛上的长毛人所有。

# 伊班岛

若干世纪来,许多民族曾在颤抖海沿岸和海中岛屿生活,在冰冷的灰绿色海洋中航行,而伊班人在这些民族中存续时间最久、影响力最大。这个古老而沉默的岛屿民族自黎明纪元起就定居于伊班岛,在北海打渔维生。

伊班人和其他人类不同,他们体格魁梧,肩宽胸阔,身高却很少超过五尺半,且双腿粗短,手臂颀长。尽管身材低矮,他们却相当强壮,在其最喜爱的摔跤运动上,维斯特洛人难以匹敌。

伊班人面容特征鲜明,倾斜的眉骨突出,眼睛小而下陷,牙齿方正硕大,下巴厚重,这在维斯特洛人看来是粗鄙丑陋的表现,雪上加霜的是其语言喉音很重,含含混混;但伊班人其实十分灵巧——他们是娴熟的工匠、高超的猎人和追踪者、刚强的战士。尽管肌肤苍白,血管为暗青色,他们的毛发却漆黑坚韧。伊班男人留大胡子,坚韧的体毛覆盖四肢、胸膛与后背;粗糙的黑色体毛在伊班女人当中也司空见惯,有的女人甚至连上唇都长毛(但长久流传的关于伊班女人有六个乳房的说法不属实)。

虽然伊班男人可与维斯特洛或其他地方的女人结合,但后代通常是畸形儿,且必定像骡子那样无法生育。伊班女人和其他种族的男人交配只会生下死胎和怪物。

上述结合极为少见,虽然伊班港的船只频频造访狭海周边港口,甚至远赴盛夏群岛和古瓦兰提斯,但船上水手只同自己人交流,即便上岸也不与外人接触,对陌生人疑心重重。而在伊班本地,按法律和习俗,外国人和异民族只能在伊班港划定的区域内活动,只有在本地人陪同下才能走出城市范围,而这种邀请极其稀少。

伊班岛是已知世界第二大岛,仅次于玉海和夏日之海间的大莫拉克岛。岛上多为岩石山地,有巍峨的灰色山脉、原始森林及湍急河流,熊和狼肆虐在黑暗的内陆地区。据说巨人曾在此居住,今已彻底消亡——只剩下长毛象游荡在原野和山丘间,有人说高山上甚至能看到独角兽。

生活在林地和山间的伊班人比海边的同族更不好客,他们很少会其他语言,以伐木、牧羊和采矿维生,穴居或把灰石头直接埋进地里,再用板岩或茅草做顶,当作房子。伊班内陆少有村镇,当地人不喜群居,习惯独自生活,只在婚葬祭祀时聚会。这里的群山中盛产金、铁和锡,森林里有木材、琥珀及上百种野兽的皮毛。

生活在伊班岛岸边的人比林地和山间的同族更喜欢冒险。他们是勇敢的渔民,为捕捞鳕鱼、鲱鱼、白鱼和鳗鱼在北海冒险远航,而在外人眼中,他们更以捕鲸人闻名。伊班捕鲸船船舱巨大,常出现在狭海周边及其他地方,虽然外表难看(也很难闻),但其坚固程度惊人,不仅能抵御任何风暴，还扛得住海中最大的海兽的攻击。从捕获的鲸鱼身上分解的骨头、脂肪和油是伊班岛的主要贸易物资，也使得伊班港成为颤抖海上最大、最有钱的城市。

灰蒙阴沉的伊班港从黎明纪元起就对伊班岛及周遭小岛发号施令，城内有鹅卵石小巷、陡峭山丘、热闹的码头和船坞，数百盏以铁链高悬在街道上方的鲸油灯照亮了城市。庞然巨物般的神王堡的废墟俯瞰伊班港，它由粗糙打磨的石头砌成，上百位伊班王曾在此统治。但最后一位国王于瓦雷利亚"末日浩劫"的余波中被推翻，如今伊班岛及周围岛屿由"影子议会"掌管，议员由富有的行会成员、古老的贵族和男女祭司组成的"千人团"选出——这与自由贸易城邦的总督议会颇为类似。

远伊班岛是伊班群岛第二大岛，位于伊班岛东南一百多里格处，远较后者贫瘠荒芜。伊班·萨为该岛唯一市镇，从前是犯人的流放地和惩处地，过去的伊班人会将罪大恶极的凶犯送来，通常还先折损肢体，令其无法返回伊班岛。尽管这项传统随神王的倒台而被抛弃，伊班·萨却至今恶名远扬。

伊班人并非只在岛上安家，丰富的证据表明他们在西方的斧头半岛、罗拉斯诸岛、苦草湾和獠牙湾沿岸，以及东方的海兽湾和千岛群岛都建立过居民点。史书记载，伊班人多次尝试控制萨恩江口，这些长毛人与萨洛尔姐妹城市塞阿斯与塞利斯发生过惨烈冲突。

伊班神王们成功征服并殖民了北厄斯索斯与伊班岛隔海相望的大片区域。那里森林茂密，曾居住着矮小、害羞的森林种族。有人说这个温和的种族被伊班人灭绝，也有人相信他们躲进了更深的密林，或逃到其他地方。如今，多斯拉克人仍以消失的森林种族的名字称北海沿岸的大森林为伊佛维隆王国。

传奇的潮头岛伯爵"海蛇"科利斯·瓦列利安是最早拜访这片森林的维斯特洛人。他自千岛群岛返航的笔记中提到树上的雕刻、闹鬼的洞穴和莫名的寂静。之后的旅行者——商人冒险家、平底商船"长矛摇动者"号船长旧镇的布赖恩——提供了另一份颤抖海的航程记录。旧镇的布赖恩报告说多斯拉克语对这个消失人种的称呼意为"森林行者"，尽管他遇到的伊班人均未见过"森林行者"，但声称在晚上给小人族献上树叶、石头和水的家庭会得到祝福。

伊班人疆域最辽阔时在厄斯索斯大陆控制的面积等于伊班岛本土，且远为富饶。越来越多的长毛人从群岛渡海到大陆闯荡。他们砍伐森林，开垦土地，在河流和溪水中筑坝，在山里采矿。总辖殖民区的是伊斯，它原是小渔村，

---

《**弥**林竞技场史》，别名《红书》，出自佚名渊凯人之笔，数世纪后由埃尔金学士翻译。书中简要提到许多伊班女人被卖为奴，在弥林、渊凯和阿斯塔波的竞技场里度过余生，只因南方奴隶主认为她们当床奴太丑、做工又太粗蛮。

后来发展成繁华港口和伊班人的第二大城市，有深水港口和高耸白墙。

这些都在四百年前随多斯拉克人的到来戛然而止。马王们此前刻意回避北海岸的森林，有人说是因敬重消失的"森林行者"，或者畏惧其力量。无论如何，多斯拉克人不怕伊班人，一个接一个卡奥入侵伊班人的领地，凭铁与火席卷长毛人的农场、田野和庄园，屠杀男性，抓走他们的妻子做奴隶。

伊班人的贪婪众所周知，其吝啬程度也与之相当，他们不肯向卡奥献礼，宁愿战斗。伊班人赢得了不少值得书写的胜利，还在一场可歌可泣的战斗中摧毁了可怕的鳌科卡奥麾下庞大的卡拉萨，但涌入的多斯拉克人却越来越多，因卡奥们总在互相比拼、试图超越对手。在卡拉萨的压迫下，伊班人越退越远，战火最终烧到伟大的伊斯城下。撒科洛卡奥首先攻克城市，他击破鲸骨城门，洗劫庙宇和财宝库，将城市的神像带回维斯·多斯拉克。伊班人重建城市，但一代人后又遭腊戈卡奥攻破，半个城市被焚，上万名妇女被掳走为奴。

伊斯城伫立之地如今只余废墟，多斯拉克人称为维斯·阿斯克——"懦夫之城"……因鳌科之孙达哈科卡奥率卡拉萨卷土重来时，剩下的居民乘船渡海逃回伊班岛。盛怒的达哈科大肆焚烧废弃的城市，乃至波及周边地区，他因此被称为"北方巨龙"。

伊班人还是在厄斯索斯大陆保留了一个小据点，它位于三面环海的小半岛上，依靠长度几与守夜人的冰雪长城相当（但高度不及其三分之一）的木墙来防御。这道泥土和木材搭建的高耸栅栏林立着防御塔，前方还挖出深深的壕沟。伊班人在工事背后通过叫做新伊班的镇子统辖大为缩减的殖民地，水手们说这座新镇阴郁肮脏，根本无法与被马王们毁掉的繁华旧城相比，倒更像伊班·萨。

---

伟大的布拉佛斯冒险家泰瑞欧·伊拉斯蒂斯于达哈科卡奥帐下做客时记录了多斯拉克人的生活，并见证了伊斯的毁灭。据其所著编年史《草原之火》记载，达哈科卡奥因被称作"北方巨龙"而洋洋自得，但最终追悔不已。他的卡拉萨在战斗中被特莫卡奥的卡拉萨打散，他本人被年轻的卡奥俘获。特莫卡奥先砍下达哈科的妻子儿子们的手脚和生殖器，当着达哈科的面烧烤，然后对达哈科如法炮制。

---

右图 | 千岛群岛的女人

# 伊班岛以东

越过伊斯的海岸线和伊佛维隆王国的森林,骸骨山脉的山麓从草原上渐渐升起,在东方远处绵延直至海滨。即便自颤抖海远眺,这条戴着冰雪王冠、参差起伏的高大山脉也直冲云霄。多斯拉克人称骸骨山脉最北段为科拉扎吉·扎斯克——"白色山脉"。

群山以东是另一个世界,甚少有维斯特洛人造访。前往远东的旅行者,如"长腿"洛马斯等,通常有两个选择:或走陆路,通过山间隘口;或走南方温暖的海路,经玉海之门。

尽管颤抖海东边某些水域和西方一样丰饶,但除伊班人外少有人捕捞,因骸骨山脉以东的土地属于游牧的鸠格斯奈人,这个野蛮的马上民族从不造船,对海洋兴趣缺缺。伊班港的捕鲸船定期到海兽交配、生产的海兽湾作业,伊班渔民说湾中深水域有丰富多样的鳕鱼群,北边的岩岛有海豹和海象,蜘蛛蟹和帝王蟹则随处可见。舍

此以外的大洋较为贫瘠。

再向东为千岛群岛（伊班绘图师告诉我们，实际只有不到三百个岛屿），大批荒芜的风化岩岛散落在海中，有人认为是某个古王国沉没的遗址，数千年前其村镇、塔楼均被上升的海平面淹没。只有胆大包天或走投无路的水手敢在此登陆，因岛民虽少，但性格怪异，仇视生人。他们全身无毛，肤色浅绿，女性磨尖牙齿，男性割去包皮，所操语言无从考据。据说他们会拿外地水手祭献长满鳞片的鱼头神灵——神的雕像就在参差不平的岩石海岸上，退潮时方能看见。尽管四面环水，这些岛民却惧怕海洋，宁死也不肯踏入水中一步。

哪怕"海蛇"科利斯·瓦列利安也不敢航向千岛群岛以东，转而投身于伟大的北方航行。事实上，除了寻找崭新地平线的渴望，没有什么理由能驱使他继续下去。据说在这片东方海洋，连打上来的鱼都奇形怪状，苦涩而难以下咽。

骸骨山脉东面的颤抖海沿岸只有一个港口值得一提：尼芙。它是尼盖尔王国的首要城市，周围千仞白垩悬崖，终年雾气缭绕。从港口望去它不过小镇规模，但据说城市的十分之九位于地下，因此旅行者也称尼芙为"隐蔽之城"。无论如何称呼，这座城市以死灵法师和拷问者大行其道而恶名远扬。

尼盖尔以东是寒冷阴郁、属于易形者和恶魔猎手的摩苏伊森林。摩苏伊以东……

没有维斯特洛人说得清。有的修士声称摩苏伊是世界东方尽头，其后依次为迷雾的国度、黑暗的国度，最终在风暴与混乱的国度里，海天连为一体。水手、歌手和其他梦想家更愿意相信颤抖海绵延不绝、无穷无尽，越过厄斯索斯大陆最东端，越过其后未知的岛屿和大陆，那些地方没有地图描绘，甚至无法想象，异邦人在陌生的群星下敬奉异域的神灵。更睿智的人则推测，若世界真是圆的，那在已知水域之外的某处，东方将变作西方，颤抖海将与落日之海连接。

真真假假，在新的"海蛇"扬帆朝日出之地远航以前，一切皆不得而知。

# 骸骨山脉及其以东

在维斯·多斯拉克和圣母山以东，草原变成起伏的平原和树林，土地变得坚硬、多石，向上一路攀升。丘陵逐渐嶙峋、陡峭，不久即可见到远方群山，高耸入云的峰顶仿佛飘浮在东方的天空之上，蓝灰色的巨大剪影参差不齐、凶险莫测，曾让无所畏惧的旅行者"长腿"洛马斯目睹后呆若木鸡（若他的故事属实），以为自己终于来到世界尽头。

多斯拉克人和草原上其他马民的祖先对群山颇为熟悉，至今还有人记得最初的部落是从山对面的土地跋涉而来。他们来西方是为了寻找丰饶的土地和物产？为了征服？抑或逃避仇寇？他们的传说并不一致，因此无从得知，但迁徙一定十分艰难，途中留下累累白骨：人骨、马骨、巨人骨、骆驼骨、牛骨，还有各种野兽、飞鸟及怪物的骨骸，在荒蛮的山间随处可见。

此地也因而得名"骸骨山脉"。它是从落日之海到阴影之地旁的亚夏的整个已知世界中最高的山脉，自颤抖海绵延至玉海，犹如一堵扭曲且锋利的石墙，南北长达五百里格，东西横跨一百里格。

骸骨山脉北端的山顶积雪深厚，南端的山峰和峡谷则饱受沙暴侵蚀，奇形怪状；而在漫长的中间地段，咆哮的湍流冲过幽深峡谷，小洞穴连通庞然的洞窟和幽闭的内海。对外人来说，骸骨山脉宛若绝境，其实山中一直有人类和某些奇异生物生存。就连冰雪覆盖的北部山峰（多斯拉克语中称为科拉扎吉·扎斯克——"白色山脉"），那片无论冬夏都从颤抖海吹来呼啸冷风的地方，也曾是岩石巨人"杰戈温"的故土。据说"杰戈温"有维斯特洛巨人的两倍大，可惜一千年前彻底灭绝，只留下巨大的骸骨作为遗物。

"一千条路进山，"从魁尔斯到科霍尔，智者们如是说，"三条路出山。"虽然骸骨山脉远看似乎不可逾越，但人、山羊和其他动物踩出的数以百计的小径，及山中溪床、斜坡等，还是能容旅行者、商人和冒险家深入腹地。某些地方甚至有上古人工开凿的石阶、隐藏的隧道和通路，可供识路者利用。但以上这些路径大抵危机四伏，甚至是死路或是对粗心旅人设下的陷阱。

装备精良、补给充足的小队人马，在熟知危险的向导引领下，有多种方法通过骸骨山脉。但军队、商队和独身旅人，最好还是沿道路穿过巨大隘口——三条道路连接大山东西的世界：钢之路、石之路和沙之路。

钢之路（以发生在此的诸多战役而得名）

和石之路都起自维斯·多斯拉克,前者几乎一路朝正东延伸,穿过最高的山峰,后者走向东南,在伊尼萨尔(马王们称为维斯·伊尼)的废墟间汇入古老的丝之路,然后向上爬升。在与两者相隔甚远的南方,沙之路穿过骸骨山脉南端(这里因缺水又称枯骨山脉)及周边沙漠,连接了大型港都魁尔斯和东方的门户、贸易城市提岖。

即便沿着往来频繁的道路,穿越骸骨山脉依然艰苦又辛劳……还要为安全付费,因山脉最东端伫立着三座强大的要塞城市,它们是一度辉煌的海尔科隆后裔国的遗民。巴亚撒布哈德,也称"巨蛇之城",把守着沙之路东端,向通行者索求贡品;沙米利安纳是群山石壁中开凿的灰色石城,石之路幽深绵延、曲折逼仄的通路从其城墙下通过;在北方,裹毛皮的骑马战士奔走于钢之路,踏过晃晃悠悠的吊桥和地下甬道,护送商队进出城墙由黑色玄武岩、黑铁和黄色骸骨铸就的卡亚卡亚纳亚。

三座要塞城市起初都是海尔科隆的元老们建造的堡垒与前哨站,以拱卫国家西部边陲,抵抗骸骨山脉里的强盗、土匪与不法之徒,及山脉背后的蛮子。若干世纪后,要塞演变为城市,海尔科隆的河流与湖泊却纷纷干涸,曾经丰饶的土地化为黄沙,于是国家不存。如今,海尔科隆腹地被称为大沙海,大片大片的不毛之地中布满流动沙丘和干枯河床,烈日灼烤着废弃的要塞和村镇。据说大沙海南部的沙漠中心热到水分会即刻沸腾蒸发。

大沙海以东是崭新的世界:远东地区。那里的平原、丘陵和河谷广阔无边,陌生的神灵统领着陌生的民族。自黎明纪元起,就有许多伟大的城市和骄傲的国家在远东崛起、兴盛而后衰落,西方人对此却知之甚少,甚至早已遗忘它们的名字。流入学城的远东历史仅是纲要概略,即便是那些故事,也在跨越山脉和沙漠的漫长西行中有了诸多遗漏、缺失和矛盾之处。想要断言哪些是事实,哪些是歌手、说书人和老奶妈的杜撰之词,几乎不可能。

但东方最古老、伟大的文明一直延续至今,那便是古老辉煌的夷地黄金天朝。

---

**许**多记述显示,卡亚卡亚纳亚、沙米利安纳和巴亚撒布哈德的山地战士都是女人——城市统治者"上父"的女儿们。这三座城市的女子学会走路前就得学习骑马和攀爬,从刚懂事起便教授弓箭、长矛、匕首和抛石索的技艺。"长腿"洛马斯信誓旦旦地称她们为世上最凶猛的战士。她们的兄弟——"上父"的儿子们——百分之九十九成年时便被去势,余生以太监的身份,担任城市的文书、祭司、学者、仆人、厨子、农民和工匠,唯有最有前途者——最高大、强壮、英俊的男性——才允许正常发育、交媾,并接替成为"上父"。纳艾林学士在《红玉与钢铁》——书名取自这里的女战士喜欢在乳头串上铁环,两颊镶着红玉——一书中对这种奇怪习俗的由来进行了多方推论。

# 夷地

夷地盛名远扬以至七大王国。那里幅员辽阔，气象万千，既有一马平川的平原、绵延起伏的山丘，也有丛林和雨林，以及幽深湖泊、湍急河流和日益萎缩的内海，其富有程度难以置信，王公居于纯金打造的宫舍，享用珍珠翡翠点缀的蜜饯。这番胜景令"长腿"洛马斯心生敬畏，形容为"天子治下的千神百王之地"。

当世拜访过夷地的人告诉我们，千神百王依然存在……却有三位天子窥伺着按传统只有独一无二的天子才能披上的金丝、绿珍珠和翡翠装饰的华服。尽管成百上千万夷地人遵从夷都的蔚蓝天子，在其身边匍匐跪拜，但他没有实权，圣旨只在都城内畅通无阻。"长腿"洛马斯提到的百位王公在自己的领地可以便宜行事，王公们的领地之外更有无法无天的强盗、教主、巫师、军阀、天朝将军和税吏。

要知道情况并非一直如此，在古代夷地，天子的权势堪比古今最强势的霸主，财富更甚全盛期的瓦雷利亚，军队规模难以想象。

据夷都僧侣所述，从骸骨山脉直到被称作灰色荒原的酷寒荒漠，从颤抖海而至玉海（甚至包括伟大神圣的雷岛），起初都由人皇统治。人皇是"夜狮"和"光之女"的儿子，他乘坐用整颗珍珠雕成的轿子，由一百位妻子——他的一百位皇后——抬着巡游全国。人皇治下的"黎明上国"一万年来秩序井然、欣欣向荣，直到人皇追随父母，升为星宿。

统治人类的重担落到他的长子身上，人们称为珍珠皇，其人在位一千年，然后是翡翠皇、碧玺皇、黑瑙皇、黄玉皇、奥宝皇，各自在位数百年……但每个人的统治期都比前任更短暂纷扰：蛮族和猛兽威胁着上国边境，列位王公日益骄纵嚣张，平民百姓则被贪婪、妒忌、肉欲、谋杀、淫乱、饕餮和懒惰占据。

奥宝皇之女继位为紫晶女皇，眼红的弟弟谋权篡位，杀害女皇自命为血石皇，开启恐怖的时代。他研习黑暗伎俩和死灵术，大肆拷问，奴役人民，不仅娶一位女虎人为妻，享用人肉，还将真神赶下神坛，崇拜一块从天而降的黑石（很多学者认为血石皇是邪恶的群星就位教的首位高等牧师，该教至今存在于已知世界许多港口）。

远东的编年史称血石皇篡位为"血乱"，夷地随即陷入"长夜"的黑暗纪元。"光之女"对被释放到人间的邪恶感到绝望，不再关视世界，而狂怒的"夜狮"赶来惩罚堕落的人类。

没人说得清黑暗持续了多久，但所有人都认定终有一位伟大战士——他有很多名号：英雄海尔科隆、亚梭尔·亚亥、夷·塔尔、尼芙利昂、"猎影者"埃德锐克——站出来鼓舞人类，高举燃烧之剑"光明使者"，率领"美德之人"奔赴战场，击退黑暗。于是光明和仁爱重返人间。

但"黎明上国"就此陨落，重生的世界山河破碎，各个部落自行其是，互相猜忌，战争、欲望和杀戮笼罩人间，直至今日——至少，远东的人们如此坚信。

在旧镇学城及西方其他学术中心，学士们认为上国的兴衰仅是传说而非历史，但无人否认夷地文明十分古老，甚至超越同时代银海旁渔人女王的国度。夷地僧侣鼓吹人类最初的村镇城池兴起于玉海沿岸，将萨洛尔人和吉斯人的观点视为蛮子与后生的自吹自擂。

无论真相为何，夷地人无疑是最早从野蛮深渊走向文明开化的民族之一……也是最早发明文字的民族。东方的智者已有数千年读写历史，他们最古老的记录被珍藏乃至供奉着，却也被他们的学者严密看管。我们的资料是依靠旅行者的道听途说和夷地零星流出、并漂洋过海来到学城的文本拼凑而成。

夷地的故事说来话长，在此实难尽述，它包罗数百位天子及数不尽的战争、征服与叛乱。简言之，"黎明上国"之后的黄金天朝历经辉煌也走过黑暗，上下数千年间兴衰不定。它经受过洪水、干旱和沙暴的考验，强烈的地震曾吞没整个城市，成千上万的英雄、懦夫、妃嫔、巫师和学者在历史的书页上留下浓墨重彩的痕迹。

远东走出"长夜"后首先迎来数世纪混乱，而后有十一个朝代相继支配今称夷地的地域。有的维持不到半世纪，最长的存续了七百年。王朝有时能和平更替，更多时候伴随着刀光剑影。有四个朝代崩溃后陷入大分裂，法纪沦丧，军阀和藩王为争权夺利混战不息，最长的断代持续达一世纪以上。

尽管夷地幅员辽阔，且大部被浓密的森林和闷热的雨林覆盖，但从天朝一端前往另一端却十分安全快捷。这要归功于古时太监天子建设的复杂的石头道路网，堪称举世无双，只有从前瓦雷利亚的巨龙大道能与之比肩。

夷地诸城驰名宇内，任何地方都不会有这

么多城市，若"长腿"洛马斯所言不虚，其规模与壮丽程度更令西方所有城市望尘莫及。"即便废墟都让我们的家园相形见绌"。"长腿"声称……而废墟在夷地随处可见。柯洛阔·弗塔的《玉海概述》——维斯特洛关于玉海周边情况最可靠的资料来源——中说，每座夷地城市底下都埋着三座更古老的城市。

黄金天朝的首都在若干世纪里不断变迁，由于势力争斗和王朝兴衰，迁都或还都有二十多次。灰朝、珍珠白朝和靛蓝朝在玉海旁的夷都统治，这是夷地最古老辉煌的城市，但猩红天子在雨林中心建立新城，命名为"荣耀的兴都"（该城早已陨落，被森林覆盖，其繁荣只见诸传说），华紫天子偏好西方丘陵中高塔林立的提岖，善战的茶褐天子则将国都定在伊契，以保天朝边疆免遭阴影之地的掠袭者骚扰。

# 夷地的天子

**夷**地历史悠久，即便只挑最重要的事件叙述，也远超本书篇幅。但若不提及最具传奇色彩的几位天子，那我们实在有些不称职。

### ✦海珞

灰朝太祖，据说其人一生戎马，不断奔赴各种战争，皇位即为马鞍。

### ✦常昶

驼背，靛蓝朝第十五代、亦是末代天子，坐拥百妻千妾，生下无数女儿，却没留下一个儿子。

### ✦慕容荃歆

人称"金光大帝"，翠绿朝第三代天子，其宫中地板、墙壁和梁柱覆满金叶，所有家具都由黄金打造，连夜壶亦为金制。

### ✦九位太监天子

统称珍珠白朝，为夷地带来一百三十年和平与繁荣。该朝天子年轻时身为皇子也像其他男人那样娶妻纳妾，开枝散叶，留下继承人，但登基时会将男根彻底割除，好把自己完全奉献天朝。

### ✦嘉禾及其子嘉齐、嘉瀚

海绿朝第六、七、八代天子，带领天朝走向全盛。嘉禾征服雷岛，嘉齐吞并大莫拉克岛，嘉瀚迫使魁尔斯、老吉斯、亚夏及其他远方土地向天朝进贡，并同瓦雷利亚建立贸易联系。

### ✦罗煞

人称"长勺罗"和"残暴罗"，猩红朝第二十二代天子，有名的巫师和食人者。据说他喜欢把活捉的敌人的天灵盖掀开，用珍珠镶柄的长勺食用脑髓。

### ✦罗达

人称"呆头罗"，猩红朝第三十四代天子，被怪病折磨得形似痴傻，走路一瘸一拐、晃晃悠悠，说话嘴角流涎。但他统治的三十余年里政治清明（尽管有人说真正的统治者是他的妻子、极为强势的上宫满楼天后）。

### ✦柴铎

黄朝第四代天子，娶一位瓦雷利亚贵妇，在宫中养了一条龙。

**某**些西方学者推测瓦雷利亚人曾参与五垒的建设，因五垒的高墙和西方某些瓦雷利亚堡垒一样，乃是一整片熔化的黑石板……但这不大可能，因五垒的建立早在自由堡垒崛起之前，且没有记录证明任何一位龙王到过这么远的东方。

　　五垒仍是未解之谜。它们矗立至今，不受时间侵蚀，继续保卫着黄金天朝的边疆不受灰色荒原的强盗掠袭。

---

　　今日夷地定都夷都，第十七代蔚蓝天子卜俟坐拥比整个君临还大的皇宫；但在遥远的东方，黄金天朝的边境之外很远的地方，越过传说中的破晓山脉，隐海旁的城市卡科萨有一位流亡的巫师领主，自称是一千年前覆灭的黄朝第六十九代天子；新近又有外号"鸠格斯奈之锤"的波雄将军自立为帝，号称橙黄朝太祖，以粗鲁散乱的军事都市商贸镇为首都。这三位帝王最终谁将胜出，留待未来的历史学家回答。

　　说起夷地，不能不提到黄金天朝东北远疆的五垒。那五个相邻的粗陋古堡位在血海（因深水域的颜色而得名，可能是某种只在此生长的植物导致）和破晓山脉之间。五垒非常古老，比黄金天朝更古老，有人说珍珠皇在"黎明上国"早期建立它们来防止"夜狮"及其麾下恶魔侵入人界……堡垒的规模的确会让人联想到神灵或魔鬼，它们每个能容一万士卒，巍峨的城墙几达一千尺高。

　　五垒以外我们知晓的更少，如此遥远的地方只有传说、流言和旅行者的故事可供参考。据说有些城市的居民生有革翼，可如雄鹰般在天空翱翔；有的镇子由白骨铸成；有的种族居于被称为大干沟的峡谷和群山之间，体内无血。关于灰色荒原及那里的食人沙漠的谣传甚嚣尘上，此外还有"伯劳鸟"，一种绿鳞覆体、生有毒牙、半人半兽的生物。他们是真正的蜥蜴人，或（很可能是）披着蜥蜴皮的人类？再或跟东方沙漠的古灵精怪一样纯属虚构？有人说就连"伯劳鸟"也害怕灰色荒原中的卡达什，那座城市比时间更古老，会举行难以言表的仪式来平息疯狂神灵的饥渴。那座城市真的存在吗？如果存在，其真相又是什么呢？

　　这些问题连"长腿"洛马斯也无法回答。或许夷地僧侣知道，但他们不愿告诸世人。

# 鸠格斯奈平原

夷地北方是一望无际的平原和迤逦起伏的丘陵，从黄金天朝边境直到颤抖海荒凉的海岸。这片土地的主宰者是被称作鸠格斯奈人的马上战士，他们和西方草原的多斯拉克人一样是游牧民族，生活在帐篷毡房和马鞍之间。他们骄傲、浮躁、好战，珍视自由胜过一切，且从不在一个地方停留太久。

但在某些方面，远东的骑手和西方的马王们还是有很大不同。鸠格斯奈人通常比多斯拉克人矮上一头，且以西方人的眼光评判不算好看——粗矮，弯腿，黑肤，大头小脸，面色灰黄。无论男女的头颅都向上形成尖角，源于该民族婴儿出生后头两年要束头的奇怪习俗。和多斯拉克人蓄发辫以展示实力不同，鸠格斯奈男人会把头发剃光，只在头顶正中留一条发辫，女人也剃光头，据说还会把私处的毛发也全剃掉。

鸠格斯奈人的坐骑比多斯拉克人的烈马良驹要小，因骸骨山脉以东的平原没有"多斯拉克海"那么湿润丰饶，这里牧草稀疏，只能维持马匹的基本生存。东方人骑的是吃苦耐劳的

鸠格斯奈人中，贾哈通常由男人担任，月咏者由女人担任，但也有女性贾哈和男性月咏者。外人很难区别，因选择成为战士的女孩其穿着及生活方式都会男性化，而想成为月咏者的男孩也必须像女人一样打扮和生活。

下图｜骑杂种斑马的鸠格斯奈人

杂交斑马，最初由普通马匹和夷地南部及雷岛上某种像马一样的奇怪动物交配而生。这种马生有黑白相间的花纹，脾气很差，但以耐力闻名，可靠杂草和恶魔草存活好几个月，并能在无水无饲料的条件下长途跋涉。

卡奥率领庞大的多斯拉克卡拉萨穿越草原，鸠格斯奈人则以小团体行动，称为"落"，其内部以血缘紧密联系。各"落"由一位战争酋长（称"贾哈"）和一位月咏者统领。贾哈领导战争、战斗和掠袭，集牧师、医生和法官为一身的月咏者负责其他一应事宜。

一旦离开圣城维斯·多斯拉克，多斯拉克卡奥便会彼此不断攻击，但鸠格斯奈的神灵禁止本民族自相残杀（年轻男性会骑马去别的"落"偷山羊、狗和斑马，他们的姐妹会去勾引丈夫回来，但这是平原诸神赐福的仪式，其过程不会流血）。

斑马骑手对待外人的态度大不一样，他们与周边所有民族和国家都始终处于战争状态。他们攻打尼盖尔，使得这个草原东北方的骄傲古国萎缩到仅剩一座城市（尼芙）和部分内陆领土。传说还声称，鸠格斯奈人在贾哈塔——贾哈之上的贾哈，全民族的战争酋长——"斜眼"格合查带领下，于嚎叫山丘的战役中杀光了最后一批"杰戈温"岩石巨人。

干旱降临和大沙海形成以前，鸠格斯奈人与海尔科隆后裔国进行了许多血腥的边境战争，他们在河流和井水中下毒，焚烧村镇和城市，掳走成千上万人到草原上为奴，海尔科隆一方也将数以万计的斑马骑手祭献给他们饥渴的黑暗诸神。游牧民族和骸骨山脉的女战士间深重的敌意延续至今，若干世纪里有十余位贾哈塔兵进钢之路，虽然所有进攻都在卡亚卡亚纳亚的城墙下被粉碎，月咏者们却依然咏唱着那必将到来的伟大一日，届时鸠格斯奈人会赢得胜利，畅通无阻地穿过山脉，占领其后的丰饶土地。

就连强大的夷地黄金天朝也不免遭到鸠格斯奈人侵扰，许多夷地王公吃过苦头。掠袭天朝是游牧民族的谋生方式，夷地是月咏者和贾哈们手颈佩戴的黄金和宝石的来源，是为他们服务、放牧牲畜的奴隶的来源。过去两千年，北方平原的斑马骑手捣毁了十几座夷地城市和上百个市镇，毁于其手的农场和农田更不可计数。

曾有许多天朝将军和三位天子率军来平原扫荡，但历史证明这些尝试鲜有善果。远征军屠宰牧群，烧掉牧民的帐篷毡房，向偶遇的鸠格斯奈"落"索要金子、货物和奴隶作为贡品，甚至强迫少数贾哈发下永远效忠天子、不再劫掠的誓言……但绝大多数鸠格斯奈人早在"王师"到来前就逃之夭夭，避其锋芒，待将军和天子失去耐心，班师回朝，一切又复归原样。

猩红朝第四十二代天子罗汉在其漫长统治期内曾三度发兵征讨平原，每次都无果而终，到得晚年，鸠格斯奈人甚至比其刚登基时更加胆大包天、贪得无厌。罗汉驾崩后，他年轻英勇的儿子罗布决心一劳永逸地歼灭威胁天朝的牧民。据说无畏的少年天子集结三十万大军亲征，务求斩尽杀绝，不为贡品，不索人质，更不相信永远忠诚及和平相处的誓言；"王师"镰刀般横扫草原，手段凶残，身后留下大片焦土。

鸠格斯奈人墨守成规，继续化整为零、分头逃窜的战术。但罗布兵分十三路，四面出击，大肆捕杀牧民。据记载，上百万鸠格斯奈人因此丧生。

最终，面临灭顶之灾的游牧民族做出前所

未有的壮举：一千个敌对的"落"联合一心，推出一位女性贾哈塔——一位穿男人盔甲的女性，名叫赞轧，号称"不孕的"赞轧、"斑马脸"赞轧和"残忍的"赞轧，为人狡诈机敏。夷地黄金天朝犹记得她的名字，母亲们常用来吓唬不听话的孩子。

论英勇、气概和武艺，罗布无可匹敌，但论狡诈，他并非赞轧的对手。少年天子和枯瘦的贾哈塔之间的较量不到两年就分出胜负。赞轧分割罗宝的十三路大军，击杀斥候和劫掠队，令其忍饥挨饿，再切断水源，最终诱入荒原和陷阱中各个击破。在最后的决战里，贾哈塔的骑兵以疾风燎原之势突袭罗布的御林军，屠杀持续整夜，如此惨烈，以至二十里格内尸横遍野、流血漂杵。

罗布以身殉国，猩红朝终于第四十三代，其人头被呈给赞轧，贾哈塔令人剔肉镀金，充当酒杯。从那时起，鸠格斯奈的每位贾哈塔都用这位"莽撞毛孩"的头骨做的镀金酒杯来饮用发酵斑马奶。

# 雷岛

雷岛位于夷地东南方，被温暖的玉海碧波包裹，据"长腿"洛马斯记述，这个青翠大岛是"一万只老虎和一千万只猴子"的家园。岛上的大猩猩也很著名，据说其中的斑点驼背猿和人一样聪明，连帽猿庞然若巨人，力大无穷，可像小孩扯断苍蝇翅膀那样扯断人体四肢。

雷岛的历史几乎与夷地一样悠久，却甚少为玉海之门以西所知。岛上雨林深处有诡异的废墟：坍塌已久的巨大建筑，表面被疯长的植物覆盖……但据说底下有迷宫般无尽的甬道，通往巨型房间，雕凿的石阶向下延伸数百尺。没人说得清是谁在什么时候建立了这些城市，也许是某个消失的民族仅剩的遗迹。

雷岛居民现分为两大族群，彼此截然不同，决不能混为一谈。

从古代而至晚近，雷岛大多

## 据科利斯·瓦列利安信件中记叙，其他值得提及的玉海岛屿

### ✦ 大象岛 ✦
岛上"掸王"在象牙宫殿中统治。

### ✦ 莫拉海岛 ✦
亦称"天堂岛"，郁郁葱葱的新月形岛屿，怀抱两个活跃的火山岛，火山口日夜喷吐着熔岩烟雾。

### ✦ 鞭岛 ✦
荒凉贫瘠的奴隶中转站，各地奴隶贩子在此买卖、繁殖、折磨和烙印奴隶，再转运出去。

---

时间是夷地黄金天朝的疆域，接受夷都或伊契的旨令。这段时期有成千上万的士卒、商人、冒险者及雇佣兵从天朝本土迁到岛上发展。尽管雷岛四百年前得以独立，但占全岛面积三分之二的北部地域仍由外来夷人的后代主宰。

在旅行者眼中，这些人和黄金天朝的居民并无不同；语言相同、信仰相同、食物相同、习俗相同，甚至同样尊敬夷都的蔚蓝天帝……尽管朝拜的是自己的女皇。雷岛北部的主要城镇雷·夷和雷·玛就像夷都和伊契的翻版，南方的土拉尼则大相径庭。

占全岛面积三分之一的南部地域居住着被黄金天朝的入侵者逐出家园的岛民。雷岛原住民可能是已知人类中最高的，许多人身高七尺，更有些能长到八尺。他们腿长，苗条，肤色若上油的柚木，金色大眼睛据说比其他人类看得更远、更清晰，尤其擅长夜视。尽管身材高大，雷岛女人却出了名的娇柔可爱，美艳动人。

雷岛长久以来十分神秘，原住民甚少航出陆地视线外，而那些在玉海航行、有幸见到雷岛海岸的船员们，就算冒险登岸也往往遭到冷遇。雷岛人对外国的神祇、货物、食品、衣服和习俗一概不感兴趣，也不许外人在岛上及周边开矿采金、砍伐树木、采摘果实或捕捞渔获。

---

**传**说坚称"上古旧神"依然生活在雷岛的雨林地下。嘉禾派出无数士卒进入地下废墟，但他们要么发狂而归，要么不见踪影，天子最终下旨封锁庞大的地下废墟，任其被世人遗忘。地下城至今仍是禁区，擅闯者将被拷问后处决。

---

左图 | 男性夷人和女性雷岛原住民

贸然行事者会迅速招致血腥报复。于是雷岛成为众口相传的恶魔和巫师出没之地，成为正常人避之唯恐不及的禁闭岛屿，这种状况持续了很多个世纪。

后来黄金天朝的水手打开雷岛的贸易之门，但对外人来说，此地依然危机四伏。据了解，雷岛女皇和生活在幽深的地下废城中的"上古旧神"勾结，那些"上古旧神"不时要求女皇处决岛上所有外来客。若柯洛阔·弗塔《玉海概述》中记载可靠，这样的事在雷岛历史上至少上演过四次。

直到海绿朝第六代天子嘉禾用铁与火征服雷岛，将其纳入天朝版图，排外屠杀才彻底告终。

今日雷岛脱离夷人统治已有四个世纪，在复辟的女皇们治下，该岛兴旺发达。当朝开国女皇是血统纯正的雷岛人，至今被东方人尊为"伟人"伽罗雅。为安抚国民，她聘了两个丈夫，一为雷岛人，一为夷人。这一习俗被后代承袭。按传统，女皇的正室掌军，侧室统领舰队。

# 阴影之地旁的亚夏

我们终于来到世界尽头。

或曰，知识的尽头。

古老的港口亚夏是已知世界最东方、也最靠南的大城，位于一条长长的楔形半岛末端、玉海与藏红花海峡的交接处。城市的起源早已淹没在时间洪流中，连亚夏人自己都不知建城者是谁，他们只说城市在世界之初便矗立于此，并将一直存在到世界终结。

放眼已知世界，少有若亚夏般偏僻者，更少有地方如它那样令人生畏。据旅行者报告，全城皆用黑石砌成，大厅、小屋、庙宇、宫殿、街道、墙垒、市场等概不例外；有人还说亚夏的石头油腻腻的，让人不舒服，它似能吸收光线，让蜡烛、火炬和壁炉都黯然失色。所有人都同意，亚夏的夜晚伸手不见五指，即便最晴朗的夏夜也灰蒙蒙、阴森森的。

亚夏依黑色的灰烬河而建，河流两岸各有数里格城区，巨大的城墙内部足以让瓦兰提斯、魁尔斯和君临比肩而立，剩下的空间还能塞入旧镇。

但亚夏人口只及大型市镇规模。入夜后，街道空无一人，有亮光的建筑不过十分之一；即便在正午，城内也见不到人群，没有商人在熙熙攘攘的集市中高声叫卖，没有女人在水井边闲聊。街上的行人戴着面具和面纱，浑身散发出神秘气息。他们通常独自漫步，或乘坐乌木和铁做的轿子，在奴隶们的背负下、藏身于漆黑的帘幕后，穿过漆黑的街道。

而且，在亚夏见不到孩子。

尽管亚夏如此怪异，但其港口一直很繁荣，各地船只会穿越广阔莫测的海洋来此贸易。船上大都装满食物和酒水，因亚夏城外除了茎叶剔透发光、却决不可食用的鬼草外，几乎什么也不长。若非漂洋过海而来的食物，亚夏人恐怕会饿死。

船只还带来一桶桶淡水。灰烬河水在正午的太阳下闪着黑光，夜里则泛着惨绿磷光，河中游弋的盲鱼外貌畸形，它们如此丑陋可怖，只有傻瓜和缚影士才会吃。

阳光下的土地都需要粮食、果实和菜蔬，人们不禁要问，水手们为何要航向世界尽头，却不在附近的市场上轻松卖掉货物呢？

答案是黄金。亚夏城外食物寥寥，黄金和宝石却随处可见……虽然有人说，阴影之地的黄金和那里的果实一样不洁。

但船只还是络绎不绝。为了黄金，为了宝石，为了财富，为了某些秘而不宣、除了亚夏的黑市上哪儿也找不到的事物。

这座阴影旁的黑暗之城浸染在巫术中，男巫、巫师、炼金术士、月咏者、红袍僧、黑暗术士、死灵法师、云空法师、火术士、血巫、拷问者、审判骑士、毒剂师、神婆、夜行者、易形者，以及"黑山羊"、"苍白圣童"与"夜狮"的信徒都在百无禁忌的阴影之地旁的亚夏城内活动。他们在此能不受约束和谴责地实验咒语，完成邪恶的仪式，随心所欲地勾结魔鬼。

亚夏法师中最险恶者乃缚影士，他们头戴彩漆面具，自神祇和世人眼中隐去面目。只有他们敢踏出亚夏城，顺流而上，前往黑暗的中心。

灰烬河自破晓山脉流向大海，咆哮着穿过山间狭缝，两岸悬崖高绝、岩壁相蹙，河水只能在阴影中流淌，偶尔艳阳当空时才稍沐光泽。绝壁上洞穴密布，魔鬼、巨龙及更可怕的生物在此筑巢。离亚夏越远，这些生物就越扭曲可怖……直至斯泰亚的门口，这座尸城位于阴影之地中心，连缚影士都不敢踏足，至少传说如此。

歌手、水手和巫术爱好者从世界尽头带来的这桩桩可怕掌故，究竟有几分属实？有谁说得清？"长腿"洛马斯没去过阴影之地旁的亚夏，"海蛇"也未航行如此之远，亲身去过的旅行者都没能回来讲述经历。

在获得可靠信息以前，亚夏、阴影之地及其以东可能存在的陆地与海洋对智者和君王来讲，不过是紧闭的书本。世界辽阔无垠、光怪陆离，有待于求索、游览和学习。群星之下，有许多连学城的博士都想象不到的事物。

右图 | 阴影之地旁的亚夏

马尔温博士的记述证实了在亚夏，无论战士、商人或王公都不骑乘坐骑的报告。亚夏没有马、象、驴、骡、斑马、骆驼和狗，船运而来的兽类统统活不长。灰烬河及其不洁的河水肯定对之有不良影响，据哈慕《论瘴气》中的分析，动物即便不直接饮用，对河水中的恶料亦十分敏感。巴斯修士写下更大胆的推论，认为这是高等神秘术的作用，但没有证据支持。

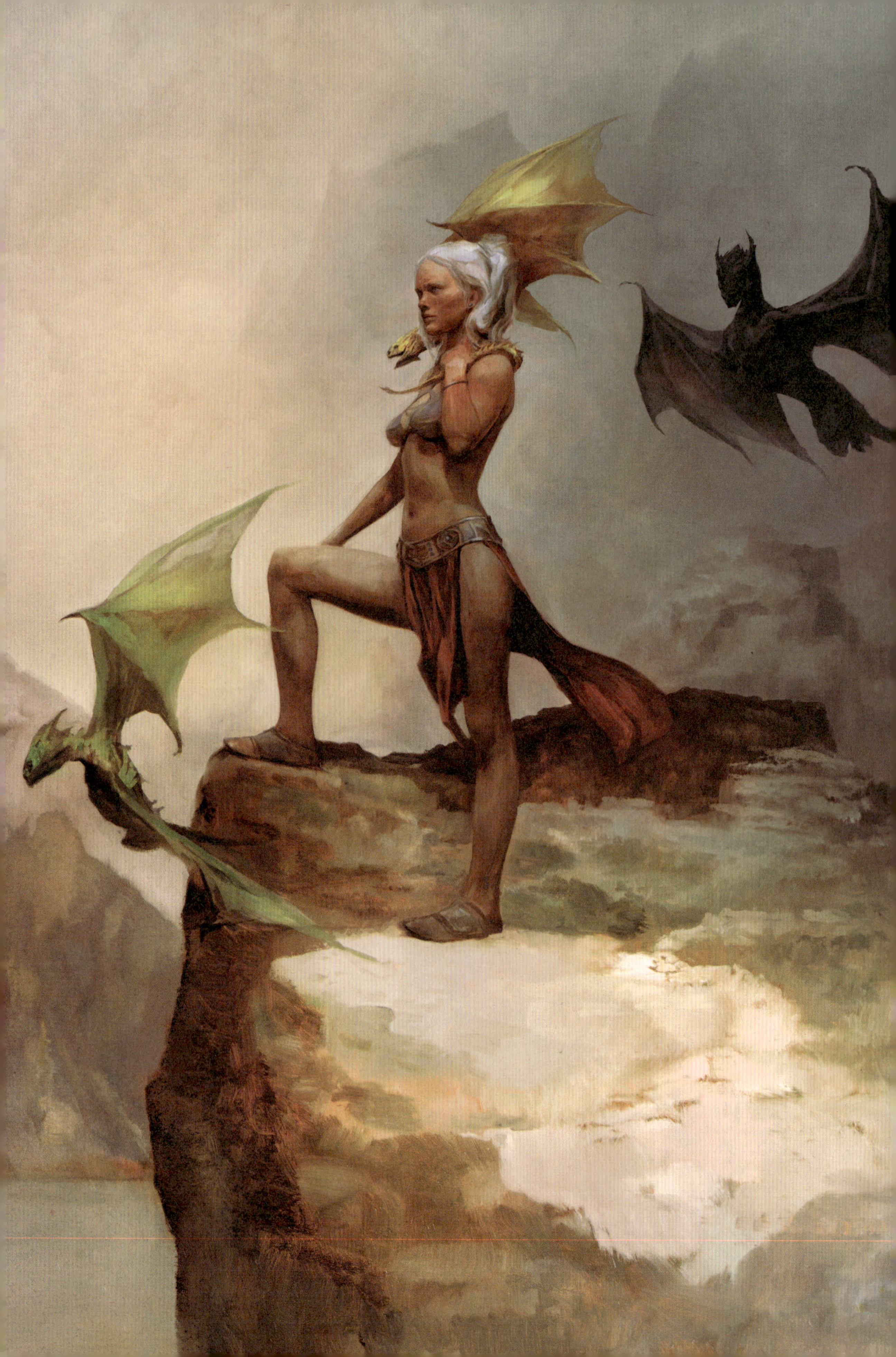

# 后记

**在**我动笔于羊皮纸卷上书写的数年间，维斯特洛及海外各邦变故频生。读者诸君当知，如此浩繁的著作非能一蹴而就……及至经年累月方可完善。本书大纲拟在贤君劳勃事业兴隆之时，切盼呈给国王陛下及其继承人，以便他们了解自己继承的土地和面对的世界。

可惜事与愿违，高贵的琼恩·艾林首相大人离世引发疯狂的连锁反应，骄纵与暴戾导致的桩桩悖行让劳勃的国家分崩离析，也害死了他英武的继承人乔佛里。各地篡夺者蜂起争夺铁王座，魔龙复生的不安谣言隐隐自东方传来。

此时此刻，让我们共度时艰，一起为善良的托曼国王祈祷，愿他秉国长久，处事公正，带领子民步出黑暗，走向光明的新时代。

左图｜巨龙重生

# 王领

谷地

河间地

黑水湾

狭海

风暴地

烛穴城
螃蟹半岛
蟹爪角
蟹岛
女泉镇
旅息城
龙石岛
鹿角堂
潮头岛
暴谷镇
尖角
罗斯比城
君临
石舞城
赫伦堡
玫瑰大道
腾石镇
千草厅
费尔伍德城
铜门城
国王大道
慕临厅
风息堡

**图例**
- 中心城堡
- 城堡
- 城市
- 市镇
- 耕地
- 道路

# 坦格利安王朝

- 征服前
- 征服元年
- 伊耿一世（"征服者"）
- 征服三十七年 —— 伊尼斯一世
- 征服四十二年 —— 梅葛一世（"残酷的"）
- 征服四十八年
- 杰赫里斯一世（"和解者"）
- 征服一百零三年
- 韦赛里斯一世
- 征服一百二十九年 —— 伊耿二世
- 征服一百三十一年
- 伊耿三世
- 征服一百五十七年 —— 戴伦一世（"少龙王"）
- 征服一百六十一年 —— 贝勒一世（"受神祝福的"）
- 征服一百七十一年 —— 韦赛里斯二世
- 征服一百七十二年 —— 伊耿四世（"庸王"）
- 征服一百八十四年
- 戴伦二世（"贤王"）
- 征服二百零九年 —— 伊里斯一世
- 征服二百二十一年 —— 梅卡一世
- 征服二百三十三年
- 伊耿五世（"不该成王的王"）
- 征服二百五十九年 —— 杰赫里斯二世
- 征服二百六十二年
- 伊里斯二世（"疯王"）
- 征服二百八十三年

# 拜拉席恩王朝

- 征服二百八十三年 —— 劳勃一世
- 征服二百九十八年 —— 乔佛里一世
- 征服三百年 —— 托曼一世
- 至今

# 译后记与补充说明

终于，简体中文版《冰与火之歌的世界》面世了！两位译者欣喜之余，也感到如释重负。这不是译者第一次制作精装典藏本，却是第一次将"冰与火之歌"的完整设定呈现在读者面前。由于本书内容及成书过程较为复杂，故特在书末作此补充说明。

《冰与火之歌的世界》（以下简称《世界》）乃因应"冰与火之歌"小说不断膨胀的设定和不断增加的人气，由该系列作者乔治·R.R.马丁与其半官方论坛的两位版主艾里奥·M.小加西亚和琳达·安东松合著，意在梳理整个"冰火"世界的脉络线条，并填补若干小说中难以涉足的人物事件和地点，底定"冰火"大系的格局。本书托名作者为"亚达尔学士"，此人生活在"冰火"世界的"当代"，因此本书也可视为该世界中实际存在的一本学术读物。而在实际分工上，凡超出"冰火"小说的部分均由马丁亲笔写作，并交另两位作者删改，能从小说中提取内容的部分则由后者直接撰写。由于"冰火"纷繁复杂，亦由于马丁添加的内容越来越多，因此本书原版自2008年动笔，一直到2014年10月才得以出版，而书中除马丁的增补信息外，亦涵盖了"冰火"小说前五卷的内容。

由于"冰火"小说的高度复杂性及其内容的不断演进（它尚未完结），亦由于各位作者在交流沟通上的不易，因此本书原版在内容上存在一些瑕疵，出版后不到一年时间里，业已先后推出四个版次，对书中内容作各种修订。简体中文版《世界》由于晚于原版一年余出版，故得以参照原版第四版，并对作者承诺在以后版次中纠正的个别问题作了补订。同时，由于马丁为本书写作的内容甚多，另两位作者对之作了较大程度的删除（如"血龙狂舞"部分从原本的10万单词删节为2千单词），这些被删节内容中的一部分预计要等到"冰火"小说完结后，单独结集出版名为《血与火》的坦格利安王朝史。

此外值得注意的是，《冰与火之歌的世界》，包括《公主与王后》《浪荡王子》等相关文章由于经过较大程度的删减以配合图书篇幅，有时甚至使得马丁的意图出现偏差。如本书作者之一的艾里奥·M.小加西亚在论坛 http://asoiaf.westeros.org/index.php?/topic/100284-spoilers-the-princess-and-the-queen-complete-spoilers-discussion/&page=6#entry5178064 中就指出了这样的误删处，该处将伊耿二世称王归咎于母后，将雷妮拉被铁王座割伤当成事实，其实都非马丁原意，而是"绿党"的说法之一。这种地方不胜枚举，为求准确和严谨，简体中文版《世界》

仍按原版译出，但在个别马丁有特别说明的地方，作了补充和辨析，这些在文中多以"【 】"特别注明。

在体例上，简体中文版《世界》基本1:1还原了英文原版的风貌，从页码、插图到版式结构均未作出重大修改，但删除了书末对读者用处不大的英文索引（共4页），并增加一幅跨页地图（294—295页）。做出该变动的主要原因，在于冰火地理设定的不断演化完善，以及马丁与不同工作团队（HBO、出版社等）的合作问题，导致之前作为权威依据的《冰与火之歌官方地图集》与《世界》发生冲突，为此特根据《世界》的文字描述修订地图。

本书的翻译工作为时近一年，虽然两位译者付出了巨大心血，但由于自身水平有限，文中错误难免，还望得到帮助与指正。

---

本书一百七十余幅插图由以下艺术家献艺：

雷内·艾格纳 (Rene Aigner)、瑞恩·巴杰（Ryan Barger）、亚瑟·波佐内（Arthur Bozonnet）、何塞·丹尼尔·卡布雷纳·佩纳《José Daniel Cabrera Peña》、詹妮弗·索尔·卡伊（Jennifer Sol Cai）、托马斯·丹马克（Thomas Denmark）、詹妮弗·德拉蒙德（Jennifer Drummond）、若尔迪·冈萨雷斯·埃斯卡米利亚（Jordi González Escamilla）、迈克尔·格拉蒂（Michael Gellatly）、托马什·雅杜泽克（Tomasz Jedruszek）、迈克尔·科马克（Michael Komarck）、约翰·麦克坎布里（John McCambridge）、莫里（Mogri）、特德·奈史密斯（Ted Nasmith）、卡拉·奥蒂兹（Karla Ortiz）、Rahedie Yudha Pradito、Dhian Prasetya、保罗·普吉奥尼（Paolo Puggioni）、乔纳森·罗伯茨（Jonathan Roberts）、托马斯·西甘（Thomas Siagian）、马尔科·西蒙蒂（Marc Simonetti）、蔡斯·斯通（Chase Stone）、菲利普·斯特劳布（Philip Straub）、朱斯丁·斯威特（Justin Sweet）、Nutchapol Thitinunthakorn、马加利·维尔纳夫（Magali Villeneuve）和道格拉斯·惠特利（Douglas Wheatley）。

---

后环衬 | 雷加·坦格利安与劳勃·拜拉席恩在三叉戟河之战中于红宝石滩交手

上图 | 拜拉席恩家族（正中）和其部分封臣的纹章（自顶端顺时针起）：布克勒家族、卡伦家族、克林顿家族、唐德利恩家族、伊斯蒙家族、庞洛斯家族、席渥斯家族、赛尔弥家族、史戴蒙家族、史文家族和塔斯家族

上图 | 提利尔家族（正中）和河湾地过去现在一些重要家族的纹章（自顶端顺时针起）：卡斯威家族、佛罗伦家族、佛索威家族、园丁家族、海塔尔家族、玛瑞魏斯家族、穆伦道尔家族、奥克赫特家族、雷德温家族、罗宛家族、塔利家族和岑佛德家族